So ein Hundeleben

- Five

AF219763

© 2021, Elke Wiggert
Herstellung und Verlag:
BoD – Books on Demand, Norderstedt
ISBN: 9783755736769

Inhalt

Erstes Beschnuppern	02
Unerwartete Erfahrungen	11
Das Fußballspiel	20
Füffy	30
Platt machen	40
Tante Zitrusfrucht	53
Gartenbewässerung	64
Alles fressbar	79
Duftorgien	94
Das Konzert	109
Die Waschanlage	118
Tierische Freunde – oder auch nicht	126
Der alltägliche Wahnsinn	147
Nordsee	162
Die Tantchen	180
Pfirsich	189
Die Sportskanonen	195

Five ist fett! Ist Five wirklich fett?   206

Jahrmarkt   212

Findus   229

Das Fitnessstudio   241

Der Piratenspielplatz   251

Der Waldspaziergang   260

Uff -lauter Unfälle   276

Tomatenernte   285

Das Waldschwimmbad   295

Gewitter   306

Kanada – wir kommen   314

So ein Hundeleben…

Hallo, darf ich mich vorstellen? Mein Name ist Five und ich bin ein erstklassiger Hundemischling. Ich sehe fast so aus wie mein Papa Pius, ein Berner Sennenhund. Nur habe ich, im Gegensatz zu ihm eine richtig tolle weiße Schwanzspitze. Mein Papa hat leider nur einen halben Schwanz. Seine Mama hat ihm bei der Geburt aus Versehen ein kleines Stückchen abgebissen. Meine Mama heißt Fiona und ist eine Golden Retriever Hündin. Von ihr habe ich die vielen blonden Sommersprossen auf meiner linken Vorderpfote, einen riesigen braunen Fleck auf meiner rechten Seite und eine blonde Ohrspitze bekommen. Sieht total witzig aus. Und witzig und lustig bin ich auch…

Erstes Beschnuppern

Der Start in mein neues Leben bei meiner Menschenfamilie verlief doch deutlich krumpeliger, als ich mir das vorgestellt hatte, obwohl ich meine neuen Menscheneltern natürlich schon kannte. Sie hatten mich schließlich oft in meiner Welpenstube besucht, aber der Start in mein neues Leben war gleichzeitig auch ein Abschied von meinen Hundeeltern und meinen sieben Geschwistern. Eigentlich dürfte ich mich auch nicht beschweren, denn mein Weg in mein neues Zuhause war nicht ewig lang. Da hatte meine Schwester Bluna eine deutlich weitere Reise vor sich. Sie zog nach Kanada, sozusagen ans andere Ende der Welt. Da konnte man schon eher anfangen zu zittern, aber sie hatte zum Glück absolut coole Menscheneltern und eine noch viel coolere Tante – nämlich Pepsi. Die beiden sind tatsächlich ein Ei und ein Klößchen. Schade nur, dass Kanada so weit weg ist. Da kann man dann leider nicht spontan Blödsinn veranstalten. Ich war aber auch nicht allein, denn in meinem neuen Zuhause lebte bereits Sunny, eine wunderschöne und temperamentvolle Berner Sennenhündin. Sunny ist Pepsis Schwester und somit meine Tante. Da waren die Abenteuer vorprogrammiert.

Sunny war für mich immer schon eine coole Socke, aber nun, Teil ihrer Familie zu sein, war einfach megamäßig, dachte ich zumindest. Klar hatte Sunny Geschichten erzählt, wie sie Einzug in ihre Menschenfamilie gehalten hat, aber für mich waren es eben nur spannende und zum Brüllen komische Geschichten, ohne jeden Realitätsbezug. Schnell, viel zu schnell wurde ich eines Besseren belehrt. In dieser Familie herrschten wirklich raue Sitten, und unsere Menschenmama hatte das Sagen und alles – wirklich alles – im Griff. Wie gesagt, Sunny hatte mich vorgewarnt, aber ich habe gedacht, sie übertreibt und habe ihr absolut nichts geglaubt. Ich war ein kleiner junger Hund und die Welt gehörte mir! Ich konnte Sunny total gut leiden, aber musste ich ihr deshalb alles glauben? Natürlich nicht! Das war ein böser Fehler, ein wirklich böser Fehler, denn Sunny hatte eher unter- als übertrieben. So habe ich meine Lektionen eben auf die harte Art lernen müssen. Lektion Eins war Sauberkeit, und die hatte oberste Priorität. Da kannte Mama keine Gnade. Ich war es von meiner Welpenstube gewohnt, dass ich mich überall entleeren konnte. Wenn es gedrückt hat, dann musste es eben raus, egal wo. Das war jetzt deutlich anders. Mamas sonst so melodische Stimme schwoll an und erklomm Dimensionen, die eigentlich unvorstellbar waren. Sie brüllte mich an, dass sich mein komplettes Fell in alle Richtungen verdrehte, meine blonde Ohrspitze zu flattern begann, und ich das Gefühl bekam zu schrumpfen. Meine Mama war eigentlich ein kleines und zartes Persönchen, hatte aber eine Stimme, die Tote wecken konnte. Auch in der Hinsicht hatte Sunny mich vorgewarnt, aber wie gesagt, ich war Five und musste die Welt erkunden.

Die Lektion Sauberkeit hatte ich meiner Meinung nach relativ schnell gelernt, denn ich setzte meine Häufchen schließlich nicht mehr auf die Eingangstreppe und strullerte auch nicht mehr ins Salatbeet. Also alles bestens! Das dachte ich jedenfalls und hatte damit meine Situation komplett falsch eingeschätzt. Wieder einmal! „Peng", die Aktion Sauberkeit wurde mir gründlich um die Ohren gehauen und dabei dachte ich, dass alles erledigt und somit pillepalle sei. Totale Fehleinschätzung, denn Mama hatte ein grundlegend anderes Verständnis von Sauberkeit. Es gab im ganzen Garten nur einen Notfallplatz. Ansonsten hieß es, Leine an, raus in die Natur und sich auf der grünen Wiese entleeren. Hey, das machte doch keinen Spaß und war doch eher mit Stress verbunden. Und so waren meine

Bedürfnisse und Mamas Erwartungen auch gänzlich konträr. Völlig unerwartet erhielt ich von Papa Schützenhilfe, der das alles nicht so eng sah. Zum Glück tangierte mich der Ehekrach von Mama und Papa nicht, denn der war definitiv im Anmarsch. Mama sah aus, als würde gleich Dampf aus ihrer Nase und ihren Ohren kommen, so wie bei einem überaus wütenden Drachen, während Papa breit grinsend danebenstand und sichtlich Spaß an Mamas unterdrückten Wutausbrüchen hatte. Und ich – ich war mir überhaupt keiner Schuld bewusst.

Mama war ja eigentlich ein zartes und liebenswertes Persönchen, aber wenn ihr etwas quer runterging, dann konnte sie zum rasenden Wildschwein mutieren. Und wenn sie einmal erst losbrüllte – was Gott sei Dank nur sehr selten vorkam – dann stellten sich meine Schlappohren auf, als hätte ich in eine Steckdose gelangt.

Sunny hatte mir Papa immer ein bisschen vertrottelt und geistig unterbelichtet geschildert, aber das genaue Gegenteil war der Fall. Er hat möglicherweise gegenüber der zwei- und vierbeinigen Weiblichkeit etwas verpeilt gewirkt, aber – was soll ich sagen – er war ein echter Kerl! Ein

Blick – keine Worte – und alles war klar. So funktioniert eben Kommunikation unter Männern! Er zeigte mir noch einmal mit einer stoischen Ruhe die besagten Örtlichkeiten und machte aber auch kein Drama daraus, wenn es mal nicht funktionierte, weil ich mich gerade mal ins Blumenbeet entleert hatte. Dann hatte er allerdings ganz dringend etwas in seiner Werkstatt zu erledigen, sodass es stets Mama war, die wieder für „Ordnung" sorgen musste. Von wegen unterbelichtet. Ich würde sagen, das war ganz schön clever. Gut, irgendwann hatte ich auch diese Lektion gelernt und ich entleere mich zur Zufriedenheit aller nur noch während unserer diversen Spaziergänge oder an erlaubten Plätzen. Das erforderte zunächst zwar meine ganze Konzentration, aber dann hatte ich es im Kopf.

Meinen Schlafplatz hatte ich nicht im Haus, sondern draußen im Garten. Sunny hatte mir das angekündigt, aber anders als für sie, war das für mich okay. Im Gegenteil, ich fand es eigentlich ganz cool, zumal Papa uns ein richtig großes Hundehaus hergerichtet hatte, inklusive Rückzugsort für Sunny und mich. Trotzdem juckte es natürlich in den Pfoten zu sehen, wo meine Eltern denn schliefen. Wie es der

Zufall so wollte, stand am nächsten Tag die Haustür sperrangelweit offen und niemand hatte ein Auge auf mich. Das bedeutete für mich selbstverständlich, nichts wie rein ins Haus um auf Erkundungstour zu gehen. Komisch – aber Glück für mich – weder Papa noch Mama waren im Haus. Ich hatte also jede Zeit der Welt. Das Wohnzimmer war für mich nicht so spektakulär. Klar, ich könnte ein paar Möbel anknabbern oder ein paar Bücher zerfetzten, aber ich war auf Entdeckungs- nicht auf Zerstörungstour. Die Küche war schon deutlich interessanter als das Wohnzimmer. Hier duftete es nach allen Gerüchen des Orients. Nur leider waren es nur Gerüche. Ich konnte nichts Handfestes zum Verputzen finden, weder den Apfelkuchen noch den Schmorbraten. Wer hatte sich denn da kulinarisch ausgetobt? Mama? Papa? Oder beide?? Mal ehrlich, so viel konnten die beiden doch gar nicht essen. Also, ich würde mich da schon anbieten, bei der Nahrungsmittelvernichtung zu helfen. Aber man fragte mich ja nicht. Da nur die Gerüche mich nicht satt machten, begab ich mich weiter auf Entdeckungstour. Die Treppe rauf, und dann sah ich das Schlafzimmer. Bis jetzt war ich mit meinem Schlafplatz ja ganz zufrieden gewesen, aber im Vergleich zu dem, was ich jetzt sah, war mein Schlafplatz doch eher enttäuschend. Hier stand ein riesiges Bett und die Bettwäsche duftete wie eine ganze Blumenwiese. Konnte ich da widerstehen? Ganz klar – nein! Schwupp – ein Satz – und ich landete inmitten dieser wunderbar weichen Frühlingswiese. Ich reckte und streckte mich, räkelte mich regelrecht in diesem traumhaften Duft herum, als genau in diesem Moment, Mama zur Türe hereinkam und die Hölle losbrach. „Five", bist du denn von allen guten Geistern verlassen? Sofort raus hier!" Ich war so überrascht, dass ich vor lauter Schreck erst einmal die Blumenwiese vollstrullerte. Mama sah es natürlich und schaltete sofort in den Raketenmodus. „Raus hier, und zwar sofort." Ich war so perplex, dass ich zwar umgehend den Rückzug antrat, aber nicht mehr die Treppe auf dem Schirm hatte. So polterte ich mit Karacho die Treppe hinunter. Ich dachte schon, mein letztes Stündchen hätte geschlagen, als ich an den unvermeidlichen Aufprall dachte, aber genau in diesem und haargenau richtigen Augenblick kam Papa zur Türe herein und ich donnerte volle Lotte auf sein Bierbäuchlein. Sagt noch einmal etwas über Bierbäuche, er hat mich gerettet. Jedenfalls war Papa nicht im Entferntesten auf einen fliegenden Five vorbereitet und so landete ich zwar auf ihm, aber er ging ebenfalls zu Boden. Er fiel sozusagen um wie ein Baum. Okay, ich landete weich, er weniger. „Upps", tut mir leid. Mama kam mit Überschallgeschwindigkeit die Treppe heruntergerast. So käseweiß wie sie war, dachte sie bestimmt, er sei tot, aber als sie dann sein Stöhnen vernahm, hat sie einen regelrechten Lachkoller bekommen. Papa fand das nicht so komisch und stöhnte nur noch mehr und hielt sich den Kopf. Irgendwann half Mama Papa dann doch, sich auf die Couch im Wohnzimmer zu legen, umsorgte ihn und spielte für den Rest des Tages Krankenschwester.

Nach dem ersten Schock verdünnisierte ich mich so schnell ich nur konnte. Zum Glück musste Mama sich um Papa kümmern, sodass sie mir – zumindest vorerst – nicht die Meinung geigen konnte. Mir war schon klar, dass meine Entdeckungstour noch Konsequenzen haben würde, aber erst einmal war ich in Sicherheit und hoffentlich – hoffentlich würde die Zeit mir in die Pfoten spielen. Vielleicht war ihre Wut ja verraucht, bis sie mit Papas Pflege fertig war. Dieses Mal hatte ich das Glück nicht auf meiner Seite. Irgendwann, so am späten Nachmittag, kam Mama leichtfüßig und beschwingt in den Garten und ich dachte schon, „juchhu", alles vergessen und vergeben. Nix war's, Mama

vergisst nie! Sie packte mich und hat mich so zusammen ge-
donnert, dass ich in keinen Fingerhut mehr passte, und dass
ich nie, wirklich niemals mehr, eine Pfote in ihr Schlafzimmer setzen werde. Am nächsten Tag hängte Mama übrigens
die herrliche Blumenwiesenbettwäsche auf die Leine. Innerlich musste ich doch ein bisschen grinsen. Okay, Abenteuer erledigt – Schwamm drüber!

*****

Unerwartete Erfahrungen

Da ich immer noch ein kleiner Welpe war, schlief ich auch noch viel, besonders tagsüber nach den diversen Spaziergängen und Fütterungen. Dementsprechend war ich dann nachts mitunter fit wie ein Turnschuh. Während Sunny abends regelmäßig in einen komatösen Schlaf fiel, begab ich mich nachts alleine auf Streifzug. Leider gingen die nächtlichen Ausflüge nicht immer ganz so gut für mich aus – um es mal ganz vorsichtig zu formulieren.

Wir Hunde sind von Natur aus eben keine nachtaktiven Wesen und demzufolge auch nicht mit der entsprechenden Nachtsicht ausgestattet. Eben weder Eulen noch Waschbären. Dies ließ mich bei meinen nächtlichen Erkundungszügen so lange kalt, bis ich eines Nachts aus Versehen mit Vollgas im Gartenteich gelandet bin. Ich stromerte so still vergnügt durch den Garten, als ich ein Rascheln und ein Grunzen vernahm. Sofort kam mir eine Rotte Wildschweine in den Sinn und alle meine Nackenhaare sträubten sich, aber dann rannte ich volle Lotte auf die vermeintlichen Feinde zu, nur um mit Karacho im Gartenteich zu landen. Durch den Riesenplatsch und mein anschließendes Geheul habe ich nicht nur Sunny, Mama und Papa, sondern auch noch die halbe Nachbarschaft geweckt. Es gab jedenfalls einen ziemlichen Aufruhr. Mama und Papa kamen augenblicklich in den Garten gerannt, um zu sehen, was passiert war. Ich paddelte immer noch heulender Weise und mit Todesangst im Teich herum. Wir Hunde können zwar von Natur aus schwimmen, und müssen das nicht wie die Menschen mühsam erlernen, aber der Rand des Teiches war so glitschig, dass ich einfach nicht mehr herauskam. Papa erfasste die Situation sofort. Er rannte – und ich betone ausdrücklich rannte – in den Teich hinein, packte mich und brachte mich in Sicherheit. Mama – selbst nur mit einem dünnen Nachthemd bekleidet – hatte mich bereits in ein flauschiges Badetuch gewickelt, nachdem Papa mich an sie übergeben hatte. Ich zitterte wie Espenlaub, vor Aufregung, Angst und Kälte. „Puh", da war ich dem Teufel gerade so noch einmal von der Schippe gesprungen. Mittlerweile waren unglaublich viele Nachbarn da und wollten wissen, was denn da los sei, morgens um 02:00 Uhr. Ob man die Polizei rufen solle oder einen Krankenwagen? Papa stellte die Sache mal wieder auf seine eigene unnachahmliche Art und Weise klar: „Leute, nichts ist los. Es hat nur ein unfreiwilliges Bad gegeben. Danke, dass ihr helfen wolltet. Dafür gibt es morgen eine kleine Party, aber jeder muss etwas mitbringen, so wie immer." Papa hatte eindeutig die richtigen Worte gefunden. Die Nachbarn zogen sich in ihre Häuser zurück und ich schmiegte mich weiter in Mamas Arme. Den nächsten Herzkasper bekam ich, als ich wieder den vermeintlichen Feind hörte. Wieder dieses Rascheln und Grunzen. Wieder stellten sich alle Nackenhaare und – ob ich wollte oder nicht – ich begann zu zittern wie ein Zitteraal mit Schüttelfrost. Mama merkte das natürlich und streichelte und kuschelte mich, während Papa, die alte Socke rief: „Hey Five, stell dich nicht so an, das ist Hugo, unser Igel." Immer noch zitternd, fühlte ich mich auf Mamas Armen sicher genug, um ihn anzuschauen. Tatsächlich, in dem Moment kam ein stacheliges Etwas aus dem Gebüsch heraus und gab genau die besagten Geräusche von sich, die mich so hatten in Panik verfallen lassen. Keine Wildschweinrotte, und dieses stachelige Etwas war also ein Igel. Gut zu wissen. „Boah", das ist doch nicht zu fassen. Diese kleine Stachelkugel hat es tatsächlich geschafft, mich derart aus der Fassung zu bringen, dass ich kopfüber im Gartenteich gelandet bin. Wie peinlich ist das denn? Zudem war ich auch noch über und über mit grünen Wasserlinsen bedeckt. Bescheuerter ging es gar nicht. Erdloch, wo bist du?

Ich würde so gerne in dir verschwinden. Das muss man sich einmal vorstellen, ich, ein Tricolore-Hund, und dann übersät mit Wasserlinsen. Das sah aus, als hätte ich grüne Masern. Und alles nur wegen diesem bescheuerten „Nadelkissen". Okay, das war vielleicht nicht ganz fair, denn Hugo wusste schließlich nichts von meiner Existenz und hatte keine Ahnung, dass mich seine Geräuschausdünstungen dermaßen in Unruhe versetzt hatten. Okay, Hugo war eindeutig unschuldig, so viel war mir auch klar, aber ich würde ihn mir trotzdem vorknöpfen müssen.

Unterdessen rubbelte mich Mama aber keineswegs trocken, sondern nahm mich mit ins Haus, stellte mich in der Badewanne ab, und shampoonierte mich gründlich ein. Und wenn ich gründlich sage, dann meine ich auch gründlich. Na gut, ich muss sagen, sie hatte recht, denn ich konnte mich selbst nicht mehr riechen. Ich stank wie ein mittelgroßer rülpsender Seehund, total fischig, bäh! Wo kam das denn her? Konnten die paar Goldfische tatsächlich diesen intensiven Ausdünstungen produzieren, die jetzt in meinem Fell hingen? Nach der dritten Shampoonierung wurde ich dann mit lauwarmem Wasser abgespült, wobei Mama peinlichst genau darauf achtete, dass ich auch kein Shampoo in die Augen bekam und kein Wasser in meine Ohren lief. Das anschließende Trocken rubbeln war super, das Föhnen weniger. Zwei Stunden später war ich nach meiner Platsch-Aktion generalüberholt und fühlte mich wieder als Hund, nicht mehr als Seehund. Mama brachte mich zurück auf meinen Schlafplatz, wo ich umgehend einschlief. Mit dem Gedanken: „Das zahl ich Hugo noch heim", driftete ich endgültig ab ins Land der Träume.

Zwei Tage später war es so weit. Igel waren – im Gegensatz zu mir – grundsätzlich nachtaktive Tiere. Mein Groll auf besagtem Hugo war aber so riesig, dass ich tatsächlich wartete, bis er endlich in Sicht kam. Die Grunzgeräusche hörte ich schon von weitem. Ich baute mich drohend – sofern mir das als Berner-Golden Retriever-Mischling überhaupt möglich war – vor ihm auf, holte tief Luft und wollte ihn sozusagen ungespitzt in den Boden rammen. Wie gesagt, ich wusste, dass ich unfair handelte, aber mein Ego war verletzt und schrie nach Rache. Kaum wollte ich loslegen, da rollte sich Hugo zusammen, rief noch: „Hol mich doch", und kullerte einen kleinen Abhang hinunter. Kein Problem für mich. Zwei Sätze, und ich hatte ihn direkt vor meinen Pfoten, aber immer noch als Zahnstocherkugel. Ich versuchte die Kugel ein bisschen hin und her zu schubsen, aber eigentlich tat mir das mehr weh als offensichtlich Hugo. Alles klar, dann eben nicht! Trotzdem, so richtig Freunde würden Hugo und ich wohl nie werden. Wer will auch schon mit lebendigen Zahnstochern befreundet sein…

Am nächsten Abend fand dann die besagte Party statt. Das machten sie scheinbar öfter, denn alle Nachbarn kamen gleichzeitig und hatten etwas zu essen dabei. Unsere direkten Nachbarn – Micha und Mona – kamen als Erste und hatten selbstverständlich meine Schwester Flower im Schlepptau, was mich besonders freute. Papa hatte bereits den Grill angefeuert. Mona hatte Feta-Päckchen mitgebracht, Mama hatte Fleisch- und Gemüsespieße vorbereitet und so kam, als alle schließlich da waren, ein tolles Buffet zustande. Thaddäus, der schräg gegenüber wohnt, hatte einen indonesischen Nudelsalat mitgebracht. Keine Ahnung, was daran indonesisch sein sollte, schließlich bin ich noch nie in Indonesien gewesen, aber er sah ganz normal aus – Nudelsalat eben. Thaddäus warnte aber alle vor: „Vorsicht, der ist scharf." „Scharf" kannte ich nicht, klang aber interessant. Ich hatte mein Abendessen natürlich schon im Bauch, was mich nicht davon abhielt, meine Nase in den Wind zu halten, um diese herrlichen Düfte einzuatmen. Da fing mein Magen direkt wieder an zu knurren. Von diesen Dingen, die da auf dem Grill vor sich hinschmurgelten, würde ich zu gerne einmal kosten. An mich hat mal wieder niemand gedacht. Alles, ausnahmslos alles, was da auf dem Grill lag, haben die Menschen selbst verputzt, Steaks, Würste, Feta, Gemüsespieße und und und… Selbst von dem Knoblauchbaguette war nichts mehr übrig. Lediglich der indonesische Nudelsalat war nicht komplett aufgegessen worden. Und das Beste war, dass sich eben dieser Salat auf einer Art Beistelltisch befand, der haargenau die richtige Freßhöhe für mich hatte. Flower und ich schauten uns nur an – alles klar – den machen wir nieder. Gesagt – getan! Da wir grundsätzlich verfressen waren, hatten wir die Schüssel in Null-Komma-Nix geleert, bis wir merkten, dass irgendetwas nicht stimmte. Die Zunge brannte, der Rachen und der Bauch auch, und sogar in den Ohren brannte es? Kamen da bereits Flammen aus meinen Schlappohren? Was war denn das für ein Teufelszeugs? Wir rannten wie die Wilden an den Gartenteich, um das Feuer in unseren Kehlen loszuwerden, aber je mehr wir tranken, desto schlimmer wurde es. Irgendwann hat Papa uns erspäht, und als er dann noch die leere Nudelsalatschüssel sah, wurde ihm einiges klar. „Hey Five, hallo Flower, Wasser geht gar nicht. Das verschlimmert eure Schmerzen nur." Er lief ins Haus und holte uns Brot, selbstverständlich ohne Knoblauchbutter. „Baguette ist zwar für euch keine artgerechte Ernährung, aber indonesischer Nudelsalat auch nicht. Brot sollte euch helfen." Und tatsächlich, nachdem Flower und ich jeder ein halbes Baguette gefressen hatten, ließ das Pochen in den Ohren nach. Meine Güte, was essen die Menschen da eigentlich? Das ist ja lebensgefährlich. Der Schmerz auf der Zunge, in der Kehle und in den Ohren war weitestgehend beseitigt und Flower und ich dachten, dass nun wieder alles gut sei. Weit gefehlt!!

Die Party war längst vorüber und ich schlief den Schlaf der Gerechten bis ich mitten in der Nacht wach wurde, weil mir sooo übel war. Ehrlich, ich konnte wirklich nichts dafür, aber ich entlud mich explosionsartig vorne und hinten heraus – gleichzeitig. Es grenzte an ein wahres Wunder, dass nichts aus meiner Nase und meinen Ohren herauskam. Mir war so elend. Eigentlich wollte ich nur noch sterben. Adieu, du schöne Welt. Das war wirklich ein extrem kurzes Hundeleben gewesen. Sunny hat wohl meine missliche Lage erkannt und heulte so lange, bis Papa auf der Bildfläche erschien. Er packte mich, und ab ging es auf die Hundewiese. Und – oh Wunder – wir trafen dort auf Micha und Flower, die wohl ein ähnliches „Problem" drückte. Wir haben beide unseren Schlafplatz eingesaut, litten unsäglich und waren am nächsten Tag beide nicht ansprechbar. Eines war klar – nie wieder indonesischer Nudelsalat! Man sagt uns Hunden ja nach, dass wir in Bezug auf Fressen nicht lernfähig seien. Vielleicht stimmt das sogar, aber egal – ganz egal – was Thaddäus zur nächsten Grillparty mitbringen wird, ich werde es definitiv NICHT anrühren!

Das Fußballspiel

Es war Samstagnachmittag. Papa und Micha gingen mit Flower und mir spazieren, wobei spazieren gehen eigentlich nicht ganz richtig war. Wir marschierten mehr direkt zum örtlichen Sportplatz. Papa und Micha waren eingefleischte Fußballfans und heute spielte der FC Oberhintertupfing gegen den SV Untervordertupfing – oder so ähnlich. Könnte aber auch sein, dass Rülpshausen gegen Pupshausen spielte. So genau wusste ich das nicht. Ehrlich, ich hatte vom Fußball keine Ahnung, es war mir einfach schnurzegal und interessiert mich genauso, wie wenn in China ein Fahrrad umfällt. Eine Mannschaft trug rote Trikots, die andere blaue, aber welche Mannschaft nun welche war, konnte ich leider nicht beantworten.

Das Spiel war schon in vollem Gange und Papa und Micha diskutierten lautstark und gestenreich, welche Mannschaft nun die bessere sei. Dabei schrien sie immer wieder irgendwelche Kommentare Richtung Spielfeld und spielten sich als die besseren Schiedsrichter auf. Der Ball wurde ständig hin- und her geschossen, und ich dachte mir noch, die könnten doch jedem Spieler einen Ball geben. Dann würde dieses wuselige Hin und Her endlich aufhören. Flower und ich schauten uns nur an und hatten wohl beide denselben dämlichen Gedanken. Da machen wir mit!!

Papa und Micha konnten gar nicht so schnell reagieren, da waren wir auch schon auf dem Fußballfeld und mischten das Spiel mal so richtig auf. 22 Spieler, ein Schiedsrichter, Flower und ich, aber nur ein Ball. Da war mal ordentlich Rambazamba angesagt. Der Schiedsrichter pfiff wie verrückt und Papa und Micha fuchtelten wie die Wilden mit den Armen herum und brüllten irgendwelche, für uns unverständliche Befehle, die uns übrigens auch am Allerwertesten - also unseren süßen Hundepopos – vorbeigingen. Einige Spieler sind bei unserem Anblick regelrecht zur Salzsäule erstarrt - warum eigentlich? Wir waren doch nur – einmal tief Luft holen - Hundewelpen und es war kaum zu glauben, dass sich andere schier kaputtlachten. Flower und ich hatten jedenfalls den Spaß unseres Lebens, jeden Fall so lange, bis Flower es tatsächlich schaffte, in den Ball hineinzubeißen und ihn somit vernichtete. Da gab es keinen prallen Ball mehr. Jetzt war das mehr so ein Dödelding. Schade, denn jetzt war sozusagen game over.

Das war mir eigentlich auch ganz recht, denn genau in diesem Moment drückte es mich ganz fürchterlich im Bauch. Ich brauchte natürlich auch ein wenig Privatsphäre für meine persönlichen Bedürfnisse. Deshalb zog ich mich in ein Tor zurück und erledigte dort meine Geschäfte. Papa hat es offensichtlich gesehen und wurde hektisch und hektischer, aber das Allerschlimmste war, dass er quer über das gesamte Spielfeld brüllte: „Five, lass das, Five „pfui", Five komm sofort her." Papa brüllte so laut, dass er die die komplette Aufmerksamkeit aller Anwesenden auf mich lenkte. Das Drama ging aber weiter. Spätestens als Papa erkannte, WAS ich dort in den Torraum gesetzt hatte, wurde er noch nervöser und aufgeregter. Wie hätte es auch anders sein sollen, weder Papa noch Micha waren so strukturiert wie Mama und Mona. Das hieß, beide haben zwar gesehen, was da eben im Torraum abgegangen ist – und das im wahrsten Sinne des Wortes – aber keiner konnte für Abhilfe schaffen. Sie hatten mal wieder diese „netten" Tüten entweder zu Hause vergessen, oder am Tütenspender eben keine gezogen. Wahrscheinlich waren sie mit ihren Gedanken beim bevorstehenden Fußballspiel gewesen. Da waren die Denkvorgänge etwas ausgeschaltet und Hundetüten wurden überflüssig wie ein Loch im Kopf. So etwas wäre Mama und

Mona in hundert Jahren nicht passiert. Sie hatten ausnahmslos immer Tüten in allen möglichen Farben und Größen dabei. Je nachdem, wo sie mit uns unterwegs waren, nahmen sie aus den Tütenspendern weiße, schwarze, gelbe oder rote Tüten mit. Sie wollten eben vorbereitet sein und je nachdem wie unsere „Geschäftchen" ausfielen, kamen eben auch unterschiedliche Tüten zum Einsatz. So gut wie Mama und Mona immer vorbereitet waren, so schlecht waren es Papa und Micha. Nach meiner spontanen Entleerung standen sie nun vor einem echten Problem. Keine Tüten dabei, der nächste Tütenspender war meilenweit entfernt und Papiertaschentücher waren auch keine Option, da meine Hinterlassenschaften doch gigantischer waren, als dass ein paar Papiertaschentücher das hätten aufnehmen können. Papa und Micha quatschten miteinander und man konnte die Fragezeichen über ihren Köpfen regelrecht leuchten sehen. Es half nichts. Das, was da gerade produziert worden war, musste weg! Der Schiedsrichter, der bei unserem Angriff auf das Spielfeld schon sauer reagiert hatte, kam nun geradezu der Qualm aus der Nase und den Ohren. So blieb Papa gar nichts anderes übrig, als einen Sprint – was bei seiner kleinen Bierkugel schon einen erhöhten Schwierigkeitsgrad bedeutete – zum nächsten Tütenspender hinzulegen, der, wie bereits erwähnt, nicht in greifbarer Nähe war. Was soll ich sagen, wenn es schiefläuft, dann läuft es auch richtig schief. Der Tütenspender war leer und der Torraum immer noch voll! Papa hatte in dem Moment wohl die allerbeste Spontanidee des Tages. Er rief einfach Mama an: „Hilfe, bitte komm sofort und bring bitte ganz ganz viele Hunde-tüten mit." Ich habe das Telefonat ja leider nicht in allen Ein-zelheiten mitbekommen, aber ich konnte mich trotzdem brezeln vor Lachen. Mama kam auch relativ zügig und hatte – und das war nicht anders zu erwarten – Sunny und Mona im Schlepptau. Diesen Spaß ließ sich keines von den Mädels – egal ob Mensch oder Hund – entgehen. Als nun auch noch Sunny – eine größere Version von mir - auf das Spielfeld stürmte, da war das Chaos komplett perfekt. Sunny hatte den absolut richtigen Riecher, wer vor ihr – o-der uns – so große Angst hatte, dass er sich fast in die Hosen machte, denn genau auf diesen Spieler lief sie zu und machte so ihre Scherze.

Der Schiedsrichter malträtierte weiterhin seine Triller-pfeife, allerdings erfolglos. Obwohl uns dieser schrille Ton in den Ohren wehtat, ignorierten wir den Schiedsrichter und seine Trillerpfeife geflissentlich. Während sich einige

Spieler, vorzugsweise die Angsthasen, einfach so vom Acker – also Spielfeld – machten, fanden andere Spieler die Situation zum Schreien komisch und kickten mit uns den schon sehr ramponierten Ball herum. Irgendwie hatte Flower da ganze Arbeit geleistet. Der ursprüngliche Fußball hatte sich in einen Knüll verwandelt, der nicht mehr richtig flog und schon gar nicht mehr rollte. So, als würde man eine ausgestopfte Blechdose durch die Gegend kicken, nur dass es nicht so schepperte. Wir fanden es lustig, der Schiedsrichter weniger. Der stand mittlerweile am Spielfeldrand und diskutierte mit Micha, da Flower ja den Schaden angerichtet hatte. Die Kosten für einen neuen Fußball waren wohl eher nicht das Problem, sondern wo man auf die Schnelle einen Ersatzball herbekommen könnte, um das Spiel fortsetzen zu können. Leider konnte keine der beiden Mannschaften einen Ersatzball zur Verfügung stellen, so dass Flower das Fußballspiel wirklich gecrasht hatte.

Unterdessen hielt Mama Papa ein Sammelsurium bunter Tüten vor die Nase und grinste ihm frech ins Gesicht. Bevor er auch nur den Mund öffnen konnte, kam schon Mamas Ansage: „Dein Spaziergang, deine Tüten." Mehr musste sie gar nicht sagen, auch Papa war klar, was das bedeutete. Mit leicht angewidertem Gesicht machte er sich auf den Weg, um mein Geschäft zu entsorgen. Aber mal ehrlich, seine Geschäfte und seine Düfte waren auch nicht so der Brüller. Seine „Winde" waren weit davon entfernt nach gegrilltem Steak oder frisch gebackenen Brot zu riechen. Außerdem – warum beschwerte er sich eigentlich – ich hatte keine „Flitzekacke", sondern nur einen – na gut, drei – Haufen produziert. Da gab es deutlich schlimmere Sachen zu entsorgen. Griesgrämig begab er sich schließlich Richtung Torraum, um meine Hinterlassenschaften einzutüten. „Hey Papa, stell dich nicht so an, Flitzekacke wäre deutlich dramatischer gewesen."

Währenddessen hatte Micha offensichtlich die Sache mit dem zerstörten Ball geregelt. Er würde die Kosten für einen neuen Ball übernehmen, aber das Nachholspiel mussten die Vereine unter sich regeln. Keine Ahnung, was sie schließlich verhackstückt hatten. Die Satzung des Fußballclubs sah offensichtlich nicht den Fall vor, dass zwei Hundewelpen ein Spiel aufmischen, den Ball zerstören und sich im Torraum entleeren. Tja, dann sollte man die Satzung vielleicht noch einmal überdenken…

Der Schiedsrichter war gerade dabei, wieder so halbwegs zu seiner Fassung zurückzufinden, als eine Horde Journalisten den Sportplatz stürmten. Irgendjemand hatte ihnen wohl gesteckt, dass hier gerade das merkwürdigste Spiel aller Zeiten stattfand. Da wir uns weder in New York, London oder wenigstens Berlin befanden, gab es hier eben auch nichts Sensationelles zu berichten. Da waren zwei Hundewelpen, die ein Fußballspiel durcheinanderwirbeln, schon etwas Besonderes. Zumal wir nicht nur für eine Spielunterbrechung, sondern sogar für einen Spielabbruch – ich sage nur: zerstörter Ball – gesorgt hatten. Das Gesicht des Schiedsrichters lief schon wieder puterrot an, und ich dachte schon, er würde gleich wie ein Rumpelstilzchen mit den Füßen auf den Boden stampfen, aber dann sah er, dass die Reporter nicht nur einen, sondern gleich zwei Ersatzbälle mitgebracht hatten. Das trug doch deutlich zu seiner Beruhigung bei. Immerhin bestand jetzt die Chance das Fußballspiel fortzusetzen. Bevor es tatsächlich weitergehen konnte, machten die Fotografen aber noch unzählige Bilder von den heimlichen Stars, nämlich Flower und mir, was dem Schiedsrichter wieder einmal missfiel. Schließlich wurde das Spiel wieder aufgenommen, aber irgendwie fehlte jedem der nötige Ernst. Während Flower laut kläffend die Mannschaft in den roten Trikots unterstützte – Entschuldigung, welches Team war das noch einmal? – bestärkte ich die Mannschaft in den blauen Trikots. Was soll ich sagen, jedes Mal, wenn Flower oder ich bellten, bellte – und ich muss wirklich sagen bellte (!!!) – mindestens ein Spieler zurück. Selbst der Schiedsrichter sah das alles jetzt nicht mehr so tierisch ernst und ein leichtes Grinsen schlich sich auf sein Gesicht.

Es hatte sich im gesamten Ort rasend schnell herumgesprochen, dass Irgendetwas Besonderes auf dem Sportplatz stattfindet, nicht nur das übliche Samstagnachmittag-Fußballspiel. Innerhalb kürzester Zeit war der halbe Ort auf den Füßen. Manche brachte Einweg-Grills, andere Kühltaschen mit. Ich entdeckte auf einmal einen Brezelverkäufer und einen Eisstand. Aus einem einfachen Fußballspiel wurde zacki-zacki ein kleines Volksfest.

Mama und Mona lachten und hatten ihren Spaß. Während Mama herzhaft in eine Butterbrezel hinein biss, hatte sich Mona eine Eistüte gekauft. Und auch Papa und Micha

war die ganze Sache nicht mehr oberpeinlich. Ganz im Gegenteil. Sie standen zusammen mit dem Schiedsrichter und
ein paar Spielern und tranken in aller Seelenruhe ein Bier.
Trotzdem machten sie in den nächsten Wochen eher einen
Bogen um den Sportplatz – zumindest, wenn Fußballspiele
stattfanden – und schlugen einen komplett anderen Weg
ein, wenn sie mit Flower und mir unterwegs waren. Warum
eigentlich, konnte ich gar nicht verstehen….

Das Spiel endete übrigens – völlig verdient – 2:2 unentschieden. Tags darauf erschien ein urkomischer und irgendwie nicht ganz ernst gemeinter Artikel in der Zeitung
und ein Foto von Flower und mir prangte auf der Titelseite.

*****

Füffy

Das Volksfest war noch in vollem Gange, aber Mona und Mama drängten zum Aufbruch. Mona, weil sie noch einen Termin hatte und Mama, weil sie einen Braten in den Backofen geschoben hatte. Dieser sollte auf gar keinen Fall verkohlen, was ich auch verstehen konnte. Flower und Sunny waren schon bereit zum Abmarsch, aber ich raufte noch mit ein paar Fußballspielern herum. Also brüllte Mama quer über den Platz: „Füffy, hierher." Ich reagierte zunächst einmal gar nicht – wer war denn Füffy? – aber dann rief sie noch einmal, und dieses Mal noch lauter: „Füffy, Füüüffy – ehrlich, sie rief tatsächlich Füffy mit drei üüü – wir gehen." Die Spieler grinsten mich an. Das war an Peinlichkeit nicht mehr zu überbieten. Ich konnte es immer noch nicht fassen. Sie hatte mich wirklich Füffy gerufen. Mich, einen Berner Sennen – Golden Retriever Mix, okay, noch ein Welpe, aber trotzdem doch ein Mann! Gerade Mama, die auf diesen genialen Namen gekommen war. Five, Five mit Drive. Ausgerechnet sie nannte mich jetzt Füffy. Das konnte doch nicht ihr Ernst sein. Klar, würde ich es niemals – rein größentechnisch – mit einer deutschen Dogge oder einem irischen Wolfshund aufnehmen können, aber eine Teppichratte war ich eben auch nicht. Mal ehrlich, Füffy, das war doch eher ein Name für eine Wüstenrennmaus, nicht für einen richtigen Hund.

Ich war sauer, mehr als sauer, sozusagen stinkesauer. Bevor mir allerdings der Qualm aus den Nasenlöchern kam, beschloss ich, mich zu revanchieren. „Füffy" würde ich nicht einfach auf mir sitzen lassen, und das musste Mama mehr als deutlich spüren. Also beschloss ich nichts zu überstürzen, sondern mir einen megageilen Plan zu überlegen. Etwas, was sie ihr Leben lang nicht vergessen würde und mich nie – wirklich niemals- mehr Füffy nennen würde. Es musste ein wirklich knackiger Plan sein. Nicht so etwas wie eine Nacht durchheulen oder in ihr heißgeliebtes Kräuterbeet pinkeln, das wäre viel zu simpel. Es musste ein grandioser Plan her. Auch wenn Sunny – meine Tante – der Meinung war, Jungs hätten dafür nicht das geistige Potenzial, ich hatte es!

Sunny hat mir einmal erzählt, dass sie nur „Sunny" gerufen wird, ihr eigentlicher Name aber ANASAZAI sei. „Häh", so ein Hirnpups kam eindeutig nicht von Papa, das konnte nur Mamas Werk sein. Uff, manchmal hatte Mama wirklich eine Schraube locker. So etwas würde Papa nie im Leben einfallen. Er war da mehr so „geradeaus" gestrickt.

Ich würde Mama jedenfalls eindrucksvoll zeigen, dass man mich nicht ungestraft Füffy rief, und Sunny würde ihre These von unkreativen Jungs über den Haufen werfen müssen. Schließlich machte sich eine total geniale Idee in meinem Hundehirn breit. Das Zauberwort hieß: „Totalverweigerung." Meine Mama würde mich noch einmal Füffy rufen, und dann würde sie schon merken, was in mir steckt, eben ein echter Kerl und kein Weichei. Und dann kam es, wie es kommen musste und ich bereits befürchtet hatte. Am nächsten Morgen, Mama schnappte sich wie immer beide Leinen, und rief: „Sunny, los geht's und Füffy, das gilt auch für dich." Das Ergebnis war, dass Sunny sich erhob, sich reckte und streckte, und dann auf sie zu tapste, während ich mich noch nicht einmal einen Millimeter bewegte. „Hey, Füffy, wir gehen." Was folgte, war die komplette Ignoranz meinerseits. „Los Füffy, der Morgenspaziergang ruft." Ich stellte mich tot und versuchte auch möglichst nur ganz flach zu atmen, sterben wollte ich schließlich auch noch nicht. „Na los Füffy, auf die Pfoten." Ich reagierte immer noch nicht und so langsam wurde Mama unruhig. „Hey Füffy, du bist doch sonst nicht so ein Morgenmuffel, ist alles okay bei dir?" Keine Reaktion von meiner Seite. „Füffy, Füffy, was ist los mit dir?" Sie tastete mich ab und fühlte, ob ich noch lebte. Immerhin etwas. Meinen Herzschlag konnte ich schließlich nicht auf null zurückfahren. Meine Ohren waren nicht heiß und meine Nase war angenehm kühl und leicht feucht, sozusagen alles optimal. Nur reagierte ich eben nicht auf ihre Ansagen. Sunny forderte aber auch – zu Recht – ihren Morgenspaziergang ein, und so blieb Mama nichts anderes übrig, als mich zur Hundewiese zu tragen. Eigentlich liebte ich speziell die Morgenspaziergänge. Da konnte man so herrlich herumschnüffeln und der Morgentau war einfach genial. Wer war schon da, oder bin ich heute der Erste, hier mal das Bein heben und dort mal eine doofe Duftmarke überpinkeln, das alles war richtig toll, aber sich tragen lassen, was war schon etwas Königliches. Irgendwie fühlte ich mich im Moment wie „Graf Rotz von der Rennbahn". Mama hatte schon ein bisschen mit mir zu kämpfen, zumal ich mich in ihre Arme fallen ließ wie ein nasser Sack und ich brachte mittlerweile auch schon so 12 – 15kg auf die Waage. So genau wusste ich das nicht, aber in meinem Alter legen wir so ca. ein Kilogramm pro Woche zu. Mama strengte sich an, aber sie wollte mich ja auch unbedingt zur

33

Hundewiese bringen, in der Hoffnung, dass ich zu neuem Leben erwachen würde. Und dann kam der Showdown. Wie der geölte Blitz sprang ich auf meine Pfoten und tobte mit meinen neuen Freunden herum. Mama war total erleichtert, ihr fiel nicht nur ein Stein, sondern ein ganzes Gebirge vom Herzen, aber als sie mich Füffy rief, fiel ich quasi aus dem Stand um und bewegte mich nicht mehr, nicht mal ein kleines bisschen. „Füffy, Füffy, oh Gott oh Gott, was ist los? Du darfst nicht sterben." Tränenüberströmt trug mich Mama nach Hause – mein schlechtes Gewissen drückte mich schon irgendwie – und rief sofort nach Papa. „Er stirbt, Füffy stirbt." Mein Papa, gelassen wie immer, kam aus der Küche, der übrigens wieder wunderbare Gerüche entströmten, schaute mich an und meinte nur: „Hey Five, was ist los mit dir?" Ich hörte nur Five und war auf der Stelle kerngesund, tapste auf ihn zu und ließ mich mit Streicheleinheiten, auch wenn er Riesenpranken hatte, verwöhnen und bekam sogar noch ein Stückchen von dem frisch gebackenen Pfannkuchen.

Mama verstand die Welt nicht mehr. „Oh Gott, Füffy, du lebst, ich bin ja sooo froh. Sie hatte noch nicht ganz zu Ende gesprochen, da fiel ich wieder um wie ein Stein. Mama schaute Papa ganz verzweifelt an. „Was ist los mit ihm? Vor einer Sekunde war er noch quietschlebendig, und nun liegt er auf dem Boden. Atmet er überhaupt noch oder ist er doch schon tot?" Mama liefen die Tränen wie Sturzbäche aus den Augen. Papa hatte die Lage wohl ziemlich schnell erfasst, aber er ließ Mama noch etwas schmoren. Mama hatte doch tatsächlich die Angewohnheit immer wieder neue und abstruse Kosenamen zu erfinden. Sie meinte es immer gut, schoss aber auch unglaublich über das Ziel hinaus. Ich habe einmal erlebt, wie sie Papa Schnuffelchen gerufen hat. Das muss man sich mal vorstellen, mein Papa, ein gestandener Mann, und dann – Schnuffelchen. Das erste Mal hat er das geflissentlich überhört, aber als sie dann noch einmal Schnuffelchen gerufen hat, antwortete er laut und deutlich: „Was gibt es Dickmaus?" Ich musste kichern, meine zierliche Mama sollte eine Dickmaus sein. Nie im Leben! Ab dem Moment waren Schnuffelchen und Dickmaus begraben. Nun musste nur noch Füffy ausgelöscht werden!

„Jetzt reg dich mal nicht so auf." Mit diesen Worten reichte er ihr ein Taschentuch und rief mir zu: „Auf Five, es gibt Frühstück." In Null-Komma-Nix war ich auf den Pfoten und verputzte in Rekordgeschwindigkeit mein Früh-stück, inklusive eines weiteren Pfannkuchens. Mama hatte ihre Tränen mittlerweile getrocknet und freute sich über meinen gesunden Appetit. „Und Füffy, geht es dir wieder gut?" Augenblicklich kippte ich wieder um und gab keinen Mucks mehr von mir. Mama reagierte erwartungsgemäß. „Meine Güte, Füffy, was stimmt nicht mit dir?" Dabei zit-terte sie wie Espenlaub. Währenddessen hatte Papa die Show längst durchschaut und zwinkerte mir kurz zu und hob seinen Daumen. Einerseits tat mir Mama fast leid, aber FÜFFY ging eben auch gar nicht. „Füffy, Füffy, wach wie-der auf", wodurch sie es nur noch schlimmer machte. Ich lag am Boden, verdrehte noch kurz die Augen und ließ die Zunge aus meinem Maul heraushängen. Quasi tot. „Wir müssen sofort in die Tierklinik fahren, Füffy stirbt." Papa fing schallend an zu lachen, wobei sein kleines Bierkügel-chen auf und ab hüpfte und Mama die Welt nicht mehr ver-stand. „Er stirbt, und du stehst da und lachst dich scheckig. Das kann doch nicht dein Ernst sein. Es geht hier um Füffy, unseren Füffy." „Genau, es geht hier um unseren Five." Und schon wackelte ich wieder mit den Ohren, aber Mama hatte das kleine Wortspiel gar nicht mitbekommen. „Füffy, ich kapier es einfach nicht", und schon verdrehte ich die

Augen, dass nur noch meine Augäpfel zu sehen waren. War echt anstrengend, aber was tut man nicht alles, um diesen verhassten Namen loszuwerden. Mama hatte es immer noch nicht kapiert, sie war an der Stelle absolut begriffsstutzig und war immer noch in ihrem wir-fahren-sofort-in-die-Tierklinik-Modus, bis Papa sie schließlich auf das Offensichtliche schubste. Er nahm sie an die Hand – wie süß – und sagte nur: „Ruf ihn!" Es war sonnenklar, was kommen musste. „Füffy, komm her!" Ich zappelte, als würde ich an einer Steckdose hängen und täuschte regelrechte Todeskrämpfe vor. Mama brach erneut in Tränen aus, aber mein Papa war eben auch ein Mann und verstand, dass für mich Füffy eben ein komplettes No Go war, so wie Mama ihn vielleicht Schnuffelchen rufen würde. Das ging eben gar nicht und so zeigte er auch ü-ber-haupt keine Gnade.

Nachdem sich Mama einigermaßen beruhigt hatte, und mindestens 20 – in Worten zwanzig – Taschentücher verbraucht hatte, meinte Papa ganz cool: „Okay, jetzt ruf ich unseren kleinen Welpen. Five, komm mal her!" Wie von der Tarantel gestochen sprang ich nicht nur auf, sondern flog meinem Papa regelrecht in die Arme, drückte ihm ein Hundeküsschen auf die Backe – was eigentlich nicht erlaubt war

– und freute mich meines Lebens. Mama war normalerweise ein superintelligentes Wesen, aber in Bezug auf meinen Namen hatte sie einen echten Hirnaussetzer. Papa, mein gutmütiger Papa, versuchte ihr mit Engelsgeduld auf die Sprünge zu helfen. „Okay, versuchen wir es noch einmal. Ruf ihn einfach." Kaum zu glauben, Mama rief „Füffy" und ich versuchte auf der Stelle meinen Tod vorzutäuschen. Mama hatte schon wieder feuchte Augen, aber Papa war eben ein echter Kerl. „So, jetzt wisch dir mal die Tränen weg und hör mir genau – gaaanz genau – zu. „Es liegt nicht an Five, es liegt an dir." Mama schaute ihn völlig verständnislos an. Sie wusste gar nicht, dass sie etwas falsch gemacht hatte. Papa erhob die Stimme und rief einfach: „Five." Ich rannte auf ihn zu und so langsam dämmerte es Mama, wo das Problem lag. Füffy ging gar nicht, aber Five war super, sozusagen – Daumen hoch! Jetzt war endlich alles klar, Füffy war gestorben und Five – Five mit Drive – war am Start. Da soll noch einmal jemand sagen, dass Männer nicht kreativ sein konnten. Papa und ich, wir verstanden uns. Männer eben!

Mama war immer noch etwas unsicher und rief: „Five, kommst du mal her?" Ich war megaglücklich, sie hatte es kapiert und ich schoss ihr geradezu in die Arme. Füffy war endgültig Vergangenheit.

*****

Platt machen

Wenn wir spazieren gingen, dann immer in unterschiedlichen Konstellationen. Mit Papa und Micha, dann waren auf jeden Fall Flower und ich, aber nicht immer Sunny dabei. Manchmal war ich auch mit Papa alleine unterwegs oder die Mädelsfraktion ging spazieren. Komisch, wenn Mama und Mona losgingen, war Sunny immer mit am Start. Ich genoss alle Spaziergänge, denn alle gefielen mir, aber sie waren auch komplett unterschiedlich. Während Papa und Micha am liebsten Richtung Fußballplatz gingen - na gut, nach unserer letzten Aktion eher weniger – liefen wir mit Mona und Mama vorzugsweise zum Stoppelfeld. Das war eigentlich nur eine riesige Wiese. Wir Hunde konnten uns austoben, Kinder rannten herum und am Rande des Stoppelfeldes gab es sogar noch Tische und Bänke, so dass man auch noch ein kleines Picknick veranstalten konnte. Wie gesagt, alle Ausflüge waren unterschiedlich, aber ich favorisierte die Runden mit Papa und Micha. Die beiden bevorzugten mittlerweile die Spaziergänge an den kleinen Weiher am Waldesrand, aber wohin wir gingen, war eigentlich egal. Ich liebte die Männergespräche. Da diskutierten sie über PS-starke Motoren, die Vor- und Nachteile der diversen Motorenöle und über Männerspielzeug aus dem Baumarkt. Und – sie hatten eine ganz spezielle Art der Kommunikation. Sie quasselten sich keine Knoten in ihre Zungen, sondern redeten in zwei Wort, maximal drei Wort Sätzen. Jeder verstand jeden und alles war klar. Hach, ich liebte diese Gespräche, ich könnte da stundenlang zuhören. Flower hingegen fand das langweilig. Sie kannte ja noch nicht einmal den Unterschied zwischen einer Bohrmaschine und einem Bohrhammer.

Wenn wir mit Mona und Mama unterwegs waren, verliefen die Gespräche deutlich anders. Erstens quatschten die beiden pausenlos. Ich fragte mich immer, wie sie das schaffen, sie müssen doch schließlich auch einmal Luft holen. Es funktionierte einwandfrei und keine erstickte. Nur der Gesprächsstoff, der war für meine Ohren doch eher unterirdisch. Während Flower gespannt lauschte, hätte ich mir am liebsten irgendwelche Stöpsel in die Ohren gedrückt. „Ist das lichtgelbe T-Shirt schöner oder doch eher das sonnengelbe?" Häh, wo war denn da der Unterschied? Gelb ist gelb! Das sahen die Mädels selbstverständlich anders. Sie konnten mindestens 20 – in Worten zwanzig – verschiedene

Nuancen von „gelb" aufzählen. Die Mädels sprachen aber nicht nur über Mode, Wohnaccessoires und sonstigen Schnickschnack, den niemand brauchte, sie redeten auch über andere Themen wie Koch- oder Backrezepte, den besten Blumendünger oder die besten Fensterputzmittel. Keines von den Themen interessierte mich wirklich und so genoss ich zwar die Spaziergänge, schaltete meine Ohren aber auf Durchzug.

Während Mama und Mona rein körpertechnisch eher zu den laufenden Metern zählten, klein, zart und zierlich, waren Papa und Micha echte Kerle, groß, breit und mit Bierkügelchen gesegnet. Und jetzt erzählte Mona meiner Mama, dass sie letzte Woche den schwarzen Gürtel in Karate erhalten habe. Mama selbst betrieb auch Kampfsport und leitete Kurse in Selbstverteidigung. Und dann lachten sie sich über Micha kaputt. Als Mama für ihre Lizenz als Übungsleiterin in Selbstverteidigung einen Sparringspartner benötigte, musste dauernd Papa herhalten. Er hatte verständlicherweise irgendwann keine Lust mehr, denn als „Übungsopfer" bekam er jede Menge blauer Flecken ab. Also fragte Mama Micha, ob er sich als Partner zur Verfügung stellen würde für ihre letzte Übung. Obwohl sie ihm im Vorfeld sagte, dass er zu Boden gehen würde, willigte er ein, denn er konnte sich beim besten Willen nicht vorstellen, dass Mama ihn zu Fall bringen konnte. Mama, fürsorglich wie sie war, sorgte für einen weichen Untergrund, was Micha nur noch mehr schmunzeln ließ. „Alles klar, Micha, in drei Sekunden liegst du", während Micha grinsend antwortete: „Träum weiter." Er hatte noch nicht fertig gesprochen – Mama tat zwei Handgriffe – da lag er auch schon auf dem Boden und zappelte wie ein Käfer auf dem Rücken.

Mama und Mona ließen die Geschichte noch einmal Revue passieren und lachten sich schier kaputt. Er hat sich nach der Aktion übrigens nicht mehr als Trainingspartner zur Verfügung gestellt.

Wir waren bereits auf dem Rückweg unserer Hunderunde, da kamen uns doch tatsächlich zwei so merkwürdige Typen entgegen. „Mensch, du hast aber schöne Beine", meinte einer und ich schaute etwas irritiert an mir herunter. Seit wann machte man einem Hund Komplimente wegen seiner Beine? Vielleicht war mein Ego doch ein bisschen zu groß gewesen, denn ich war gar nicht gemeint, sondern Mama. Okay, Mama sah wirklich nicht schlecht aus, hatte aber doch einen gewissen Hang zu O-Beinen. Wieso also ein Kompliment zu ihren Beinen? Keine Ahnung. Der andere setzte noch eins drauf zu Mona gewandt: „Und du hast echt eine tolle Frisur." Ganz objektiv, Mona hatte im Moment keine tolle Frisur, denn ihre Haare waren komplett windzerzaust. Merkwürdige Typen! Mama und Mona dachten wahrscheinlich nur, was für ein paar komische Gestalten, aber Flower und ich waren wachsam. Es kam, wie es kommen musste. Sowohl Papa als auch Micha waren in der nächsten Zeit beruflich extrem eingespannt. Micha war Steuerberater, Papa Rechtsanwalt. Natürlich fütterten und knuddelten sie uns, aber für ausgiebige Spaziergänge fehlte momentan die Zeit. Für Mama und Mona war das kein Problem. Sie übernahmen gerne die täglichen Ausflüge mit uns. Es fiel Sunny auf, Flower und mir auch, nur Mama und Mona nicht. Egal zu welcher Uhrzeit wir unsere Runden starteten, die merkwürdigen Typen waren immer da. Nicht nur das, auch ihre Bemerkungen wurden immer dreister. Mama und Mona nahmen sie irgendwann schon wahr, ignorierten sie aber geflissentlich in der Hoffnung, dass es dann ein Ende haben würde. Nix war's. Mittlerweile hatten sie noch zwei weitere Kumpels im Schlepptau und tauchten nur noch im Viererpack auf. Mama und Mona blieben tiefenentspannt. Sie empfanden die Situation höchstens als lästig, nicht als beängstigend. Natürlich hatten sie inzwischen Papa und Micha von den komischen Vögeln berichtet. Und so haben sich Papa und Micha mal diese Gesellen aus der Ferne angesehen, nur um zu dem Schluss zu gelangen, dass es nur Wichtigtuer seien. Trotzdem wollten sie ihnen mal eine ordentliche Lektion erteilen. Es war Papa, der eine absolut zündende Idee hatte. Er erklärte Sunny, Flower und mir einen neuen Befehl: „Platt machen." Das bedeutete für uns, dass wir sie anbellen durften, so lang und so laut wir wollten und dazu durften wir noch nach Herzenslust um sie herumzurennen. Wir sind Hütehunde, also von Natur aus dazu erkoren, unser Rudel zusammenzuhalten. Wir haben keinen ausgeprägten Jagdtrieb, aber das wussten diese geistig unterbelichteten Typen offensichtlich nicht. Allein der Befehl „Platt machen" klang schon beängstigend und genauso sollte es auch sein. Mama und Mona wollten einfach nur in Ruhe ihre Runden mit uns drehen und waren lediglich genervt, aber Sunny, Flower und ich freuten uns schon diebisch auf unseren Einsatz und Papa und Micha blieben immer in der Nähe, um ja nichts von dem bevorstehenden Spaß zu verpassen.

45

Beim nächsten Spaziergang war es dann soweit Es kam zum Showdown. Papa und Micha waren uns mit gebührendem Abstand gefolgt und hatten sogar ausnahmsweise ihre Handys dabei, um ein paar unterhaltsame Videos zu filmen. Einer von den Möchtegern-Casanovas machte eine unpassende Bemerkung in Richtung Mama. Nichts wirklich Anzügliches, eher so etwas wie „du hast aber eine tolle Augenfarbe", wobei das total lächerlich war, denn Mama trug eine Sonnenbrille. Das war jetzt aber die ultimative Bemerkung, die Mona so dermaßen quer runter ging, dass sie sich ganz langsam zu den Typen umdrehte, dann uns anschaute und dann mit fast schon gelangweilter Stimme das Kommando gab: „Platt machen." Hach, wie wir diesen Befehl herbeigesehnt hatten. Wir bellten wie verrückt, rannten um die dämlichen Gestalten herum, während Mama und Mona versuchten, einen möglichst teilnahmslosen Eindruck zu vermitteln. Die Superhelden sind in eine regelrechte Schockstarre verfallen und hatten Gesichtsausdrücke, als wollten sie sich gleich in die Hosen pinkeln. Unterdessen waren Papa und Micha zu uns aufgerückt und hielten die ganze Szenerie mit ihren Handys fest. Ich bezweifle, dass wirklich gute Videos dabei herausgekommen sind, denn sie hielten sich ihre Bäuche vor Lachen. „Ruft die Bestien zurück, die zerfleischen uns gleich." Ich schaute mich um und fragte mich, wo denn hier die Bestien seien. Ich sah nur Mama und Mona, Papa und Micha, Flower und Sunny. Weit und breit waren weder ein Säbelzahntiger noch ein Tyrannosaurus rex zu sehen. Einer von den Typen deutete auf mich: „Der da, der ist der Schlimmste. Der bringt uns gleich um." Der spinnt doch wohl. Wie hätte ich die Dämmlacks denn umbringen sollen? Mit meinen Milchzähnchen? Haha, selten so gelacht. Mittlerweile waren auch Mama und Mona in schallendes Gelächter ausgebrochen. Mona wischte sich die Lachtränen aus den Augenwinkeln und gab schließlich den Befehl: „Platt machen fertig." Schade, das hatte gerade so viel Spaß gemacht. Ich wollte noch ein bisschen weitermachen, der Spaß war einfach zu groß gewesen, aber Papa schaute mich nur an und ich wusste Bescheid. Kein „Platt machen" mehr. Sooo schade! Die Gestalten zitterten immer noch wie Espenlaub. Das tat meinem Ego natürlich wahnsinnig gut, dass jemand so einen riesengroßen Respekt vor mir hatte. „So", richtete Micha das Wort an die vier Strategen, „so etwas passiert, wenn man unsere Frauen belästigt", und ich konnte es mir einfach nicht verkneifen, ihnen wenigstens noch vor die Füße zu pinkeln. Mama schaute mich zwar streng an, aber das war eben meine Art, Mama und Mona zu verteidigen, wobei die beiden „laufenden Meter" das gar nicht nötig hatten. Die Typen verduffteten, als wollten sie einen neuen Weltrekord im Sprint aufstellen. Na, denen hatten wir es mal gegeben. Schade nur, dass der Spaß so schnell vorbei war, aber egal. Wir gingen jedenfalls vergnügt nach Hause und lachten uns immer noch über die schrägen Kerle kaputt.

Am nächsten Tag – Mama und Mona saßen gemütlich bei einem Glas selbstgemachten Pfirsich-Eistee zusammen – als es an der Haustür klingelte. Neugierig, wie ich war, raste ich schnurstracks sofort ans Gartentor, aber Mama war direkt hinter mir. Verdutzt schauten wir beide, wer da vor der Tür stand. Es waren tatsächlich diese vier seltsamen Gestalten, die Mama und Mona auf den Keks gegangen waren. Da standen sie nun vor dem Gartentor mit zwei riesigen Blumensträußen in den Händen und wussten offensichtlich nicht, was sie sagen sollten. Mama öffnete das Tor und meinte nur: „Kommt rein, die Bestien haben gerade gefressen und sind satt, sie tun euch nichts." Unsicher, ob das wirklich stimmte, betraten sie zögernd den Garten. „Schau mal Mona, wer uns besuchen kommt." Mona, mit ihrem

Glas Eistee in der Hand, kam ums Eck und staunte nicht schlecht, wer da immer noch am Gartentor stand. Der Anführer – oder vielleicht auch nur der Mutigste – drückte sowohl Mama als auch Mona einen Blumenstrauß in den Arm und entschuldigte sich wortreich für ihre doofen Aktionen. Mama und Mona waren gerührt und boten den Vieren selbstverständlich auch einen Eistee an. Sie waren nicht so ganz sicher – mit Blick auf Sunny, Flower und mich – ob sie die Einladung wirklich annehmen sollten. Als Mona dann auch noch raushaute: „Die Vierbeiner sind harmlos, aber wir betreiben Kampfsport und könnten euch locker-flockerleicht platt machen. Die Vier, blass wie sie ohnehin schon waren, wurden noch blasser, aber Mona beruhigte sie: „Kein Thema, alles wieder gut. Ihr seid uns nur einfach auf die Nerven gegangen. Wie heißt ihr überhaupt?" Sofort kam es von dem Häuptling wie aus der Pistole geschossen und deutete gleichzeitig auf seine Freunde: „Das sind Piff, Paff, Puff und ich heiße Peng." Wir schauten sie alle total entgeistert an während Mona mit einer Hand auf sie deutete und meinte: „Die nehmen uns doch auf den Arm. So heißt kein Mensch." Peng beschwichtigte sofort: „Wir haben uns im Kindergarten kennengelernt und fanden das Quartett „Piff, Paff, Puff und Peng einfach nur cool. Und

49

irgendwie sind die Namen hängengeblieben. Im wirklichen Leben heißen wir Patrick, Sören, Ulf und ich bin der Konstantin. Wir wollten uns nur noch einmal entschuldigen und fragen, ob es okay ist, den Wuffis ein paar Wienerle zu verfüttern." Dabei zog er ein großes Wurstpaket aus seiner Tasche. Bevor Mama oder Mona auch nur einen Ton von sich geben konnten, hatten sich schon Sunny, Flower und ich erwartungsvoll vor ihm aufgebaut und schauten ihn erwartungsvoll an. Die beiden Frauen nickten nur und dann wurden wir mit Schweine- Rinder und Geflügelwürstchen gefüttert. Eines war köstlicher als das andere. Das war mal eine Entschuldigung, so ganz nach meinem Geschmack!! Trotzdem fragte Mama sie natürlich, wie sie eigentlich auf diese schwachsinnige Idee gekommen waren, uns ständig hinterherzulaufen und dämliche Bemerkungen vom Stapel zu lassen.

Es war wieder Peng, oder besser Konstantin, der wieder antwortete: „Ehrlich, ihr wart uns schon ein paar Mal aufgefallen, wenn ihr mit euren Hunden unterwegs wart. Wir waren in einer Kneipe, hatten etwas zu feiern, und hatten uns gewaltig einen reingebechert. Jedenfalls hatten wir alle einen ordentlichen Schwips. Ich weiß nicht mehr, wer auf die Idee kam. Jedenfalls haben wir eine Wette abgeschlossen, wer von uns als Erster eine Ohrfeige von euch kassieren würde, wenn wir hinter euch herlaufen und blöde Bemerkungen machen."

Mama und Mona schauten sich bei so viel Ehrlichkeit verdutzt an, bevor sie in Lachen ausbrachen. „Okay, ihr habt echt einen Knall, habt euch aber entschuldigt, und ich danke euch auch nochmals für den Blumenstrauß, aber trotzdem haben wir noch einen Gefallen bei euch gut." Zufrieden, dass weder Mama noch Mona sauer waren, willigte das Quartett sofort ein. „Geht klar, alles, was ihr wollt." „Na, da freut euch mal nicht zu früh. Tante Zitrusfrucht hat sich für nächste Woche angekündigt und da könnten wir eure Unterstützung echt gut gebrauchen." Die Fragezeichen über ihren Köpfen waren mehr als deutlich zu sehen. „Tante Zitrusfrucht? Nicht dein Ernst." „Na ja", meinte Mama, „eigentlich heißt sie Klementine, aber Sunny hat sich ihren Namen nicht merken können. Sie wusste nie, ob sie Klementine, Mandarine oder Pampelmuse heißt. So hat sie sie einfach Tante Südfrucht genannt. Dann hat sich Klementine aber furchtbar danebenbenommen und seitdem heißt sie Tante Zitrusfrucht." Piff, Paff, Puff und Peng lachten sich bei so viel Kreativität schlappig, aber Mama warnte sie noch einmal eindringlich vor: „Wenn Tante Zitrusfrucht hier auftaucht, dann wird das keine Gaudi, für keinen von uns. Also macht euch auf alles gefasst, und wenn ich alles sage, dann meine ich auch alles." „Menschenskinder, du hast doch sonst so viel Mumm, du wirst dich doch von so einer kleinen Tante nicht ins Bockshorn jagen lassen." Jetzt mischte sich Mona ein: „Na ja, kleine Tante ist wohl die Untertreibung des Jahrhunderts. Tante Zitrusfrucht hat eher die Ausmaße eines amerikanischen Mammutbaumes." Das Quartett ließ sich nicht einschüchtern – im Gegenteil – sie waren mehr als gespannt auf besagte Tante und versicherten Mama und Mona ihre volle Unterstützung. Sie hatten schließlich wirklich etwas gut zu machen. Wenn sie gewusst hätten…

*****

Tante Zitrusfrucht

„Tante Zitrusfrucht", den Namen fand ich irgendwie witzig, wobei mir Sunny versicherte, dass Tante Zitrusfrucht alles war, aber auf keinen Fall witzig. Sie war mit der Figur eines Überseekoffers und der Stimme wahlweise einer Schiffssirene oder einer Motorsäge gesegnet. Tante Zitrusfrucht war eine Naturgewalt, nein, eher wie Naturgewalten. Eine Mischung aus Erdbeben, Tsunami und Vulkanausbruch, gigantisch nicht vorhersehbar und unberechenbar. Sunny hatte schon eine leidvolle Begegnung mit Tante Zitrusfrucht hinter sich. Sie hatte ihr aus Versehen ins Gesicht geniest, was Tante Zitrusfrucht wiederum zum Anlass nahm, Mama zu enterben. Darüber konnte Mama aber nur milde lächeln. Wer wollte schon eine angeschlagene Kaffeekanne erben? Genau! Niemand! Tante Zitrusfrucht war ein echter Miesepeter, dafür waren ihre Freundinnen Supertreffer. Nelly, Peggy und Friedlinde waren die Knaller schlechthin, stets gut gelaunt, irre witzig und immer zu Scherzen aufgelegt oder zu irgendeinem Blödsinn bereit.

Leider wollte heute Tante Zitrusfrucht vorbeikommen, und das auch noch ohne ihre coolen Freundinnen. Wie die

Vier überhaupt miteinander befreundet sein konnten, war mir ein Rätsel, drei Superknaller und ein Kanonenschlag, aber das war zum Glück nicht mein Problem. Besagter Kanonenschlag hatte sich für 15:00 Uhr angesagt, allerdings ohne mitzuteilen, was denn der Zweck ihres Besuches sein sollte. Mama war eigentlich nicht auf den Mund gefallen, aber wenn es um Tante Zitrusfrucht ging, holte sie sich gerne Verstärkung ins Haus. Papa war da, Mona und Flower auch und – wie versprochen – waren auch die vier P's – Piff, Paff, Puff und Peng – am Start.

Als Papa von der Wette erfahren hatte, kam ihm geradezu der Qualm aus den Ohren und der Nase und er hätte ihnen am liebsten Eine reingepumpt, sie sozusagen ausgeknockt, aber mittlerweile waren sie so gut befreundet, dass sie mit Papa und Micha schon ein paar Bierchen gezwitschert hatten.

Mama hatte extra Kuchen gebacken, einen Käsekuchen und einen gedeckten Apfelkuchen und sogar Zimtwaffeln, weil Papa die so gerne aß. Wir waren also gerüstet für das bevorstehende Erdbeben. Pünktlich um 15:00 Uhr klingelte es an der Tür. Sunny verschwand wie der geölte Blitz, während Flower und ich – neugierig wie wir nun einmal waren – direkt an die Haustür sprinteten. Die vier P's hielten sich diskret im Hintergrund. Ich hatte mitbekommen, dass sie Mamas Schilderungen über Tante Zitrusfrucht für maßlos übertrieben hielten, aber erstens hatten sie versprochen bei dem großen Auftritt dabei zu sein und zweitens gab es schließlich selbstgebackenen Kuchen, der im Übrigen göttlich roch. Mama atmete noch einmal tief durch, um sich zu wappnen, für das, was da gleich ohne Zweifel auf sie zukommen würde. Sie öffnete die Tür und davor stand wirklich ein übergroßer Kleiderschrank. Flower und ich erschraken ein bisschen.

Während Flower in Rekordgeschwindigkeit verschwand, blieb ich wie angewurzelt neben der Tür sitzen. Anstatt wenigstens „guten Tag" zu sagen, schaute sie erst Mama, dann mich an, und polterte mit ihrer Schiffssirenenstimme sofort los: „Ich habe ja schon immer gewusst, dass du eine hohle Nuss bist, aber hast du den da - dabei deutete sie mit ihren Fleischwurstfingern auf mich - tatsächlich in die Waschmaschine gestopft und zu heiß gewaschen? Das Biest ist eingegangen."

Boah, was war das denn für eine Beleidigung? Mama hatte bereits zu einer bissigen Antwort angesetzt, da kamen die vier P's aus dem Hintergrund hervor. Sie bildeten hinter Mama sozusagen eine Vierer-Abwehrkette und auch Papa kam ganz entspannt aus der Küche geschlendert und biss still vergnügt in eine Zimtwaffel hinein. Er schob sich an den P's vorbei, drückte Mama ein paar Zentimeter zur Seite, baute sich vor dem Mammutbaum auf und sagte nur ein Wort: „Raus."

Wie erwartet ließ sich Tante Zitrusfrucht jedoch nichts gefallen und brüllte wie eine Furie: „Ich will meinen Fingerhut zurückhaben." Mama schaute sie ganz verständnislos an, konnte aber gar nichts sagen, denn Papa meldete sich noch einmal zu Wort: „Ach ja, ich erinnere mich, herzallerliebste Tante Zitrusfrucht." Bei diesen Worten kam schier der Schaum aus ihrer großen Klappe, aber Papa fuhr unbeirrt fort: „Du hast uns damals sehr wortreich und theatralisch diesen verbeulten, verrosteten und bereits aufgeschlitzten Fingerhut geschenkt." Das letzte Wort betonte er ausdrücklich, machte dann eine kleine Pause, zog seine Stirn in Falten, so als würde er überaus angestrengt nachdenken und sprach weiter: „Ja, jetzt ist es mir wieder einge-fallen, wir haben besagtes Teil über den Sperrmüll ent-sorgt."

Die vier P's konnten sich kaum noch halten vor Lachen, hielten sich aber immer noch zurück. Diese Unterhaltung war einfach zu gut, als dass man sie sprengen müsste. Papa redete ganz entspannt weiter und Tante Zitrusfruchts Mund klappte im Sekundentakt auf und zu: „Du weißt aber schon, dass ein Geschenk ein Geschenk ist oder muss ich dir das auch noch erklären? Den Fingerhut hattest du uns aus-drücklich geschenkt, von einer Leihgabe war nie die Rede." Die vier P's waren im Hintergrund nicht mehr zu überhö-ren. Tante Zitrusfrucht riss wieder ihren riesigen Mund auf, schnappte nach Luft wie ein asthmakranker Karpfen, aber bevor sie auch nur einen Ton von sich geben konnte, ergriff Papa wieder das Wort: „Da nun dein Herz an diesem ver-beulten, verrosteten und aufgeschlitzten Fingerhut zu hän-gen scheint, wollen wir mal nicht so sein. Der Fingerhut wurde definitiv über den Sperrmüll – und dieses Wort be-tonte er ausdrücklich – entsorgt. Also werden wir dir den Gegenwert selbstverständlich ersetzen. Wenn du uns nun deine Bankverbindung mitteilen würdest, dann kannst du in den nächsten Tagen mit einem Geldeingang von drei Cent rechnen.

Tante Zitrusfrucht, die mit einem gewaltigem Geldsegen – warum auch immer - gerechnet hatte, lief puterrot an. Papa ignorierte das geflissentlich und machte unbeirrt weiter. „Oder, warte mal, ich glaube so viel Bargeld habe ich gerade noch im Haus." Er zog seinen Geldbeutel betont langsam aus der Hosentasche, warf einen Blick hinein, und zuckte mit den Schultern. „Tut mir leid, es ist Ebbe in der Kasse, leider nur noch zwei Cent."

In dem Moment kam Micha aus der Küche und biss voller Vorfreude in eine vermeintliche Zimtwaffel. „Bäh", rief er in Richtung Mama, „ich liebe ja deine Backkünste, aber was hast du denn da gebacken? Das schmeckt ekelhaft." Angewidert verzog er das Gesicht. „Oh nee, nicht schon wieder. Sie verdrehte die Augen, zeigte auf Papa und sagte: „Letztens erst mein Mann, jetzt du. Du hast die Waffel erwischt, die für Flower bestimmt war." Als Flower ihren Namen hörte, klappte sie die Ohren vor und war ganz entrüstet, dass ihr Papa ihre Waffel angebissen hatte. Mama lenkte ihren Fokus kurz ab von Tante Zitrusfrucht hin zu Flower.

„Ich habe mir so etwas fast schon gedacht und habe extra eine Hundewaffel mehr gebacken." Und schon war Flower wieder besänftigt.

Papa hielt seinen Geldbeutel immer noch in der Hand und wandte sich an Micha: „Sorry Micha, ich bin in der Bredouille, du musst mir ganz schnell einmal finanziell aushelfen." Micha, der mittlerweile in eine echte Zimtwaffel hineingebissen und einen glückseligen Gesichtsausdruck hatte, schaute Papa nur verständnislos an: „Hast du dein Auto in den Sand gesetzt?" „Nein, kein Auto geschrottet, aber den geschenkten Fingerhut von Tante Zitrusfrucht im Sperrmüll entsorgt."

Michas Mimik war unbezahlbar. „Fingerhut – Sperrmüll, wie passt das denn zusammen?" „Also", sprach Papa weiter. „Tante Zitrusfrucht hat uns diesen verrosteten, verbeulten und aufgeschlitzten Fingerhut zwar geschenkt, aber da offensichtlich ihr obergroßes Herz daran hängt, möchte sie ihn nun doch zurückhaben, was jetzt leider nicht mehr möglich ist. Heute ist ihr Glückstag, denn ich habe beschlossen, ihr den Wert zu ersetzen, drei Cent. Leider habe ich nur eine 2-Cent-Münze. Könntest du mir bitte mit einem Cent aushelfen? Du bekommst das Geld selbstverständlich zurück." Micha verschluckte sich fast an seiner Waffel, spielte das Spiel aber mit. Betont langsam zog er seine Geldbörse aus der Hosentasche und inspizierte deren Inhalt. Kopfschüttelnd schaute er hinein und zog dann triumphierend eine 2-Cent-Münze heraus. „Wenn es sich tatsächlich um so einen immens wertvollen Fingerhut handelt, dann lege ich sogar noch einen Cent drauf. Wir wollen schließlich nicht, dass eure Tante noch am Hungertuch nagen muss." Papa nahm beide Münzen, drückte sie Tante Zitrusfrucht in die Hand und meinte: „Stimmt so!"

Tante Zitrusfrucht war erst blass geworden, dann nahm ihr Gesicht aber einen äußerst ungesunden Rotton an. Wutschnaubend stampfte sie wie ein Rumpelstilzchen auf und brüllte, dass man es sicher noch drei Straßen weiter hören konnte: „Ihr seid doch nicht ganz bei Trost. Der Fingerhut war kostbar und stammte aus dem 18. Jahrhundert." „Ja, genauso sah er auch aus." Der Wutpegel von Tante Zitrusfrucht war nochmals deutlich angestiegen, stampfte wiederholt mit dem Fuß auf, wobei sie aber Fives Schwanz traf. Five jaulte herzzerreißend, aber das interessierte sie nicht die Bohne. Flower dafür umso mehr. Wie eine kleine Löwin sprang sie Tante Zitrusfrucht an und versuchte mit ihrem kleinen Hundemäulchen in ihre Wade - oder eher Säule -, die unter dem geblümten Faltenrock hervorschauten, hineinzubeißen. Flower hatte keine Chance, nur leider verlor sie im Eifer des Gefechts einen kleinen Milchzahn, der zu allem Überfluss auch noch in Tante Zitrusfruchts Wade stecken blieb. Sie hatte Flower gar nicht bemerkt, war viel zu sehr mit Rumbrüllen beschäftigt, aber als sie jetzt den Milchzahn in ihrem Waden bemerkte, kippte sie um wie eine gefällte Eiche. Zum Glück waren die vier P's zur Stelle. Sie hatten sich das Spektakel nicht entgehen lassen wollen und griffen nun beherzt zu. Piff und Paff auf der einen Seite und Puff und Peng auf der anderen Seite. Sie konnten zwar nicht verhindern, dass Tante Zitrusfrucht zu Boden ging, aber der Aufschlag erfolgte deutlich geschmeidiger.

Da lag nun die Krawallschachtel. Micha entfernte breitgrinsend den kleinen Milchzahn und schaute dabei Flower stolz an: „Dein erster, Flower, den heben wir auf." Flower hatte sich ganz klein gemacht, da sie ein Donnerwetter erwartete, aber sowohl Papa als auch Micha lobten sie in den höchsten Tönen. Ich hingegen hatte Schmerzen. Ich traute mich gar nicht nachzuschauen, ob ich noch einen ganzen

Schwanz hatte. Mutig blickte ich mich um. Okay, er war noch da, tat aber verdammt weh. Mama war sofort an meiner Seite, betastete ihn und machte ein ganz bedenkliches Gesicht. Sie verteilte eine Schmerzsalbe auf meinem malträtierten Schwanz und wickelte dann einen Verband drumherum. Sah schon komisch aus, zumal der Verband türkisfarben war, half aber gegen die Schmerzen. „Morgen fahren wir vorsichtshalber zum Tierarzt, aber jetzt gibt es erst einmal Kuchen für alle. Fast alle!"

An Papa und Micha gewandt und auf Tante Zitrusfrucht deutend, sagte sie: „Die könnt ihr in ein Taxi verfrachten, ich will sie hier nie wieder sehen. Sie hat Hausverbot auf Lebenszeit. So, wenn diese Matrone endlich das Haus verlassen hat, können wir zum gemütlichen Teil des Tages übergehen. Wer hat Lust auf Kaffee und Kuchen?"

Ich wedelte nur ganz vorsichtig mit meinem bandagierten Schwanz, aber Sunny und Flower schlugen wie die Wilden mit ihren Schwänzen herum, obwohl sie genau wussten, dass es für sie keinen Kaffee geben würde, dafür aber Hundewaffeln. Lecker! Schmatz!

Auch die Menschen – allen voran die vier P's zeigten eindeutiges Interesse an Kaffee und Kuchen. Man konnte sehr deutlich sehen, wie ihnen das Wasser im Mund zusammenlief. Es roch aber auch zu köstlich aus der Küche. Am Kaffeetisch gaben Piff, Paff, Puff und Peng dann noch einmal ihre Ohrfeigengeschichte zum Besten und mittlerweile konnten alle schallend darüber lachen. So kann man auch neue Freunde finden…

*****

Gartenbewässerung

Mama und Papa hatten einen tollen Garten. Überall – wirklich in jeder Ecke – standen Terracotta-Töpfe herum, in jedem noch so kleinen Winkel waren Pflanzen und Blumen verteilt. Es gab sogar einen Teich – na gut, den mochte ich weniger – und ein Salatbeet, in das ich leider nicht hineinpinkeln durfte. Mama schleppte ständig neue Pflanzen an, die Papa meistens erst umtopfte, bevor sie ihren Bestimmungsplatz im Garten erhielten. Papa war auch größtenteils für die Bewässerung zuständig. Es gab unzählige Gießkannen in diversen Größen, dazu eine Regentonne und sogar ein Regenfass, ein ehemaliges Barriquefass. Also, da war wirklich einmal Rotwein drin gewesen. Jetzt diente es nur noch als Regenfass. Und manchmal, wenn mal wieder die Nachbarschaft zu Besuch war, legte Papa einfach einen Deckel auf das Fass und fertig war der Bistrotisch. Mama holte noch ein paar Kerzen und schon war aus dem Barriquefass eine gemütliche Bar geworden. Aber wie gesagt, es war in erster Linie ein Regenfass. Das Problem war nur, eigentlich musste es immer gefüllt sein, denn sobald es leer war, trocknete das Holz aus und es wurde undicht. Man durfte also getrost den Sinn des Regenfasses in Frage stellen. Tatsache war außerdem, dass der tolle Garten, der wirklich wie eine Toskana-Oase aussah, bewässert werden musste. Papa hatte sich zu dem Zweck extra einen ultralangen Gartenschlauch gekauft. Den Garten zu spritzen war angeblich deutlich einfacher als Gießkannen zu schleppen.

Ich schaute es mir ein paar Tage an, wie Papa versuchte mit diesem Monsterteil den Garten zu bewässern. War offensichtlich nicht so einfach, wie er sich das vorgestellt hatte. Mal schubste er dabei einen Terracotta-Topf um – einmal ging sogar einer zu Bruch, was wiederum Mama weniger gefiel – mal verheddert sich der Schlauch in den Gartenstühlen, und einmal war, aus welchen Gründen auch immer, ein Knoten im Schlauch. Papa betrachtete seinen täglichen Kampf mit dem Schlauch als persönliche Herausforderung. Zudem sah er es als völlig überflüssig an, den Schlauch täglich neu aufzurollen, ein Schlauchwagen war für ihn zu simpel, und so lag gesagtes Teil ständig kreuz und quer im Garten herum. Mama wäre sogar fast einmal gestürzt, als sie mit ihrem Absatz hängen blieb. Da hing dann mal kurzfristig der Haussegen schief, und der Schlauch war ein paar Tage lang ordentlich aufgeräumt, aber dann kehrte der alte Schlendrian wieder ein und der Schlauch lag wie eine überdimensionale Anakonda – nicht so dick, dafür deutlich länger - auf dem Rasen herum.

Ich betrachtete mir das Gieß-Schauspiel ein paar Abende lang, wie Papa verzweifelt versuchte, die Beete zu wässern ohne die Blumen zu köpfen. Natürliche Verluste gab es jeden Tag. Ich würde Papa ja gerne helfen – wir Männer mussten schließlich zusammenhalten – nur wusste ich nicht wie, bis sich schließlich die hundsgeniale Idee in meinem Kopf ausbreitete. Ich sagte Papa allerdings nichts, denn ich wollte ihn mit meinem Wunderwerk überraschen.

Sobald sich Papa und Mama abends ins Haus zurückgezogen hatten, machte ich mich an die Arbeit. Ich konnte das nur sehr schwer einschätzen, ob der Schlauch zwanzig oder fünfzig Meter lang war. Er war auf jeden Fall lang, sehr lang! Ich hatte mir die Arbeit deutlich leichter vorgestellt, aber ich biss mich durch, und das im wahrsten Sinne des Wortes. Meine Welpenzähnchen waren zwar spitz, aber eben auch klein, und ich hatte noch nicht so viel Kraft im Maul wie ein ausgewachsener Hund. Ich kämpfte und ackerte und am Ende der Nacht hatte ich es tatsächlich geschafft. Ich fiel todmüde um, aber meine Sprinkleranlage war fertig.

Mama wunderte sich, warum ich bei unserem Spaziergang am nächsten Morgen so planlos durch die Gegend lief und sofort, nachdem ich mein Geschäft erledigt hatte, kehrt machte, aber heute war ihr das recht, denn sie hatte zum großen Frühstück eingeladen. Micha und Mona sollten kommen, die drei coolen Tanten Nelly, Peggy und Friedlinde waren eingeladen und auch die vier P's. Spätestens nachdem sie Tante Zitrusfruchts Auftritt mitbekommen hatten, waren sie zu echten Freunden geworden.

Der Frühstückstisch war bereits liebevoll gedeckt, mit weißer Tischdecke, kunstvoll gefalteten Servietten und kleinen selbst arrangierten Blumengestecken.

Ich stürzte mein Frühstück in Rekordgeschwindigkeit herunter und freute mich jetzt schon diebisch auf Papas übergroßes Lob, wenn er sah, wieviel Arbeit ich ihm erspart hatte. Mama war wieder in der Küche und richtete Wurst-, Schinken- und Käseplatten, schnitt Erdbeerkuchen auf und bereitete das Rührei vor. Sie bekam absolut gar nichts davon mit, was gerade im Garten passierte. Papa hakte den Gartenschlauch in irgendeiner merkwürdigen Vorrichtung ein, so dass er sich nicht selbstständig machen konnte. Zunächst wollte er das Salatbeet bewässern. Er drehte den Wasserhahn auf und verschwand im Haus, um sich aus seinen Gartenklamotten zu schälen. Als er nach fünf Minuten wieder herauskam, wunderte er sich, dass das Salatbeet immer noch nicht ordentlich bewässert war, ging der Sache aber nicht weiter auf den Grund, sondern drehte den Wasserhahn nur weiter auf. Böser, böser Fehler! Dadurch, dass ich so nachtaktiv gewesen war, spritzte das Wasser nun mit erhöhtem Druck aus gefühlten einhunderttausend Düsen, und zwar in alle Richtungen. Es wurde nicht nur das Salatbeet beregnet, sondern alles!!! Der komplette Garten!!! Leider auch die Terrasse, wo sich der frisch gedeckte Tisch befand.

Mama kam freudestrahlend mit ihrem Erdbeerkuchen in der Hand auf die Terrasse und blieb, wie zur Salzsäule erstarrt, stehen. Die weiße Tischdecke hing am Tisch wie – buchstäblich – ein nasser Sack, die Sitzkissen waren durchweicht, und die kunstvoll gefalteten Servietten waren tot –

mausetot. Einzig die Blumen hatten sich über die Berieselung gefreut. Papa kam nun ebenfalls aus dem Haus und verstand jetzt auch, warum das Salatbeet nicht ordentlich bewässert worden war. Er starrte fassungslos auf den Gartenschlauch, der zu einer Beregnungsanlage mutiert war. Er schaute mich an, mich, der fröhlich vor ihm hin und her schwänzelte und auf sein wohlverdientes Lob wartete. Schließlich hatte ich Papa ja geholfen und dafür eine ganze Nacht gearbeitet – unentgeltlich versteht sich. Statt eines fetten Lobes brüllte Papa mich an: „Bist du verrückt geworden? Schau mal, was du angerichtet hast. Was soll der Mist?" „Uiiih, da war aber jemand schräg drauf!" Ich wollte Papa doch nur helfen. War doch nicht mein Fehler, dass er den Wasserhahn volle Lotte aufgedreht hatte und der Gartenschlauch vielleicht noch nicht in der optimalen Position lag. In dem Moment kamen Micha und Mona rüber. Mona hielt einen Mohnzopf in der Hand, während Micha vollkommen irritiert fragte: „Ich dachte, es gäbe ein gemeinsames Frühstück. Habe ich etwas übersehen und ihr habt zur Wasserparty eingeladen?" Papa schäumte vor Wut und zeigte auf mich: „Das war sein Werk." Moment mal, ich hatte zwar den Schlauch perforiert, aber Papa hatte den

Wasserhahn aufgedreht. Damit war es mindestens ein gemeinsames Werk!

Micha und Mona lachten sich kringelig. Mona brachte schnell ihren Mohnzopf in Sicherheit und beschloss dann einfach: „Okay, das Frühstück findet ein Grundstück weiter links statt. Es wird weder weiße Tischdecken noch kunstvoll gefaltete Servietten geben, aber dafür trockene Sitzkissen. Los, hopp hopp, wir ziehen um." Völlig tiefenentspannt gingen Micha und Mona wieder zurück zu ihrem Haus und riefen einfach in die Runde: „Das Frühstück findet bei uns statt." Mama und Papa schnappten sich noch die vorbereiteten Platten und ich war enttäuscht, zu tiefst enttäuscht, dabei hatte ich mir doch so viel Mühe gegeben. Ich hatte die ganze Nacht geackert, mein Kiefer tat weh und einen Zahn habe ich auch verloren. Ich konnte mit meiner Zunge eine deutliche Zahnlücke spüren. Und was war der Dank? Genau! Nichts! Absolut nichts. Die ganze Mannschaft stiefelte ab in den Nachbargarten. Nur ich blieb, wo ich war. Mama warf noch einmal einen Blick zurück auf ihren Katastrophen-Frühstückstisch, immer noch ein bisschen traurig bei dem Anblick auf die zu Seerosen gefalteten

Servietten, die nun aussahen wie ein einziger Platsch oder eher wie grüne Kuhfladen, echt unappetitlich.

Mittlerweile waren auch die vier P's Piff, Paff, Puff und Peng eingetroffen und hatten einen dermaßen stinkenden Käse dabei, der mir, obwohl ich in einiger Entfernung saß, das Pipi in die Augen trieb. Und, oh Wunder, (wer hatte die denn gebacken?) sie hatten Speckwaffeln mitgebracht. Süße Waffeln, alles klar, aber wer backte denn Speckwaffeln? Ich würde sicher nichts davon abkriegen, aber ich liebte den Bäcker trotzdem. Was für ein himmlischer Duft...

Ich hatte mich in mein Häuschen zurückgezogen, sog die diversen Düfte in mich ein und nahm auch die Gesprächsfetzen wahr, aber momentan fühlte ich mich in meinem Häuschen am sichersten. Einmal zusammengedonnert zu werden hat mir völlig gereicht. Dabei hatte ich es doch soo gut gemeint. Ich hatte gearbeitet wie ein Wilder und war so stolz auf mein Werk gewesen, Papa leider weniger. Ich war zutiefst deprimiert, ertrank sozusagen in Selbstmitleid. Keiner wollte mich, keiner mochte mich, ich wollte eigentlich nicht mehr leben. Okay, nicht mehr leben, war jetzt vielleicht etwas übertrieben, aber ich fühlte mich hundeelend, und das im wahrsten Sinne des Wortes.

Gedankenverloren schaute ich in den Nachbargarten herüber, wo Sunny und Flower mit den vier P's herumtobten. Weder die P's noch Mama hatten mich vermisst, wobei ich Mama zugutehalten musste, dass sie mit Mona Tische zusammenrückte und Berge von Geschirr anschleppte. Für elf Personen wird da schon einiges benötigt.

Ich schaute aus meinem Häuschen dem Treiben zu, bis die Tantchen Nelly, Peggy und Friedlinde auf der Bildfläche erschienen und sich über nur zwei Hunde wunderten. „Wo ist denn Five?" Ups, in dem Moment wurde es auch den vier P's bewusst, dass ich fehlte. „Der soll bleiben, wo der Pfeffer wächst", brüllte Papa, offenbar immer noch stinkesauer. „Dieses kleine Mistvieh", - er nannte mich tatsächlich Mistvieh -, „ist dafür verantwortlich, dass unser Gartenschlauch unbrauchbar geworden ist und unser Frühstück gecrasht wurde." Schien so, als hätte er das besser nicht gesagt, denn genau in dem Moment schaute auch Mama auf, schüttelte nur mit dem Kopf und dann brach ein regelrechter Sturm der Entrüstung aus. Von allen Seiten prasselte es auf ihn nieder, es war ein Donnerwetter vom Allerfeinsten. „Bist du noch zu retten? Es ist ein kleiner Hund!" über „hey, du bist doch der Dödel, der den Wasserhahn aufgedreht hat", bis zu „mach mal langsam und dreh mal ‚ne Spur zurück." Ich konnte das alles noch nicht richtig glauben und machte mich vorsichtshalber noch ein bisschen kleiner. Was soll ich sagen, ich hatte keine Chance, aber es waren schlussendlich Tante Nelly und Paff, die wie die Zinnsoldaten auf mich zu marschierten und mich bequatschten, doch mit ihnen rüber in den Nachbargarten zu gehen. Ich wusste nicht so recht. Eigentlich wollte ich lieber in meinem Häuschen bleiben und warten bis sich das „Gewitter" verzogen hatte, aber sie kannten keine Gnade. „Du kommst mit, wir regeln das schon. Und außerdem bist du doch kein Feigling. Sieh den Tatsachen ins Auge und benimm dich wie ein Mann." Damit hatte Tante Nelly genau die richtigen Worte gefunden. Mit eingezogenem Schwanz und fast schon auf dem Boden robbend, unsicher und verwirrt, tapste ich nach nebenan. Mama war zwar etwas traurig gewesen wegen ihrer schönen – nun ruinierten – Tischdekoration, trotzdem aber immer noch tiefenentspannt.

Es hatten natürlich bereits alle Anwesenden von meiner nächtlichen Aktivität erfahren, und so versuchte ich mich möglichst schnell unsichtbar zu machen. Ging aber nicht. Ich wollte mich gerade unter die Hecke hinter der dicken Eiche verdrücken, da erblickten mich die anderen drei P's, dazu noch Tante Peggy und Tante Friedlinde. „Hey, Five, du Gartenschlauchzerstörer, da bist du ja endlich. Wir haben schon von deiner Heldentat gehört." Je mehr und lauter sie redeten, desto mehr wünschte ich mir, mich in Luft aufzulösen oder wahlweise in ein Erdloch zu fallen. Leider gehen nicht alle Wünsche in Erfüllung, meiner gehörte dazu, also weder Luftauflösung noch Erdloch.

Papa war wohl offensichtlich von allen zusammengebügelt worden, denn er kam zu mir, während ich versuchte mich noch kleiner zu machen. Jetzt griff Mama ein: „Hey, herzallerliebster kleiner süßer Füffy – sie übertrieb dermaßen, dass ich ihr dieses Mal den „Füffy" kommentarlos durchgehen ließ, – stell dich nicht so an, alles gut, ein zerstörter Gartenschlauch ist nicht das Ende der Welt." Ich wollte schon erleichtert aufatmen, da sagte Papa doch tatsächlich zu mir: „Okay, Five, der Gartenschlauch in irreparabel kaputt. Du hast die Wahl, entweder bekommst du ab sofort weniger zu fressen oder wir kaufen für dich billigeres Futter und zwar so lange, bis der Gartenschlauch bezahlt ist. Aber keine Sorge, verhungern lassen wir dich nicht." Entsetzt schaute ich ihn an. Konnte er wirklich so grausam sein? Ich hatte es sooo gut gemeint und wollte ihm die Gartenbewässerung erleichtern und anstatt eines dicken Lobes für meine Kreativität und Arbeit wurde ich erst zusammengefaltet, dann Mistvieh genannt und nun wurde ich auch noch zu einer Hungerskur verdammt. Ich war doch noch ein kleiner Hund, mitten im Wachstum, da brauchte ich doch eher mehr als weniger Futter.

Papa kaufte für den Garten – und sonst eigentlich auch – nur hochwertige und damit auch teure Dinge. Dann war der Gartenschlauch sicher ebenfalls nicht billig gewesen, was wiederum bedeutete, dass ich bis an mein Lebensende würde hungern müssen. Keine Hundewaffel mehr, kein Sonntags Ei mehr und auch keine Leckerchen mehr. Mir schossen tausend Gedanken durch den Kopf, wie ich diesem Elend entkommen könnte. Ich muss wohl ziemlich bedeppert ausgesehen haben, denn Papa fing schallend an zu lachen: „Hey Five, das war deine Strafe. Natürlich werden deine Freßportionen nicht gekürzt. Und nun komm her und lass dich knuddeln." Uih, ich war erleichtert, es war alles wieder gut. Mir fiel nicht nur ein Stein, sondern ein ganzer Felsbrocken von meinem kleinen Hundeherzchen.

Der Frühstückstisch war mittlerweile mit unglaublich vielen Köstlichkeiten gedeckt und sogar für uns Vierbeiner war ein kleines Buffet aufgebaut worden. Rührei, extra fluffig, gekochte Eier – es gab für jeden aber nur eines – Pfannkuchen und unsere geliebten Waffeln, die Micha so widerlich fand. Da hat er echt einen komischen Geschmack, denn die Waffeln waren köstlich, ein richtiger Gaumenschmaus.

Irgendwann später ist Peng aufgestanden, weil er – weiß der Teufel was – aus seinem Auto holen wollte. Er nahm natürlich die Abkürzung durch unseren Garten. Bis zu seinem Auto schien er nicht gekommen zu sein, denn wir hörten ihn alle laut herumkrakelen: „Das ist ja unglaublich! Leute, kommt alle mal her. Applaus für Five!"

Ich hatte doch gar nichts mehr angestellt und war mir keiner Schuld bewusst. Peng ließ nicht locker. „Na los, kommt schon, das müsst ihr gesehen haben." Es konnte sich zwar niemand vorstellen, was es da so Unglaubliches in unserem Garten geben sollte, aber einer nach dem anderen erhob sich, um sich das angebliche Wunderwerk anzuschauen. Papa blieb der Mund offenstehen. Er war einfach nur baff. Durch den Umzug zu Mona und Micha hatte er völlig vergessen, den Wasserhahn zuzudrehen und jetzt war sein Garten astrein bewässert. Na gut, der Frühstückstisch auch, aber das war nur ein kleiner Anfängerfehler. Die vier P's klatschten vor lauter Begeisterung nicht nur kurz in die Hände, nein, sie applaudierten mir regelrecht und Piff meinte in Richtung Papa: „Den Gartenschlauch richten wir an der ein oder anderen Stelle noch ein bisschen anders aus – dabei ging sein Blick eindeutig in Richtung Frühstückstisch – fixieren ihn dann, und dann können wir noch eine Zeitschaltuhr installieren. Die Gartenbewässerung könnte dann beispielsweise zwischen 02:00 Uhr und 04:00 Uhr erfolgen. Wir wollen ja nichts sagen, aber eigentlich solltest du einen Kniefall vor deinem kleinen Welpen machen." Ich war mir nicht ganz sicher, aber irgendwie hatte ich das Gefühl, – und es war mehr als nur ein Gefühl – dass Papa rote Ohren bekam, das untrügliche Zeichen, dass ihm irgendetwas total unangenehm war. Aber Papa war eben Papa, mein Papa, mein Super-Papa. „Five, komm her, du bist genial." Ich flog in seine Arme und zusammen kugelten wir über den frisch bewässerten Rasen. Wir waren beide pitsch-

nass, es interessierte uns nicht, denn wir waren beide glück-

lich. Männer eben!

*****

Alles fressbar

Ich kann es nicht bestreiten, mir ging es richtig richtig gut. Mama sorgte akribisch dafür, dass ich immer altersgerechtes Futter erhielt. Nicht zu viel und nicht zu wenig – na gut, etwas mehr hätte auch nicht geschadet – und auch immer zu fest gesetzten Fressenszeiten. Ich musste gar nicht erst auf mich aufmerksam machen, Mama hatte meine Fütterungen komplett im Griff. Ich konnte mich wirklich nicht beschweren. Manchmal backte Mama Hundekekse oder Hundewaffeln oder es gab eine kleine Leckerei außer der Reihe. In Bezug auf Ernährung war Mama streng, da gab es keine – fast keine – Ausnahme. Ich bekam mein Fressen, meine Kekse oder meine Leckerchen ausnahmslos, und wirklich nur ausnahmslos, in meiner Hundeschüssel an meinem Freßplatz serviert.

Einmal, als ein Freund von Papa zu Besuch war und dieser mir vom Tisch ein paar Sesamstangen zuwarf, da hat ihn Mama dermaßen zusammengebügelt, der hat in keinen Eierbecher mehr hineingepasst. Der Abend war relativ schnell beendet, und ich kann mich auch nicht erinnern, diesen Freund jemals wiedergesehen zu haben. War wohl doch nicht der beste Freund…

Und die Sesamstangen waren zwar eine neue Geschmackserfahrung, aber nicht wirklich ein kulinarisches Highlight.

Natürlich fragte ich mich, warum ich jeden Tag das gleiche Futter vor die Nase gestellt bekam, während bei Papa und Mama jeden Tag etwas anderes auf dem Tisch stand. Das waren regelrechte Nahrungsfeuerwerke. Papa meckerte ja schon, wenn er innerhalb von sechs Wochen (!!!) zweimal das Gleiche essen sollte. Und auf meinem Speiseplan gab es keine Abwechslung, Null, Nada. Ich konnte mich über mein Fressen eigentlich nicht beschweren, es schmeckte schon gut, nur war es eben eintönig. Ich wollte nicht wissen, was Papa für einen Aufstand proben würde, wenn Mama ihm tagtäglich das gleiche Gericht kochen würde. Wahrscheinlich würde er Amok laufen und irgendwann mit Töpfen und Pfannen um sich werfen. Mein Speiseplan war an Fantasielosigkeit nicht zu überbieten. Wenn ich allein daran dachte, was sich an den Wochenenden so alles auf dem Frühstückstisch befand, da konnte ich nur mit den Augen rollen.

Mama und Papa frühstückten mindestens einmal im Monat mit Micha und Mona. Dann gab es diverse Brot- und Brötchensorten, Wurst und Schinken, als hätten sie eine Metzgerei ausgeraubt, fünf verschiedene Marmeladen, Käsesorten von mild bis übelst stinkend, dazu Obstsalat oder Quark, manchmal auch Rührei-Muffins – natürlich auch wieder verschiedene Sorten – und Räucherfisch. Es wunderte mich jedes Mal, dass der Frühstückstisch unter dieser Last nicht zusammenbrach. Zugegeben, wenn gemeinsames Frühstück angesagt war, bekamen wir auch immer eine Leckerei, wobei die Betonung auf EINE lag. Mehr war für uns nicht drin. Mal ehrlich, das ist doch jetzt nicht wirklich schwer, den Fehler zu finden.

Die Vier schlemmten sich durch alle Köstlichkeiten, und ich bekam mein alltägliches Hundefutter. An so einem Sonntag beschloss ich dann, meinen kulinarischen Horizont zu erweitern…

Mir würde schon etwas einfallen, da war ich mir ganz sicher. Und tatsächlich, am nächsten Tag fand ich auf unserem Spaziergang einen ganzen Berliner mit Himbeermarmeladenfüllung. Haps, weg war er, versenkt in meinem Bauch. War nicht schlecht, aber auch nicht supergut. Zunächst merkte ich nichts, aber so eine gute Stunde später hatte ich das Gefühl, einen Backstein – oder auch zwei – im Bauch zu haben. Oh Gott, mir war schlecht und mir wurde immer schlechter. Ich zog mich mal vorsichtshalber in mein Häuschen zurück und dachte, eine Runde Schlaf könnte gewiss nicht schaden. Half aber auch nicht. Als ich wieder aufwachte, war mir so hundeelend, ich schaffte es gerade noch raus und entleerte mich schwallartig ins Salatbeet. Mama musste mit Sicherheit mindestens acht Salatköpfe direkt in der Biotonne entsorgen. Puh, war keine Absicht, aber weiter habe ich es nicht mehr geschafft. Als Mama sah, was sich da so im Salatbeet befand – die Himbeermarmelade war noch deutlich zu erkennen – tobte sie zwar nicht, aber freundlich war sie auch nicht gestimmt. „Five, bist du irre? Du kannst doch keine Berliner fressen. Mach das nie wieder!" Okay, das hatte ich auch nicht vor. Erstens war das Geschmackserlebnis höchstens durchschnittlich und zweitens, wer hat schon gerne Backsteine im Bauch liegen. Berliner, abgehakt!

Okay, die erste Erweiterung meines kulinarischen Horizonts war eher als unterirdisch zu bezeichnen, aber ich würde selbstverständlich nicht aufgeben. Ich war auf einer Mission!!!

Die nächste Möglichkeit meine Geschmacksknospen zu beschäftigen ergab sich eine Woche später. Keine Ahnung, irgendjemand hatte sich so einen richtig richtig großen Eisbecher gekauft, nur um ihn anschließend doch nicht leer zu essen. Das war meine Gelegenheit. In dem Pappbecher befanden sich mehrere Kugeln Eis – darunter auch Malagaeis, also das mit Rumrosinen, ein Riesenberg Sahne, Waffeln und obendrauf noch ein ordentlicher Schuss Amaretto – Mandellikör. Das war sozusagen das gefundene Fressen für mich, und das im wahrsten Sinne des Wortes.

Ich war mit Papa unterwegs, zum Glück, denn er achtete nicht ständig mit Argusaugen auf das, was ich trieb. Trotzdem konnte ich mir natürlich nicht alle Zeit der Welt lassen, um den Eisbecher in aller Seelenruhe zu verspeisen. Der musste schon relativ schnell den Weg in meinen Magen finden. Ich war schon fast fertig als Papa sich umdrehte und mir zurief: „Five, hör auf, das ist nichts für Hunde." Pah, wenn er wüsste...

Geschmeckt hat er und bevor mir Papa etwas wegnehmen konnte, zerkaute ich auch noch blitzschnell den Pappbecher und beförderte ihn ebenfalls in meinen Magen. Man soll ja schließlich nichts verkommen lassen. Ich habe möglicherweise etwas zu hastig die Eisportion in mich hineingeschlungen und vielleicht war es auch etwas zu viel des Guten, jedenfalls machte sich ein leichtes Unwohlgefühl in mir breit. Wieder zuhause verdünnisierte ich meinen Mageninhalt erst einmal mit gefühlten fünf Liter Wasser, aber es half nicht. Papa hatte gerade seine Lieblings-Sneaker ausgezogen, war im Haus verschwunden, um sich umzuziehen. Ich wollte ihm gerade noch hinterherrufen, dass es mir schlecht wurde, da war es auch schon zu spät. Ich gab den Eisbecher schwungvoll rückwärts wieder von mir, direkt in Papas Lieblings-Sneaker. Die waren – obwohl Papa Schuhgröße 46 hatte – mehr als nur gut gefüllt. Mir war übel, mein Schädel dröhnte – war wohl doch deutlich zu viel Amaretto gewesen – und Papas Sneaker waren ruiniert.

Ich war mir im Moment nicht mehr so ganz sicher, ob ich meine Geschmacksknospen wirklich weiter füttern sollte. Sowohl der Berliner als auch der Eisbecher hatten echt gut geschmeckt, aber die Nachwirkungen waren in beiden Fällen unterirdisch schlecht. Sollte ich mein Projekt weiterführen? Im Augenblick wusste ich es wirklich nicht. Darüber konnte ich mir auch morgen oder übermorgen noch Gedanken machen. Jetzt musste ich erst einmal dieses Brummgedöns aus meiner Birne bekommen. Und das unausweichliche Donnerwetter, wenn Papa seine Sneakers sah, stand mir auch noch bevor. Keine guten Aussichten!

Papa hat mich sozusagen ungespitzt in den Boden gerammt, als er seine Schuhe sah. Normalerweise schlüpft er immer schwungvoll hinein. Er weiß ja, wo er sie abgestellt hatte. Irgendein siebter Sinn muss ihm wohl geraten haben, zunächst einen Blick nach unten zu werfen. Na, jedenfalls blieben seine Füße sauber. Das Dröhnen in meinem Kopf ließ auch irgendwann nach und mein Magen hatte sich etwas beruhigt. Was soll ich sagen, ich war bereit für neue Untaten, sprich – neue Geschmacksexplosionen.

Die süßen Experimente hatte ich definitiv hinter mir. Vielleicht ergibt sich ja demnächst ein herzhaftes leckeres Abenteuer. Ich hatte den Gedanken kaum zu Ende gedacht, da lag so ein wirklich frischer Döner vor meinen Pfoten. Das Brot war noch leicht warm, der Fleischgeruch ließ mir das Wasser die Lefzen herunterlaufen und wer konnte schon Knoblauch widerstehen? Ich nicht! Bis jetzt hatte ich Knoblauch, vorzugsweise gebratenen Knoblauch, nur gerochen, noch nie probiert, aber jetzt genau war der Moment gekommen. Dieser Döner vor mir gehörte unwiderruflich mir. Drei, vier, fünf Hapse und der Döner war vertilgt. Gar nicht so schlecht, besonders natürlich das Lammfleisch und die Knoblauchsauce. Nach nur ein paar Schritten merkte ich allerdings, dass ich entweder zu gierig gefressen hatte oder dass der Döner doch nicht so bekömmlich war oder – beides! Mir ging es – wieder einmal – nicht so gut. Dieses Mal aß ich diese „Geschmacksexplosion" aber nicht rückwärts, sondern hinten heraus, leider auch wieder schwallartig und das gleich mehrfach. Peinlichkeit, verlass mich nicht! Ich glaube, nein, ich war mir sicher, dass ich den Weg zu unserer Wiese mehr als deutlich gekennzeichnet habe. Na ja, bis zur Wiese habe ich es nicht immer geschafft… Was soll ich sagen? Richtig, Döner waren zwar lecker, aber für meinen

Hundemagen eher suboptimal. Trotzdem – ich gab nicht auf.

Papa und Mama achteten mittlerweile peinlichst genau darauf, dass ich unterwegs auf gar keinen Fall mehr etwas in mich hinein zwitscherte, was – um es einmal charmant auszudrücken – doch eher nicht so bekömmlich für meinen Hundemagen war. Die Botschaft war klar, deutlich und unmissverständlich. „Es wird NICHTS gefressen", und ich ignorierte sie selbstverständlich. Schließlich waren meine Geschmacktests noch lange nicht beendet.

Das Glück war mir hold, so dachte ich zumindest, als ich einen aufgeklappten Pizzakarton fand, in dem noch ein ganzes Stück Pizza lag. Ohne lange zu überlegen – es musste schließlich auch schnell gehen – machte ich „Haps" und schon war das Teil Geschichte. Leider sah ich erst jetzt, WAS ich da in mich hineingestopft hatte. Peperoni-Pizza mit doppelter Portion Käse. Peperoni, sofort musste ich an Thaddäus und seinen indonesischen Nudelsalat denken. Meine Zunge brannte, mein ganzes Mäulchen brannte und ich hatte das Gefühl, dass ich soeben meine Speiseröhre verätzt hatte. Dazu kam noch das Pochen in meinen Schlappohren. Ich jaulte herzzerreißend, was Papa sofort dazu brachte, sich umzudrehen und zu mir zu kommen. Er sah den nun leeren Pizzakarton und ihm war auf der Stelle alles klar. „Peperoni-Pizza, Five, ist das dein Ernst? Das brennt doch wie die Hölle." Na, das wusste ich jetzt auch. Aber er war auch mein Papa, der mir half, wenn es mir schlecht ging. Er lief schnurgerade in eine Bäckerei, kaufte ein Baguette, brach ein Stück ab und reichte es mir mit den Worten: „Das war jetzt endgültig deine letzte Aktion. Wenn du noch einmal etwas frisst, was du unterwegs gefunden hast, verpasse ich dir einen Maulkorb. Der Eichblattsalat ist in der Biotonne gelandet, meine Sneakers sind im Müll und eine Straßenreinigung war wegen dir auch fällig. Es reicht!!!"

Im Prinzip hatte Papa ja recht, aber momentan war ich zu sehr mit meinen Bauchschmerzen und dem Pochen in meinen Ohren beschäftigt, als dass ich die ganze Litanei mitbekommen hätte. Das Einzige, was wirklich bei mir angekommen war, was das Wort „Maulkorb". Ne, ne, ne, das ging mal so gar nicht. Sicher hat Papa da nur einen Witz gerissen. Auf so einem Spaziergang fand ich doch immer wieder äußerst interessante Dinge. Manchmal reichte es, sie zu beschnuppern, aber ab und zu musste es eben auch ein Geschmackstest sein.

Ich hielt ein paar Tage mal die Pfoten still, besser war besser, doch dann formte sich der nächste geniale Plan in meinem Hirn. Papa hatte etwas davon gefaselt, dass ich unterwegs nichts mehr fressen dürfte, vom eigenen Garten hat er nichts gesagt. Also würde ich mal einen Streifzug über das eigene Grundstück machen…

Als erstes nahm ich mir die gelben Tulpen vor, bäh, widerlich. Dann köpfte ich ein paar Rosen. Die schmeckten auch nicht besser, aber dann entdeckte ich die Cocktailtomaten. Die roten waren lecker, aber die gelben waren superlecker. Also schlug ich da schon einmal ordentlich zu, bis ich schlussendlich die Hängeerdbeeren entdeckte. Uih, die waren köstlich. Sunny hatte mir mal erzählt, dass ihr Bruder Tom ein absoluter Erdbeerfan sei. Was soll ich sagen, ich konnte ihn verstehen. Das Gute an der Sache war, dass ich die Erdbeeren fein säuberlich von der Pflanze abernten konnte, und ich war gründlich, sehr gründlich. Ich ließ keine einzige Erdbeere hängen.

Satt wie ich war, zog ich mich in mein Häuschen zurück. Kaum lag ich, fing es in meinem Bauch an zu rumpeln - und wie! Na gut, vielleicht war die Tulpen-Rosen-Tomaten-Erdbeeren-Kombination doch nicht so optimal gewesen. Ich hatte zwar keine Bauchschmerzen, dafür aber Blähungen vom Feinsten! Alle paar Minuten kamen undefinierbare Winde hinten raus. Über die Gerüche will ich erst gar nicht reden, nur so viel – nicht ganz so gut, okay, es stank!! Ich stank!! Furcht-er-regend!! Ich machte mir selber Angst. Wie kann solch ein Mief nur aus so einem kleinen Hundepopo kommen? Unbegreiflich!

Irgendwann sah ich Mama mit einer Schüssel in der Hand in Richtung Erdbeerbeet gehen. Sie hatte heute Morgen irgendetwas von einem Erdbeerkuchen erzählt, den sie backen wollte. Entrüstet blieb sie vor den abgeernteten Erdbeerstauden stehen: „Wer war das?" Sie selbst war es nicht, Papa auch nicht. Blieben nur noch Sunny und ich, also eigentlich nur ich, denn Sunny war mit Flower und Mona unterwegs. Mama kam schnurstracks zu meinem Häuschen, blieb schlagartig stehen, und wurde – aus dem Stand raus – grün im Gesicht. „Boah, Five, hier stinkt es ja schlimmer als in jedem Schweinestall. Das ist ja ekelhaft. Los, raus hier, jetzt wird gelüftet. Und wag es bloß nicht, dich noch einmal im Salatbeet zu entleeren. Dann lernst du mich von einer ganz neuen Seite kennen, denn dann werde ich dir garantiert das Fell über die Ohren ziehen." Bei dem Ton, den sie drauf hatte, glaubte ich ihr das sogar. Anschließend rief sie Papa an und bat ihn noch Erdbeeren mitzubringen. Als sie ihm dann auch noch das „Warum" mitteilte, sagte er nur ein Wort: „Maulkorb".

Oh oh, so langsam wurde die Luft dünn für mich. Also nichts außer der Reihe mehr fressen, dann wird dieser Kelch hoffentlich an mir vorübergehen.

Ehrlich, ich wollte wirklich unterwegs nichts mehr fressen. Meine Experimentierfreudigkeit hatte mir regelmäßig heftige Magenprobleme beschert und auf dieses Maulkorb-Gedöns hatte ich ebenfalls keine Lust. Aber, was soll ich sagen, der Kopf war willig, die Zunge jedoch viel zu schnell. Und, war das etwa meine Schuld, dass ständig etwas vermeintlich Freßbares herum lag?

Ich hatte mich gerade erst von meinen üblen Winden erholt, da fand ich etwas, was zwar herrlich duftete, aber komisch aussah. Wie ein Skelett mit viel zu dünnen Knochen.

Fischgräten, wie sich später herausstellen sollte. Ich dachte mir, Papa wird es schon nicht merken, schnappte mir das Teil und schluckte es runter oder – besser gesagt – ich versuchte es, ging aber nicht. Das dämliche Teil blieb mir im Hals stecken und ging nicht vorwärts und nicht rückwärts. Ich bekam kaum noch Luft und konnte nur noch röcheln. Papa sah noch eine weitere Gräte auf dem Boden liegen, schimpfte wie ein Rohrspatz über diejenigen, die eine solche Schweinerei veranstalteten, kapierte aber auch sofort, was Sache war. Er klemmte mich unter seinen Arm und rannte nach Hause. Sofort schnappte er sich seine Autoschlüssel und fuhr mit mir auf direktem Wege in die Tierklinik. Wir mussten auch gar nicht warten. Der Tierarzt verpasste mir umgehend eine Spritze und ich landete innerhalb von Sekunden im Reich der Träume. Zum Glück musste ich nicht operiert werden. Der Tierarzt konnte anderweitig die Gräten aus meinem Rachen entfernen. Papa bekam noch ein Medikament mit, das dafür sorgen sollte, dass sich mögliche Reste auflösen sollten. Zudem bekam Papa noch eine saftige Rechnung in die Hand gedrückt und ich später den versprochenen Maulkorb verpasst. Wäre gar nicht nötig gewesen, denn weitere Freßexperimente wollte ich beim besten Willen nicht mehr starten. Ich liebte mein

Hundefutter!!!

*****

Duftorgien

Hach, das Leben war schön. Ich genoss mein Welpendasein in vollen Zügen. Mama. Papa, Sunny und ich waren zu einer richtigen Familie zusammengewachsen und mit Micha, Mona und Flower waren wir sozusagen ein unschlagbares Team. Ich liebte mein Leben, genoss es, nichts konnte es besser machen. Dachte ich, bis zu dem Moment als ausnahmsweise mein Papa mir morgens meine Futterschüssel füllte und sie vor meiner kleinen Schnauze abstellte. Wir Hunde haben bekanntlich ja einen deutlich besseren Geruchssinn als die Zweibeiner, aber was mir da gerade in die Nase stieg war genial, mehr als genial, super genial. Papa roch, ich kann es gar nicht beschreiben, jedenfalls - so würde ich auch gerne duften. Es war eine Mischung aus frischer Erde, Holz und vielleicht ein bisschen Leder. Super männlich, Super Papa! So oder so ähnlich wollte ich auch riechen. Ich wusste zwar noch nicht, wie ich das anstellen könnte, aber ich würde sicher noch einen Weg finden. Mama roch ganz anders. Mal war es eine Mischung aus Vanille und Kokos, dann wiederum roch sie nach Magnolien oder – und das war mein Lieblingsduft - nach Grapefruit und Aprikosen. Toll, aber so wollte ich trotzdem nicht riechen.

Es war ein paar Tage später. Wir liefen mit Mama querfeldein über eine Wiese. Hier waren wir noch nie gewesen. Alles war somit neu und vor allem interessant. Es war toll, dass sowohl Mama als auch Papa immer wieder neue Routen suchten und fanden, damit wir nicht immer die gleichen eintönigen Wege ablaufen mussten, sondern dass wir unterwegs auch Spaß hatten. Unsere Runden sollten ja nicht nur für unsere „Erleichterungen" gut sein, sondern uns auch neue Eindrücke bescheren oder um soziale Kontakte zu knüpfen. Ich freute mich meines Lebens, schnupperte hier, pieselte dort, als urplötzlich mein Rücken anfing zu jucken. Mit meiner Hinterpfote kam ich nicht richtig an die Stelle heran. Also machte ich logischerweise das einzig Richtige: ich schmiss mich hin und schrubbelte meinen Rücken im Gras. Hach, das tat gut. Es war Zufall, wirklich reiner Zufall, der Juckreiz war weg, aber ich duftete urplötzlich göttlich. Nicht so wie Papa, komplett anders, aber einfach nur herrlich. Ich selbst konnte gar nicht genug davon in meine Nase bekommen. Das Einzige, was mich störte, waren die vielen Fliegen, die wie aus dem Nichts gekommen waren, und um mich herumflogen und mich ärgerten. Na ja, einen Tod muss man wohl sterben, Hauptsache, ich konnte diesen traumhaften Geruch in der Nase behalten.

Mama hatte von meiner wunderbaren Duftumwandlung noch gar nichts mitbekommen. Auf dem Rückweg murmelte sie nur ständig vor sich hin: „Was stinkt hier denn so? Hier ist doch nicht gedüngt worden. Riecht ja ekelhaft. Morgen laufen wir woanders lang." So, oder so ähnlich ging es in einer Tour bis wir zu Hause ankamen und es Mama traf wie ein Keulenschlag. „Five, das bist ja du. In welchem Mist hast du dich denn gewälzt?"

„Uih, da hast du aber eine Stinkbombe mitgebracht. Keine Sorge, ich übernehme." Auch Papa verzog angewidert das Gesicht und Mama war heilfroh, aus dieser Nummer draußen zu sein. Papa schloss kurzerhand seinen neu erworbenen Gartenschlauch an den Wasserhahn an, packte mich am Halsband und dann hieß es – Wasser marsch!!!

Er wollte allen Ernstes mein kostbares Parfum wegwaschen! So eine Gemeinheit! Als Papa der Meinung war, ich sei wieder gereinigt, stellte er das Wasser ab, ich schüttelte mich und Papa verzog immer noch angewidert das Gesicht. Okay, jetzt war Mama wieder dran. „Halt ihn mal fest. Ich hole nur schnell das Shampoo." Papa fixierte meine Leine an einer Gartenlaterne, so dass ich nur noch einen Bewegungsradius von vielleicht zwei Metern hatte, und dann kam Mama aus dem Haus. In der einen Hand hatte sie einen großen Eimer mit immerhin lauwarmem Wasser, in der anderen Hand hielt sie eine Flasche mit Kirschblütenshampoo. Sie schäumte mich derart ein, dass ich anschließend aussah wie ein riesengroßes Sahnebaiser. Sie spülte mich ab und bevor sie auch nur nach dem Handtuch greifen konnte, hatte ich mich schon kräftig geschüttelt. Jetzt sah sie aus, wie durch das Wasser gezogen. Obwohl sie nun einer mittelprächtigen Wasserratte glich, frottierte sie mich doch noch ab.

So, nun war mein herrliches Parfum verschwunden, die Fliegen übrigens auch, und ich roch nach Kirschblüten. Nicht wirklich schlecht, aber absolut zu wenig männlich. „So, Five, alles wieder in Ordnung, aber in Zukunft wird sich nicht mehr gewälzt." Ich hatte mich doch gar nicht gewälzt, nur meinen juckenden Rücken geschrubbelt und hatte bei der Gelegenheit mein tolles – leider nur für mich – Parfum gefunden.

Mama machte in der nächsten Zeit einen riesengroßen Bogen um die „Rücken-schrubbel-Weide". Schade eigentlich! Und dann kam der Tag, an dem ich mit Mama, Mona und Flower in Richtung unserer Lieblingswiese unterwegs war. Hier waren wir schon lange nicht mehr gewesen. Irgendetwas war jedoch anders. Es roch, es roch intensiv, sehr sehr intensiv und absolut phänomenal.

Mama und Mona hatten noch nichts bemerkt, aber Flower und ich genossen diesen außergewöhnlichen und einzigartigen Geruch. Er kam von der gegenüber liegender Wiese, die – warum auch immer – plötzlich eingezäunt war. Flower und ich schauten uns nur an, und wie auf Kommando schossen wir los, einmal unter den Zaun hindurch, und dann befanden wir uns inmitten dieses sensationellen Aromas. Aber was war das denn gewesen? Flower hatte es auch gespürt. Als wir den Zaun berührten, hat es ganz ordentlich am Rücken gezwickt. Aua!!! Egal, der Duft war besser als der kurze Schmerz. Hach, der Geruch war sooo gut, ein echter Wohlgeruch und er war mächtig, nicht überall gleich stark, aber trotzdem durchgängig erkennbar. Dem mussten wir selbstverständlich auf den Grund gehen. Das Rätsel musste gelöst werden. Also, immer der Nase nach…

Das fiel uns nun wirklich nicht schwer und schließlich sahen wir es auch: braune Platscher, nicht flüssig, eher so die Konsistenz von Kartoffelpüree. Ein Blickkontakt mit Flower und ab ging es in das Vergnügen. Binnen kürzester Zeit war die eigentlich blonde Flower mittelbraun, an einigen Stellen auch grün vom frischen Gras. Mir selbst ging es nicht viel anders. Meine Fellzeichnung war mir komplett abhandengekommen. Aus meinem schwarzen Rücken war ein vorwiegend brauner Rücken geworden und weiße Pfoten besaß ich auch keine mehr. Wir waren so mit dem braunen „Kartoffelpüree" beschäftigt, dass wir weder mitbekamen, wie Mama und Mona uns immer wieder hektisch riefen, noch das sich hinter uns etwas tat. Doch dann zuckten wir doch zusammen. Es war ein Geräusch, kein sehr freundliches Geräusch, eher ein grimmiges Gedröhne. Da standen mehrere Dinosaurier, so groß waren sie jedenfalls, und hatten auch noch Hörner auf ihren nach unten gerichteten Köpfen. „Hey, macht mal halblang, ihr Dödeltiere." Flower ließ sich von den Biestern in keinster Weise beeindrucken. Die Viecher fingen an zu schnauben und setzten sich langsam, aber kontinuierlich in Bewegung – direkt auf uns zu. Okay, jetzt war es definitiv an der Zeit für uns, den Rückzug anzutreten. Vorsichtig versuchten wir das Feld zu verlassen, aber es tauchten immer mehr von den Biestern auf. Mittlerweile hatten auch Mama und Mona unser Elend erkannt und Mona reagierte blitzschnell. Sie zog die Trillerpfeife, auf die wir eigentlich hören sollten, es aber niemals taten, aus ihrer Tasche und blies ein paar Mal kräftig hinein, was einen ohrenbetäubenden Lärm verursachte. Glücklicherweise standen Mama und Mona auf der anderen Seite von dem Mörderzaun. Jedenfalls waren die Mammuts von der Trillerpfeife derart abgelenkt, dass Flower und ich unseren Rückzug antreten konnten. Wir rannten um unser Leben und im Augenblick war uns auch der schmerzerzeugende Zaun piepsegal. Immer noch besser, als von den Biestern wahlweise zerquetscht oder gefressen zu werden. Dank Mona und ihrer Trillerpfeife schafften wir es zurück in die Freiheit zu gelangen. Wir ignorierten den Schmerz und als wir sicher auf der anderen Seite angekommen waren, gaben wir uns erst einmal High five und kullerten über die Wiese. Abenteuer bestanden! Freudestrahlend liefen wir zu Mama und Mona zurück, um uns zu bedanken, aber alles was wir sahen, waren zutiefst schockierte Gesichter. Mama fand zuerst ihre Sprache wieder. „Euch kenne ich nicht. Wir waren mit Flower und Five unterwegs. Jetzt habe ich farblich veränderte Stinkbomben vor mir." Mama war deutlich abgebrühter als Mona, da sich Sunny wohl auch das ein oder andere Mal „parfümiert" hatte. Mona befand sich immer noch in Schockstarre und schaute mit offenem Mund auf das Etwas herunter, was bis vor zehn Minuten noch Flower gewesen war. Von dem herrlich glänzenden blonden Fell war rein gar nichts mehr zu sehen. Vor ihr stand ein kackbrauner Vierbeiner, der stark nach Misthaufen roch. Angeekelt wurden unsere Leinen eingeklinkt und dann ging es im Schweinsgalopp nach Hause. Als hätte Papa so etwas geahnt, war und blieb er unsichtbar während Mona Micha einfach nur die Leine mit der nach „Kartoffelpüree" verkrusteten Flower in die Hand drückte und sagte: „Dein Job." Bevor sie sich allerdings verdünnisieren konnte, war Micha bereits kalkweiß geworden, hatte Schweißperlen auf der Stirn und röchelte: „Ich kann das nicht." Mona verdrehte bloß die Augen. „Na gut, hol ein paar Eimer warmes Wasser – obwohl diesem Stinktier eiskaltes Wasser besser täte – zwei Flaschen Shampoo und ein paar Handtücher. Wie der geölte Blitz war Micha im Haus verschwunden, während Flower immer noch schwanzwedelnd vor Mona stand - und damit ihren durchdringenden äußerst intensiven Duft verteilte - und sich keiner Schuld bewusst war.

Ich wurde von Mama im Garten vom braunen Kartoffelpüree befreit und Mona tat nebenan im Garten das Gleiche mit Flower. Irgendwann hatten sowohl Mama als auch Mona eine leicht grünliche Gesichtsfarbe, während Flower und ich unsere ursprünglichen Fellzeichnungen zurückerhielten.

Flower und ich verstanden die ganze Aufregung gar nicht und eigentlich hätten wir ein bisschen verwöhnt werden müssen, denn schließlich hatten wir fast mit Dinosauriern um unser Leben gekämpft und der blöde Zaun hat uns darüber hinaus auch noch Schmerzen zugefügt. Und was war??? Nee, weder Flower noch ich bekamen zusätzliche Leckerchen, dafür aber eine Standpauke gehalten, die sich gewaschen hatte. „Unter einem Elektrozaun hin durchzurennen, sich in Kuhfladen wälzen und sich dann auch noch mit Hochlandrindern anzulegen, habt ihre beide wirklich so eine große Todessehnsucht?"

Todessehnsucht, Flower und ich schauten uns entgeistert an, nee, wir wollten schon noch unser Hundeleben genießen. „Dann verzichtet bitte demnächst auf solche dämlichen Aktionen. Mama und Mona lächelten uns zuckersüß an, aber wir kapierten, was Sache war. Schade, ciao ciao braunes Kartoffelpüree...

Ein paar Tage später – Mama und Papa hatten jene Wiese bewusst gemieden – war ich mit Papa unterwegs. Wir liefen parallel zu einem kleinen Fluss und ich konnte diesen Minideich nach Herzenslust rauf und runter rennen, was ich auch tat, bis mir ein neuer phänomenaler Geruch in die Nase stieg. Da gab es nur eines: ab und hinein! Ich suhlte mich hingebungsvoll in diesem Geruchsvulkan. Also, so richtig, von oben bis unten, von vorne nach hinten. Diagonal, im Kreis herum und sogar meine Ohren vergaß ich nicht. Dieses köstliche Parfum wollte ich schließlich in jeder

Körperritze haben. Hach, ich war mit mir und der Welt zufrieden und hatte endlich endlich endlich mein absolut perfektes Parfum gefunden. Superlecker, herrlich, genial, einwandfrei, es war nicht mehr zu übertreffen, köstlich sowohl für einen kleinen als auch großen Hunderüden. Da gab es einfach nichts mehr zu meckern. Freudestrahlend sprang ich den kleinen Hang wieder hoch, aber Papa verzog nur angewidert das Gesicht. Warum das denn? Na gut, ich hatte vielleicht ein bisschen viel aufgetragen und noch ein paar Bröckchen in meinem Fell hängen, aber das war wohl offensichtlich nicht das Hauptproblem.

„Five, bist du irre, du stinkst wie ein verwester Blauwal." Interessant, dass Papa wusste, wie ein verwester Blauwal roch. Meines Wissens nach schwammen Blauwale nicht in so kleinen Bächen herum. Papa schaute mich weiterhin angewidert an: „Okay, jetzt haben wir ein Problem." Wir waren ausnahmsweise ein Stück mit dem Auto gefahren, um an diesen Bach zu gelangen. „So wie du miefst, lass ich dich auf gar keinen Fall ins Auto. Dann könnte ich es anschließend gleich wegschmeißen. Diesen Gestank würde ich nie wieder entfernen können." Seufzend griff er zu seinem Handy und rief Mama an: „Wir müssen nach Hause laufen

und werden eine gute Stunde brauchen. Mach dich bitte schon einmal auf eine widerwärtige Stinkbombe gefasst."
Er hatte mich tatsächlich als „widerwärtige Stinkbombe" bezeichnet. Dabei hatte ich doch das ultimative Parfum für mich gefunden. Was lief hier denn falsch? Wir Vierbeiner hatten doch die deutlich besseren Nasen. Leider jubilierte nur meine Nase, Papas offensichtlich nicht. Na gut, ich gebe zu, er sah blass aus, sehr sehr blass, und ich hatte den Eindruck, als wollte er sein Frühstück, Abendessen und diverse andere Mahlzeiten gleichzeitig rückwärts essen. Er drehte sich kurz um, um Luft zu schnappen, klinkte dann voller Abscheu meine Leine ein und machte sie so lang wie möglich, so dass die größtmögliche Distanz zwischen uns herrschen konnte. Im Gegensatz zu Papa wollte ich diese Distanz aber gar nicht und drückte mich liebevoll an seine Beine. „Okay, die Jeans kann ich dann auch entsorgen", hörte ich ihn murmeln und ehrlich, ich verstand die Welt nicht mehr. Ich mochte Papas Parfum, warum mochte er meines nicht, schon wieder nicht???

Als wir nach einer gefühlten Ewigkeit nach Hause kamen – Papa war immer noch mürrisch und mir taten die Pfoten weh – empfing uns Mama: „Ab nach draußen, ich habe schon alles vorbereitet." Da standen Gießkannen und Eimer mit lauwarmem Wasser und dazu noch eine ganze Batterie von diversen Shampoos. „Na, das kann ja heiter werden", dachte ich mir noch, da hatte Papa meine Leine bereits verkürzt und diese direkt an einer echt stabilen Gartenlaterne fixiert. Es gab also kein Entkommen für mich.

Bevor Mama jedoch zur Tat schreiten konnte, kam Micha mit Flower im Schlepptau zu uns herüber gestürmt. „Riecht ihr das auch? Im ganzen Ort stinkt es wie die Pest!" Plötzlich blieb er wie angewurzelt stehen. „Das kommt ja von euch, oder besser gesagt, von dir, Five." Flower war gerade im Begriff auf mich zu zurasen, damit wir zusammen über den Rasen kullern konnten, als Micha sie im buchstäblich allerletzten Moment stoppen konnte. „Halt, keinen Schritt weiter. Ich habe keine Lust auf diesen entsetzlichen Gestank." Und an Mama gewandt fragte er: „Was ist das überhaupt? Wo gabelt man solche üblen Gerüche auf?" Mama hatte keine Lust auf Diskussionen und scheuchte ihn fort: „Es waren Fischabfälle, unten am Bach." Mehr Informationen brauchte Micha nicht und war schwuppdiwupp mit Flower verschwunden. Ich konnte gerade noch das Bedauern in ihren Augen wahrnehmen und wusste ganz genau, dass sie liebend gerne auch so gerochen hätte. Tja, nix war's. Und dann machte Mama ernst…

Sie machte mich erst einmal gründlich nass und verzog das Gesicht dabei ähnlich angewidert wie zuvor Papa. Und dann ging es richtig los. Sie zog sich Einweghandschuhe an und verteilte mindestens eine halbe Flasche Heidelbeershampoo auf mir. Ohne das Shampoo großartig einzumassieren, leerte sie den nächsten Eimer über mir aus. Ich muss schon sagen, Mama ging da alles andere als zimperlich vor. Ich dachte schon, ich hätte den Reinigungsprozess überstanden, aber weit gefehlt. Das war nicht die Reinigung, auch nicht die Vorwäsche, sondern nur die Vor- Vor-Vorwäsche. Bei jeder neuen Wäsche wechselte Mama die Gummihandschuhe. Nach dem Heidelbeershampoo folgten Mandelshampoo, Kokosshampoo, Vanilleshampoo, Pfirsichshampoo und endete mit Melonenshampoo. Und Mama war gründlich, sehr sehr gründlich. Sie ließ wirklich keinen Quadratzentimeter aus. Selbst die Ohren – innen und außen – Nase – wie ekelhaft – und meine Lefzen wurden von ihr bearbeitet. Über ihrer Stirn hatte sich eine steile Falte gebildet und ihre Nase war leicht aufgebläht. Das war das sichere Zeichen, dass sie sauer, oder eher stinkwütend war.

Die Frage war nur, auf was oder wen? Ich konnte es nicht sein! Ich war schließlich mit Papa unterwegs gewesen. Papa konnte es demnach auch nicht sein. Komische Menschen! Ich verstand sie einfach nicht. Trotzdem hatte ich den Eindruck, dass ihr bei meinem Anblick so langsam aber sicher der Qualm aus den Ohren kommen würde, spätestens nachdem ich mich – natürlich voll eingeschäumt – kräftig geschüttelt hatte. Jetzt sah sie aus wie eine Sahnebombe. Sie duschte mich noch einmal ab, zum Glück mit warmem Wasser, frottierte mich noch trocken und verschwand dann kommentarlos ins Haus. Oh Wunder, oh Wunder, jetzt erschien Papa wieder gut gelaunt auf der Bildfläche, während Mama für den Rest des Tages unsichtbar blieb. Die Klamotten, die Mama bei meiner Reinigung trug habe ich übrigens nie wiedergesehen. Papa machte noch eine fiese Ansage in meine Richtung in Bezug auf Parfümierung. Ich habe vieles nicht verstanden, nur so viel: Parfümieren war strengstens verboten!!!

*****

Das Konzert

Ich hatte sieben Geschwister, in Summe waren wir also acht, und wir waren Mischlinge. Eine Kombination aus einem Berner Sennnenhund und einer Golden Retriever Hündin. Flyer und ich sahen praktisch so aus wie unser Papa Pius, Pippa und Flower waren ein Ebenbild unserer Mama Fiona und Bluna, Tessa, River und Roukie waren ein kunterbunter Mix. So unterschiedlich wie wir aussahen, so unterschiedlich waren auch unsere Charaktere. River und Tessa waren eher zurückhaltend, Pippa war eine kleine Draufgängerin, Bluna hatte es offensichtlich auch faustdick hinter ihren Schlappohren. Das konnten wir aber nicht abschließend beurteilen, denn Bluna lebte ja nun mal in Kanada.

In jeder Familie gibt es ja einen durchgeknallten Freak, oder, um es charmanter auszudrücken, einen liebenswerten Chaoten. Ich hatte gleich zwei Geschwister von dieser Sorte. Roukie, der Ober-Chaot und Flyer, der ihm in fast nichts nachstand. Wenn die zwei dann aufeinandertrafen, was gar nicht so selten war, schließlich wohnten wir alle – bis auf

Bluna – in einer kleinen Stadt, dann war nicht nur der Unsinn vorprogrammiert, sondern der Blödsinn in Zehnerpotenz.

Es war Roukie, der die absolut bescheuerte Idee hatte, so eine Art Super-Konzert zu veranstalten. Natürlich kein normales Konzert, nein – ein Konzert mit Geheule, Gequieke und Gequake! Als Flyer von dem Plan hörte, war er sofort Feuer und Flamme. Dummerweise – oder wahlweise glücklicherweise – war Flyer auch noch fast – ich sage ausdrücklich fast – ein Technikgenie. Als er von dem Einfall hörte, hatte er schon glückselige Sternchen in den Augen. „Na, das kann ja heiter werden", dachte ich mir, aber trotzdem freute ich mich auf das, was die beiden ausheckten. Wir waren Geschwister und standen zusammen wie Pech und Schwefel. Wenn ich daran denke, was meine Tante Sunny mit ihren Geschwistern für einen Mist verzapft hatte, da waren wir ja direkt noch harmlos, sozusagen Engelchen! Das wollten wir aber nun unbedingt ändern. Wer wollte schon ein Engelchen sein, wenn es auch die Option gab ein Teufelchen zu sein. Engelchen sind langweilig, wir waren es nicht. Der Plan war klar: wir würden eine Show bieten, über die man noch lange reden würde…

Keine Ahnung, was Flyer da trieb, aber er lud uns alle in eine große Scheune ein. Dort hatte er die Überreste eines alten Schlagzeugs und ein mehr als uraltes E-Piano gefunden.

Flyer wäre nicht Flyer, wenn er nicht versuchen würde, diesen alten Musikinstrumenten wieder Leben einzuhauchen. Er war voll in seinem Element und natürlich schaffte er es!!!

Er installierte ein paar Mikrofone und noch irgendeine Technik, die dafür sorgen sollte, dass sich unsere Stimmchen dramatischer anhörten, als sie letztendlich waren. Er gab den Ton an und wir wiederholten eigentlich nur sein Kommando.

Die Rahmenbedingungen waren perfekt. Es war angenehm warm, ganz viele Menschen saßen draußen, es roch nach Grill in allen Variationen, manche saßen aber auch nur mit einem Glas Wein oder Bier auf dem Balkon oder der Terrasse, es war jedenfalls das absolute "Draußenwetter".

Roukie war ein genialer Stimmenimitator und wies uns an, nur ein kleines „Huhu" herauszuheulen, sozusagen als Backgroundchor. Wir begannen ganz simpel mit Gebell, was sich aber aufgrund der installierten Technik nicht nach sieben Welpen, sondern eher nach einer Hundertschaft Wolfshunden anhörte. Als nächstes legte Roukie ein perfektes Entengequake hin. Und wieder hatte man das Gefühl, als hätten sich Tausende von Enten zu einem Konzert versammelt.

Na ja, da aber jeder in unserer Kleinstadt wusste, dass es hier keine Enteninvasion gab, so würden wir unser kleines Projekt sicher unbedenklich durchziehen können. Was soll ich sagen? Komplette Fehleinschätzung! Wir wollten ja eigentlich nur ein bisschen Spaß machen, aber nachdem Roukie den „Katzensound" rausgelassen hatte, indem er ein klagendes „Miau", dass durchaus auch von einer Horde Wildkatzen hätte stammen können, in den Nachthimmel entließ, verspürte man eine gewisse Unruhe in der Bevölkerung. Keine Panik, mehr so Neugierde, was da gerade in ihrem kleinen Ort abging.

Es klang schön, schaurig, nach Gänsehaut, unheimlich, so als wäre ein Rudel Katzen, die sich nicht grün waren, am Start. Wenn es nur Katzen gewesen wären…

Flyer war voll in seinem Element, nach den zankenden Katzen folgte ein Quieken, das von Hunderten von Ferkeln hätte stammen können. Ui ui ui

Mittlerweile waren schon unzählige Anrufe bei der Polizei und der Feuerwehr eingegangen. In der Zwischenzeit fuhren schon diverse Polizeiautos durch die Gegend und versuchten die Bevölkerung per Megaphon zu beruhigen. "Achtung Achtung, hier spricht die Polizei. Die Ursache für diese Geräuschkulisse ist noch unklar, aber wir können Ihnen versichern, dass sich keine Tierinvasion in der näheren Umgebung befindet." Puh, das war mal eine Ansage. Wir konnten nur beten, dass das alles gut ausgehen würde. Jetzt hatten sich auch noch das technische Hilfswerk, THW, und ein paar (!!!) Krankenwagen eingefunden, nur für den Fall der Fälle. Also, Entschuldigung, wozu brauchte man einen Krankenwagen, wenn sich ein paar Katzen zankten oder Ferkel quiekten?

Alles wäre noch gut ausgegangen, aber Flyer war wohl der Meinung alles geben zu müssen. Wir – als Backgroundchor unterstützten ihn schon lange nicht mehr, er übertraf sich auch ohne uns. Was folgte war noch das das Mähen von gefühlt sämtlichen irischen Schafen – und das waren geschätzte acht Millionen - , das Sirren von Heuschrecken, als wollten sie sämtliche Felder der Umgebung innerhalb kürzester Zeit vernichten und – und das setzte dem Ganzen die Krone auf – das Röhren von Elchen. Das war eindeutig zu viel des Guten. Wir mussten ihn dringend stoppen, nur wie? Keiner von uns war mit der von ihm installierten Technik vertraut und Flyer selbst war so begeistert von seinem „Konzert", dass er gar nicht mehr mitbekam, was rings um uns herum passierte. Wir mussten ihn stoppen, jetzt, sofort und auf der Stelle. Wir hatten keine Zeit, um uns großartig mit der Technik auseinander zu setzen. So leid es uns tat, aber wir mussten ihn außer Gefecht setzen. Wir schauten uns an, aber keiner wollte „es" tun. Okay, ich opferte mich. Mit einem unheimlich schlechten Gewissen verpasste ich ihm einen Schwinger und knockte ihn regelrecht aus. Er verdrehte noch kurz die Augen und dann lag er da – quasi scheintod. Ich würde mich bei ihm entschuldigen müssen, vor allem auch für die Kopfschmerzen, die er zweifelsfrei haben würde. Meine Geschwister beruhigten mich. Sie waren froh, dass Flyer sich im Land der Träume befand.

Trotzdem waren inzwischen alle Parkplätze im Ort belegt, weil es sich in der Zwischenzeit wie ein Lauffeuer verbreitet hatte, was in unserem Ort los war. Es war wie ein Event, das sich verselbstständigt hatte und nicht mehr aufzuhalten war. Eine Lawine! Von allen Seiten strömten Menschen in unseren Ort, um sich das Spektakel bloß nicht entgehen zu lassen. Die Polizei hatte mittlerweile die Zufahrtsstraßen gesperrt. Obwohl wir uns inzwischen ruhig verhielten, entwickelte sich das Ganze zu einer riesigen Party. Es waren in der Zwischenzeit die ersten Brezelverkäufer aufgetaucht. Die Aktion war zu einem Selbstläufer geworden und war einfach nicht mehr, oder zumindest nur schwerlich zu stoppen. Die Polizei wollte es verhindern, das THW und die Feuerwehr auch, aber keine Chance! Obwohl sich mittlerweile das „Konzert" in Luft aufgelöst hatte, war – wie konnte es anders sein – auch die Presse vor Ort. Zwar war Flyer dieses Mal die Hauptperson, oder besser, der Haupthund, aber der Reporter erkannte mich sofort und kam direkt auf mich zu. "Hey Five, was hast du denn da wieder geschafft? Ich bin übrigens Felix, habe mich das letzte Mal gar nicht vorgestellt." Empört schaute ich ihn an: " Ich bin absolut unschuldig." Okay, absolut unschuldig war ich nicht, aber ich war nur ein Mitläufer. Flyer hat das

115

dämliche Konzert angezettelt und Roukie hat ihm geholfen. Nicht nur ich war kreativ, meine Geschwister waren es auch! Und mal ehrlich, die Sache auf dem Fußballfeld war eine Kombination aus Spontanität und Darm-technischen Unfall. Flyer und Roukie hingegen waren mit ihrer Idee fantasievoll und erfindungsreich gewesen. Das THW und die Feuerwehr waren inzwischen abgezogen, während die Polizei das Geschehen noch eine Weile beobachtete. Es war eine wahre Volksfeststimmung. Neben dem Brezelverkäufer hatten sich nun auch noch ein Eisstand, eine Bratwurst-Bräterei sowie ein Getränkestand gesellt. Irgendein findiger Geselle hatte auch schon einige Brauereitische aufgebaut. Unsere Eltern standen inzwischen auch mit einem Glas Wein oder einem Bier in der Hand um ein Weinfass herum und lachten sogar über unseren gelungenen Scherz. Noch, denn es war unklar, ob sie nicht noch eine "nette" Rechnung vom THW, der Feuerwehr und der Polizei erhalten würden. Aber darüber konnten sie sich morgen noch Gedanken machen, sozusagen noch ungelegte Eier. Jetzt ließen sie es sich erst einmal nach der ganzen Aufregung gut gehen. Ein paar Tische weiter entdeckte ich sogar den Schiedsrichter von jenem unvergesslichen Fußballspiel und auch noch ein paar Spieler vom 1. FC Oberhintertupfing, oder waren sie von der SV Untervordertupfing, ehrlich ich wusste es nicht mehr so genau. Jedenfalls winkte mir der Mittelstürmer zu, der rechte Außenverteidiger machte das "Daumen hoch" Zeichen und selbst der Torhüter, der damals ziemlich ange-fressen war, weil ich mir ausgerechnet sein Tor für meine Bedürfnisse ausgesucht hatte, grinste mir breit zu. Der Ver-ein hatte seit jenem legendären Spiel deutlich mehr Zu-schauer, die auch für entsprechenden Umsatz sorgten. Also, alles paletti!!!

Ich fühlte mich Pudel –nein Berner Sennen – Golden Ret-riever – wohl, bis ich wieder Felix, den örtlichen Reporter in ihren Reihen entdeckte. Leider hatte er kein Bierglas, son-dern ein Notizbuch in seinen Händen. Mir schwante Böses. Als dann auch noch unsere Eltern zu einem Foto einwillig-ten, war mir schon klar, was kam. Am nächsten Tag sah ich mein Konterfei inmitten meiner – diese Mal nur fünf Ge-schwistern groß, breit und fett auf der Titelseite unserer Zei-tung abgebildet. Und ausgerechnet Flyer, der Initiator fehlte….

*****

Die Waschanlage

„Los, Five, wir fahren." Papa pfiff und ich schaute ihn noch leicht verschlafen an. Fahren, wieso fahren, wir laufen doch immer unsere Runden. "Ich muss noch tanken und mein Auto braucht dringend eine Wäsche. Dann können wir auch gleich das Angenehme mit dem Nützlichen verbinden. Papa hatte sich vor kurzem ein neues Auto gekauft. Ein todchices Cabrio mit allem Schnick und Schnack. Und in diesem Gefährt sollte ich jetzt mitfahren dürfen. Das wäre Neuland. Wenn wir Auto fuhren, dann saß oder lag ich in meiner zugegebenen Weise sehr angenehmen Transportbox. Das klingt nach eng und unbequem, war es aber nicht. Leider passte die Box aber nur in Mamas Geländewagen, nicht in das neue Cabrio. Papa machte kurzen Prozess. "Ich leine dich an, du sitzt im Beifahrerfußraum und wir fahren ja auch nur bis an den Waldrand." Wald? Hörte ich Wald? Ich liebte den Wald! Der Waldrand war nicht wirklich weit entfernt, aber es war schon angenehmer dorthin zu fahren. Dann konnte ich meine ganze Energie im Wald loswerden und musste sie nicht bereits auf dem Weg vergeuden.

Hach, der Wald roch göttlich. Ich war kein Jagdhund und musste nicht hinter Rehen oder Wildschweinen hinterherrennen, aber alleine schon über den weichen Waldboden zu rasen, bereitete mir einen Riesenspaß. Ich freute mich darauf, da nahm ich auch das Anleinen und Sitzen im Fußraum in Kauf.

Wir genossen beide unseren Spaziergang. Während Papa auf den Waldwegen blieb, raste ich kreuz und quer. Ständig hatte ich neue Gerüche in der Nase. Mal waren es Wildtiere, dann Pilze oder Beeren. Besonders die kleinen Walderdbeeren dufteten herrlich und intensiv. Ich beließ es aber beim Riechen, Geschmackstests hatte ich genug hinter mir…

Nach einer guten Stunde waren wir wieder beim Auto angekommen, und ich war ehrlich gesagt froh, dass ich jetzt nicht auch noch den ganzen Weg nach Hause laufen musste. Ich war ziemlich kaputt. Da war fahren doch deutlich angenehmer. Papa legte noch eine große Decke in den Fußraum, denn meine Pfoten waren durch den Waldboden doch etwas mitgenommen, sprich – dreckig geworden!

Wir fuhren noch an die Tankstelle, Papa tankte und kaufte noch einen Chip für die Waschstraße. Hach, war das aufregend. So etwas hatte ich ja noch nie erlebt. Waschstraße, das klang nach Abenteuer, zumal es sich um so eine Waschanlage handelte, bei der man im Auto sitzen blieb. Alles klar, es ging los. Papa fuhr in die Waschstraße hinein, stellte den Motor ab und ich harrte der Dinge, die da kommen sollten. Ich war ja sooo gespannt. Das Wasser prasselte von allen Seiten auf das Auto und machte einen Höllenlärm. Ich war so erschrocken, dass ich mit einem Satz auf den Beifahrersitz sprang, oder, besser gesagt, springen wollte. Dumm gelaufen, was soll ich sagen, ich berührte mit meiner Pfote irgend so einen dämlichen Knopf und das Dach begann sich zu öffnen. Das Wasser spritzte ins Wageninnere und Papa versuchte hektisch, das Dach umgehend wieder zu schließen. Er drückte auf allen möglichen Knöpfen herum, aber keine Chance! Papa hatte natürlich ausgerechnet das besonders Lackschonende Programm ausgewählt. Lackschonend bedeutete in unserem Fall eine Wagenwäsche mit ganz besonders viel Wasser.

Ich versuchte Papa zu helfen, denn schließlich hatte ich auch keine Lust auf eine Wäsche. Inzwischen waren wir beide schon triefend nass. Doch wenn es blöd läuft, dann läuft es auch richtig blöd. Ich erwischte den Knopf für die Fensterheber. Die Fensterscheiben senkten sich sofort ab, so dass nur noch mehr Wasser ungehindert ins Wageninnere spritzte. Das war an sich schon schlimm genug, aber wenn man denkt, schlimmer kann es nicht werden, kommt immer noch ein I-Tüpfelchen oben drauf. Was folgte, war die eigentliche Wagenwäsche. Wir wurden einshampooniert, und das nicht zu knapp. "Five, mach die Augen zu, das ist weder Menschen- noch Tiershampoo, das tut uns gar nicht gut." Und schon hatte Papa einen Schwall volle Lotte in den Mund bekommen. Er schimpfte wie ein Rohrspatz und versuchte verzweifelt den Tankstellenbetreiber auf unsere missliche Situation aufmerksam zu machen. Dieser war aber anderweitig beschäftigt und bekam von unserer Cabrio-Innenwäsche überhaupt nichts mit. Papa hatte irgendwann resigniert und murmelte nur etwas von seinem schönen neuen und nun ruinierten Cabrio vor sich hin, bis uns der nächste Schwall kalten Wassers traf. Das Shampoo musste schließlich auch wieder abgewaschen werden, was wiederum für uns bedeutete, dass wir in einer inzwischen gut gefüllten Badewanne saßen. Der anschließende Föhn war der pure Hohn. Wir hätten für unser Cabrio einen Stöpsel benötigt, um das Wasser aus unserer Badewanne herauszulassen. Aber Papa und ich bekamen den Föhn volle Wucht ab. Papas Haare sahen aus als hätte er in eine Steckdose gelangt und – und das muss ich ehrlich zugeben – er sah ziemlich übel aus. Ich stand ihm da in nichts nach. Mein Fell war zerrupft und stand zu allen Seiten ab. Irgendwie hatte ich mehr Ähnlichkeit mit einem Kugelfisch als mit einem Hund. Meine Augen brannten, natürlich hatte ich doch Shampoo in die Augen bekommen und Papa ging es genauso. Seine sonst strahlend blauen Augen sahen – ich weiß auch nicht - beängstigend blutunterlaufen rot aus. Hoffentlich wurde Papa nicht blind. Wohl nicht, denn die Röte kam wohl daher, dass Papa sich unaufhörlich die Augen rieb. Meine Augen brannten auch wie Feuer, aber ich beherrschte mich. Insofern ging es meinen Augen deutlich besser.

Wir schauten uns mit unseren mehr als nur geröteten Augen an, gaben uns high five und alles war gut. Die Situation war so abstrus, dass Papa auf einmal anfing, schallend zu lachen. Papa signalisierte mir mehr als deutlich, dass ich nicht für dieses Desaster verantwortlich war. "Five, so etwas muss uns erst einmal jemand nachmachen." Papa hatte recht und ich strahlte ihn an. Mein Papa!!! Es war ein technischer Defekt, den wir beide auszubaden hatten, und das im wahrsten Sinne des Wortes.

Wir hatten das Ende der Waschstraße erreicht, wollten endlich unsere Badewanne verlassen und dann das – es war nicht zu fassen, aber irgendein Vollpfosten hatte die Dreistigkeit besessen, die Presse zu informieren. Ich stöhnte, als ich schon wieder Felix, den örtlichen Reporter, erblickte. Das konnte doch wohl nicht wahr sein. Papa und ich saßen nach wie vor in unserer mit eiskaltem Wasser gefüllten Cabrio-Badewanne fest und konnten uns auch gar nicht so schnell und vor allem selbst befreien. Wir benötigten Hilfe – definitiv. Papa half mir, ich hockte auf seinem Schoß, weil mir ansonsten das Wasser bis zum buchstäblichen Hals gestanden hätte. Das Waschprogramm war durchgelaufen, aber wir konnten die Waschstraße nicht verlassen. Das Auto ließ sich nicht mehr starten, die komplette Elektronik hatte ihren Geist aufgegeben. Keine Ahnung, was sonst noch alles kaputt gegangen war, es fühlte sich jedenfalls alles andere als gut an. Papa konnte noch nicht einmal seinen

Gurt lösen, weil er alle Hände voll mit mir zu tun hatte. Mal ehrlich, wir saßen hier in diesem blöden Swimmingpool fest und vor uns stand eine Meute – allen voran Felix – und machte dämliche Fotos mit ihren Handys. Keiner, wirklich niemand half uns. Das ging so lange bis Papa der Kragen platzte, tief Luft holte und diese Dämlacke zusammendonnerte: "Seid ihr noch ganz knusper? Ihr steht da wie die Ölgötzen, macht bescheuerte Fotos und schaut dabei zu, wie ein kleiner Welpe fast ertrinkt. Die Fotos werden alle gelöscht und wehe, wenn nicht. Sollte auch nur ein einziges Bild veröffentlicht werden, dann wünscht ihr euch, nie geboren worden zu sein. Und glaubt mir, ich spaße ganz bestimmt nicht." Puh, das war mal eine Ansage. Die Meute löschte tatsächlich mit betretenen Gesichtern die Fotos und steckte dann ihre Handys weg. Nur einer knipste munter weiter – Felix natürlich. Irgendwie auch verständlich, es war ja sein Job. Schließlich packte er aber auch seine Kamera weg, kam wortlos auf uns zu und signalisierte Papa, dass er mich aus dem – ja was denn nun – Cabrio? Schwimmbecken? Whirlpool? herausheben wollte. Wir nahmen beide sein Angebot dankbar an, auch wenn das bedeutete, dass nun auch noch seine Jacke mindestens versaut, aber eher unbrauchbar werden würde. Ich hatte keine

Ahnung, wieviel Geld das Cabrio gekostet hatte und ob überhaupt noch irgendetwas zu retten war oder ob die Karre reif für den Schrottplatz war. Jedenfalls kam es auf die Kosten für eine neue Jacke wirklich nicht mehr drauf an. Das sah Papa genauso und hob mich noch ein wenig höher, so dass Felix mich in Empfang nehmen konnte. Puh, ich war gerettet. Jetzt musste nur noch Papa aus dem Auto kommen. Die Türen ließen sich nicht mehr öffnen, einen Badewannenstöpsel gab es auch nicht. So blieb ihm nichts anderes übrig, als sich hochzustemmen und über die Tür zu steigen. Das war gar nicht so einfach, denn man saß relativ tief in dem Sportwagen und zudem war Papa ebenfalls klitschnass. Wir sahen beide aus wie die begossenen Pudel – auch ich – freuten uns aber trotzdem, dass wir noch einigermaßen unbeschadet die Dusche überstanden hatten. So langsam erreichte ich eine zweifelhafte Berühmtheit, denn am nächsten Tag prangte mein Bild auf der Titelseite der örtlichen Zeitung. Innerhalb kürzester Zeit – zum dritten Mal. Das sollte mir erst einmal jemand nachmachen...

*****

Tierische Freunde – oder auch nicht

Mir wurde nie langweilig. Ich hatte tolle Menscheneltern, coole Hundeeltern und äußerst kreative Geschwister. Ansonsten war ich auch sehr kommunikativ. Ich mochte Lebewesen, egal mit wie vielen Beinen, na gut, alle Lebewesen mochte ich doch nicht so gerne. Mit diesen komischen Flutschfingern die im Wasser lebten, konnte ich so gar nichts anfangen, die Mini-Viecher, die man erst nach siebenmaligem Hinsehen entdeckte, waren auch nicht mein Ding, mit Hugo, dem Hausigel würde ich niemals Freundschaft schließen und Fliegen und ähnliches Gedöns gingen mir nur auf die Nerven.

Ich mochte andere Lebewesen, es mussten ja nicht immer Artgenossen sein. Eichhörnchen zum Beispiel, die waren meistens rotzfrech, aber ich bewunderte, wie sie einen Baum herauf und herunter rasen konnten. Immer vertikal, sowohl nach oben als auch nach unten. Das würde ich auch gerne können. Ich versuchte es ein paar Mal, hatte aber keine Chance. Das Einzige was mir gelang, war mich auf die Hinterpfoten zu stellen und um den Baum herumzutanzen. Und was war der Dank für meine Bemühungen? Das

Eichhörnchen bewarf mich mit einer Walnuss und traf sogar noch zielsicher meine Nase. Ich sag ja, rotzfrech! Trotzdem, ich mochte diese kleinen Pinselohren mit ihren wuscheligen Schwänzen.

Es mussten aber nicht immer Vierbeiner sein, ich mochte auch Zweibeiner. Nein, nicht die Menschen, die natürlich auch, ich redete von - Vögeln. Ich fand Störche klasse, elegante und majestätische Vögel, die – zum Glück - in unserer Gegend sehr verbreitet waren. Und ich liebte – Spechte. Ich war fasziniert davon, wie sie einen Baumstamm hinauf- und hinunter laufen konnten, genauso wie die Eichhörnchen. An dieser Stelle betone ich ausdrücklich "laufen". Schließlich waren es Vögel, sie hätten genauso gut fliegen können. Ich war einerseits beeindruckt und andererseits geschockt, wie sie ihre Schnäbel immer wieder in einen Baumstamm hämmerten. Das musste doch mordsmäßige Kopfschmerzen geben. Ich würde Papa mal fragen, ob er ihnen nicht eine Packung Kopfschmerztabletten spendieren könnte. Papa würde bestimmt nicht Nein sagen. Aber warum machten sie das überhaupt? Man fügte sich doch nicht selbst ein Schleudertrauma zu. Oder doch?!? Ich bewunderte also diese schönen Vögel, aber umgekehrt – nix! Sie beachteten mich nicht einmal. Ich war ihnen schnurzegal. Ein wenig beleidigt war ich da schon. Dann eben nicht!!!

Ich zuckte mit den Schultern. Ein Versuch war es wert, aber erzwingen kann man Freundschaft eben auch nicht!!!

Es gab schließlich noch andere Tiere mit denen man Spaß haben konnte und genau in diesem Augenblick sah ich ein zierliches elfengleiches Wesen. Es war eine kleine Katze mit - obwohl ich es noch gar nicht berührt hatte - seidenweichem Fell. Die kleine Mieze war schneeweiß und hatte – wie konnte das denn sein – himmelblaue Augen. Wow, dachte ich mir, - auch wenn du kein Hund bist – was für eine Schönheit. Ein leichter Wind strich durch ihr Fell und machte es noch fluffiger. Sie sah aus wie eine kleine Wolke, war so zart und vermittelte ein absolutes Schutzbedürfnis. Ich rannte auf sie zu und wollte sie unbedingt kennenlernen. Mit halben Schlappohr bekam ich noch mit wie Sunny mit hinterher rief: "Vorsicht, Five, das ist Blablabla." Ja ja ja, bla bla bla, da wurde wieder ein Unsinn dahergeredet, eben bla bla bla. Sunny versuchte noch mit irgendwelchen skurrilen Turnübungen auf sich aufmerksam zu machen und mich davon abzubringen auf die kleine süße Katze zuzulaufen, aber wen interessierte schon so ein blablabla, wenn man so ein niedliches Wollknäuel vor Augen hatte. Mich jedenfalls nicht. Kaum war ich vor diesem wunderschönen Geschöpf angekommen, wollte mich gerade vorstellen, da drehte sie sich zu mir um, lächelte liebreizend und fuhr mir dann mit ausgezogenen Krallen einmal kräftig über die Nase.

Inzwischen hatte mich Sunny erreicht, hechelte noch wie verrückt von ihrem Sprint und meinte nur: "Mensch, Five, ich habe dich doch gewarnt, das ist Blablabla." Wie Blablabla, dieses Prinzesschen hieß Blablabla? Was war denn das für ein Name? Da musste man schon einen gewaltigen Knall haben, wenn man seinem Haustier so einen Namen verpasste. So etwas würde noch nicht einmal Mama fertigbringen. Ups, war das jetzt gehässig??? Jedenfalls verstand ich nur "Bahnhof" und "Abfahrt", meine Nase tat weh, aus der nun auch noch ordentlich Blut tropfte. "Dieses Miststück da", dabei deutete Sunny auf das flauschige Wollknäuel, „ist Blablabla. Schön wie eine Prinzessin, dabei widerlich, hinterhältig und ekelhaft gemein." Diese

Information kam leider eindeutig zu spät, denn genau die Erfahrung hatte ich vor genau einer Minute selbst gemacht.

Meine Nase tat verdammt weh. Ich wollte vor Sunny aber auch nicht wie ein Weichei aussehen. So versuchte ich mich zusammenzureißen, aber Sunny erkannte, dass ich wirklich fürchterliche Schmerzen haben musste. Die Hundenase ist eben überaus empfindlich. Blablabla wusste das offensichtlich auch, sonst hätte sie sicher nicht gezielt auf genau dieses Körperteil geschlagen. Sunny fletschte noch kurz die Zähne in Richtung Blablabla, die davon im Übrigen völlig unbeeindruckt blieb, und zischte nur: "Wir sprechen uns noch", und zog mich mit nach Hause. Ob das eine Drohung oder ein Versprechen war, konnte ich im Moment schlecht einschätzen, war mir aber auch so egal wie wenn irgendwo auf der Welt ein Sack Reis platzte.

Endlich zu Hause angekommen veranstaltete Sunny ein derartig großes Tam-Tam, dass Mama sofort aus dem Haus gestürzt kam. Sunny deutete nur auf mich und Mama entglitten alle Gesichtszüge. "Ach herrjeh, was ist denn da passiert?" Ein Blick zu Sunny und ihr war alles klar. "Blablabla, irgendwann bringe ich dieses Monster in Engelsgestalt um." Solche Worte aus Mamas Mund zu hören, war mir völlig fremd. Ich war offensichtlich nicht Blablablas erstes Opfer. Mama schaute meine Nase an, aus der noch immer Blut tropfte und meinte nur: "Okay, das wird jetzt weh tun, aber ich versuche mal deine Nase zu verarzten. Falls es morgen früh nicht besser sein sollte, fahren wir zum Tierarzt." Uih, da hatte Blablabla wohl ganze Arbeit geleistet. Im Moment war mir aber alles egal. Ich wollte nur, dass diese entsetzlichen Schmerzen endlich verschwanden.

"Five, du musst jetzt einmal tief einatmen und dann die Zähne zusammenbeißen. Und, - du musst dich nicht zusammennehmen – Sunny kennt diesen Schmerz auch." Bevor ich weiter über diese hundsgemeine – doofes Wortspiel – Blablabla nachdenken konnte, hatte Mama mir schon irgendeine Tinktur auf die Nase gestrichen, die brannte wie die Hölle. Ich konnte die Augen nicht mehr aufhalten, konnte kaum noch atmen und dachte schon, ich sei auf dem Weg in die ewigen Jagdgründe, da hörte ich Mama sagen: "So, fast fertig. Jetzt noch ein Klammerpflaster und dann bist du fast wieder hergestellt. Sie klebte noch besagtes Klammerpflaster auf meine Nase, fest genug, dass es meine

Wunden zusammenhielt, aber auch nicht zu fest, so dass ich wenigstens noch einigermaßen normal atmen konnte.

Puh, endlich überstanden, dachte ich, aber ein Blick in den Spiegel genügte und ich stand kurz vor einem Herzstillstand. Das Klammerpflaster war sonnengelb!!! Auf meiner schwarzen Nase sah das jetzt so aus, als hätte eine richtig fette Biene auf mir Platz genommen.

Konnte es eigentlich noch schlimmer werden? Es konnte! Zwei der drei Schnitte waren gut verheilt oder zumindest auf dem besten Wege zu verheilen, aber der dritte Schnitt hatte sich trotz Mamas liebevoller und gründlicher Pflege ganz fies entzündet. "Los, Five, wir fahren zum Tierarzt." Ich konnte mich nur ausgesprochen langsam bewegen. Unsere Hundenasen waren äußerst empfindlich und meine Nase pochte vor Schmerzen. Dämliche Blablabla!!!

Meine Mama sah richtig angefressen aus, rachsüchtig! So kannte ich Mama gar nicht. Sie murmelte vor sich hin: "Erst Sunny, dann ich und nun du. Das wird sie so etwas von bereuen." Oh oh, da konnte sich Blablabla aber auf etwas gefasst machen. Wenn Mama so eine Ansage machte, da war da garantiert keine heiße Luft dahinter. Mama meinte es bitterernst.

Zunächst fuhren wir aber zum Tierarzt. Er klopfte mir auf die Schulter: "Keine Sorge, Five, das kriegen wir schon wieder hin." Er entfernte das quietschgelbe Klammerpflaster, so dass ich wenigstens keine Biene mehr auf der Nase sitzen hatte, aber es folgte dann doch noch eine kurze und heftige Behandlung, die mir das Pipi in die Augen trieb. "So, Five, fertig, du warst super tapfer. Dieser kleinen Hexe sollte man wirklich mal eine Lektion erteilen. Ich kann schon gar nicht mehr zählen, wie viele Patienten ich wegen ihr schon hatte." Wow, das klang, als ob Sunny und ich nicht ihre einzigen Opfer gewesen wären...

Ich war gespannt wie ein Flitzebogen. Mama hatte ja sehr oft sehr originelle Ideen. Mal sehen, was ihr zu Blablabla einfallen würde. Das hatte aber noch Zeit. Erst musste meine Nase ausheilen.

Blablabla war unglaublich von sich eingenommen. Als das Selbstbewusstsein verteilt worden ist, muss sie wohl siebenmal "Hier" geschrien haben. Unfassbar! Zwei Tage später sah ich, wie sie um Flower herumschwänzelte. Flower tat völlig unschuldig und unwissend, so, wie es eben nur Mädchen können. Sie war von uns vorgewarnt worden und hielt deswegen auch immer einen diskreten Abstand und sie war auch ein Teil unseres Plans: Blablabla würde niemandem mehr Schmerzen zufügen. Das sollte jetzt ein Ende haben. Endgültig! Und mit einer Erfahrung, die Blablabla ihr Leben lang nicht vergessen würde.

Wie wir ja bereits wussten, war Mama gar nicht gut auf Blablabla zu sprechen. Vor ein paar Wochen war sie in unserem Garten und maunzte herzzerreißend. Schließlich kam Mama, beugte sich zu ihr herunter, um sie hinter den Ohren zu kraulen und in genau dem Moment zeigte Blablabla mal wieder ihr wahres Gesicht. Sie biss Mama derart heftig in die Hand, dass sogar eine kleine Schramme zurückblieb. Und – wie sich später herausstellte – stammte die kleine Narbe über Rivers Auge ebenfalls von – Blablabla. Tessa hatte einen kleinen Zacken in ihrem rechten Ohr. Man sah ihn eigentlich nicht, nur wenn sie ihr Ohr aufklappte, konnte man sehen, dass ein kleines Stückchen fehlte. Und warum? Auch das war Blablablas Werk.

Man konnte es drehen und wenden wie man wollte, Blablabla war ein hinterlistiges Biest und besaß keine Freunde. Ihre Attacke auf meine Nase sollte ihre letzte gewesen sein. Das würden wir ihr ein für alle Mal klarmachen. Mama machte so einige dezente Andeutungen, was wir machen könnten, hielt sich dann aber auffällig im Hintergrund. Frei, nach dem Motto: mein Name ist Hase und ich weiß von nichts! Grandiose Mama!!!

Wir hatten sozusagen ihre Freigabe. Die Aktion "Blablabla" konnte starten! Ein Rundruf genügte und alle waren dabei. Blablabla lebte auf einem kleinen Bauernhof, den Tessa – aus welchen Gründen auch immer – gut kannte. Also übernahm sie das Kommando. Sie hatte schließlich auch noch eine Rechnung mit der kleinen Prinzessin offen. Erst dirigierte sie uns unauffällig in Richtung Jauchegrube und dann fing sie an Blablabla ein bisschen zu zwiebeln. Wie nicht anders zu erwarten stürzte sie sich mit ausgezogenen Krallen auf Tessa und das war genau der Moment für unseren Einsatz. Wir bellten und knurrten sie von allen Seiten an, dass sie so erschrak, dass sie rückwärts in die Jauchegrube stürzte. Es machte "Platsch" und aus der kleinen weißen Prinzessin war ein braunes stinkendes und widerliches Etwas geworden. Innerhalb einer Sekunde!

Wie man nun auch weiß, sind Jauchegruben ganz schön gefährlich. Sollte man in einer solchen landen, kann man auch ratzfatz mausetot sein. In unserem Fall katzentot, aber das wollten wir natürlich auch nicht. Blablabla sollte ihre Lektion lernen, aber nicht sterben. So rachsüchtig waren wir nun auch nicht. Wir hielten ihr einen Stecken hin, so dass sie sich daran hochhangeln konnte, nur um sie dann doch noch einmal in die Jauchegrube zu schubsen. Hach, es war uns ein inneres Lachsbrötchen Blablabla so zu sehen. Gut, beim nächsten Mal durfte sie dann tatsächlich die Jauchegrube verlassen. Sie stank wie die Pest und wir hielten uns auch alle unsere Nasen zu. "Puh, wie stinkt es denn hier?", "Bäh, hier riecht es ja ekelhaft", "Boah, ist hier irgendetwas verwest?", solche und ähnliche Kommentare durfte sich die einst weiße Katze anhören.

Das Beste für uns war aber, dass Blablabla jetzt ein ernstes Problem hatte, sozusagen Pest oder Cholera. Katzen waren sehr reinliche Wesen, aber absolut wasserscheu. Sie hatte nun die Möglichkeit sich ihr Fell sauber zu lecken –

allein der Gedanke verursachte mir Übelkeit - oder sie konnte ins Wasser springen, um sich zu säubern. Ich konnte nur hämisch grinsen. Ins Wasser zu springen war für Katzen ungefähr genauso wie für mich noch einmal eine Schüssel von Thaddäus' indonesischem Nudelsalat zu fressen. Tja, Blablabla, so geht Rache!!!

Bevor Blablabla auch nur noch einen Gedanken daran verschwenden konnte, wie sie ihren Urzustand zurückerhalten könnte, hatte ihr Menschenpapa sie schon erblickt. Er fackelte nicht lange, streifte sich kurzerhand Einweghandschuhe über, packte sie und hielt sie unter den Wasserhahn. Das half zwar gegen den Dreck, nicht aber gegen den Gestank! Ich kannte das ja auch schon von Mama und genauso machte er es auch. Er schäumte Blablabla kräftig ein. Wehren war zwecklos. Gegen seine Riesenhände hatte sie überhaupt keine Chance. Nada! Dann folgte die zweite Dusche aus dem Wasserhahn und wir lachten uns kaputt. Ihr Papa wollte sie zwar noch abtrocknen, aber Blablabla war mit einem Satz verschwunden und wart nicht mehr gesehen…

Ein paar Tage später sahen wir Blablabla wieder, strahlend weiß, aber ziemlich kleinlaut und in sich gekehrt. Huch, was war denn aus der überaus selbstbewussten Katze geworden? Sie stand da wie ein begossener Pudel, hatte offensichtlich etwas auf dem Herzen und wusste nicht, wie sie den Ballast loswerden konnte. Sie schluckte schwer, mehrmals, schaute uns aus ihren himmelblauen Augen an und presste hervor: "Ich habe das alles nicht gewollt, es tut mir so leid, was ich euch allen angetan habe." Wir waren nicht nachtragend und es gab sicher auch Gründe für ihr merkwürdiges Verhalten, wollten aber auch nicht zu neugierig sein und tiefer in sie eindringen. Irgendwann würde sie uns bestimmt ihr ruppiges Benehmen erklären. Jetzt streckten wir ihr aber alle unsere Pfoten entgegen und fragten einstimmig: "Frieden und - Freunde?" Blablabla war mehr als glücklich, strahlte uns an und antwortete: "Frieden und – ja – Freunde! Ich danke euch." Vergessen waren ihre üblen Attacken, und mal ehrlich, so eine kleine Narbe erzählt schließlich auch eine Geschichte...

Am nächsten Tag – ich tobte mal wieder durch den Garten – als ich ein erbärmliches Quieken vernahm. Ups, wo kam das denn her? Und wieder quiekte es, jetzt noch viel schlimmer. Ich schaute mich um, links rum, rechts rum, sah nichts während das Quieken noch jämmerlicher wurde. Letztendlich blickte ich an mir herunter und sah – eine Maus mit meiner Pfote auf ihrem Schwanz. Uiiih!

"Huch, kleine Maus, ich wollte dir nicht weh tun. Bitte bleib, was kann ich für dich tun?" Ich nahm vorsichtig meine Pfote von ihrem Schwanz und schaute sie erwartungsvoll an. Die kleine Maus zitterte wie Espenlaub und als ich mich zu ihr herunterbeugte, wäre sie fast in Ohnmacht gefallen. "Bitte, bitte, lass mich leben." "Hey Maus, ich bin kein Jagdhund, sondern ein Hütehund, und ich bin auch keine Katze, die Mäuse frisst. Also – alles gut!" Was wolltest du denn eigentlich hier?" So langsam beruhigte sich die Mini-Maus und erklärte: "Ich wollte mir ein kuscheliges Bett bauen und habe hier so herrliche weiche Haare gefunden." "Aha, also meine."

Wieder komplett eingeschüchtert fragte sie: "Willst du sie zurückhaben? Sie sind zwar wunderbar weich, aber ich gebe sie dir natürlich gerne." "Nein, natürlich will ich sie nicht zurückhaben. Ich bin froh, sie los zu sein. Meine Mama bürstet mich schließlich nicht grundlos jeden Tag.

Warum willst du sie denn haben und wie heißt du überhaupt? Wir könnten Freunde werden, ungleiche Freunde zwar, aber Freunde. High five würde nicht funktionieren, aber wir könnten versuchen unsere Nasen ein wenig aneinander zu reiben. Was meinst du?" "Und du willst mich wirklich nicht fressen?" Ich lachte: "Nee, ganz bestimmt nicht, großes Indianerehrenwort, ich bevorzuge mein leckeres Welpenfutter, keine unterernährten Mäuse." Vorsichtig hob sie ihre kleine Nase in die Höhe, und tatsächlich, wir konnten unsere doch sehr unterschiedlichen Nasen aneinander reiben. Freunde? Freunde!

"Und nun erzähl, wozu brauchst du mein Fell?" Deine Haare sind so weich und so warm und mir ist so kalt." "Dir ist kalt? Es ist total warm, eigentlich viel zu warm." "Nun ja, mir ist nicht warm. Ich bin noch so klein, finde meine Mama nicht mehr und habe – Hunger. Dann friert man eben."

"Du hast Hunger, warum?" Was war das denn für eine bescheuerte Frage? Die Mini-Maus schaute mich entgeistert an. "Warte hier, ich bin in fünf Minuten, nein drei Minuten zurück und dann bekommst du was zu futtern. Versprochen."

Ich lief zum Haus, bellte so lange, bis Mama auf der Terrasse erschien und erklärte ihr die Sachlage. "Five, bist du jetzt völlig irre? Ich will keine Mäuse im Haus haben." Ich verdrehte nur die Augen. Auch Mama war manchmal etwas begriffsstutzig. "Keine Mäuse im Haus, aber etwas zu fressen für die kleine Mini-Maus draußen im Garten." Mama hatte verstanden, verschwand im Haus und zwei Minuten später erschien sie wieder auf der Bildfläche mit einem kleinen Tablett in der Hand. "Wo ist deine Mini-Maus?" Ich staubte los und tatsächlich saß da noch dieses kleine Wesen und zitterte so heftig, da hätte sogar noch ein Zitteraal etwas von ihr lernen können. "Mama will dich nicht in ihrem Haus sehen", und ich hatte das Gefühl, die kleine Maus würde auf die Größe einer Erdnuss zusammenschrumpfen. "Bei uns muss niemand hungern." Mit diesen Worten stellte Mama der Mini-Maus ein Tellerchen hin, auf dem sich kleingeschnittener Käse, etwas Speck und noch ein paar Sonnenblumenkerne befanden. Die Mini-Maus konnte ihr Glück kaum fassen, strahlte wie ein Putzeimer und machte sich über die Leckereien her. Innerhalb

141

von Null-Komma-Nichts war alles verputzt und die Mini-Maus schaute mich glücklich an.

"Wie heißt du überhaupt?" Die kleine Maus blickte mich entgeistert an. "Ich habe keinen Namen." Jetzt war ich derjenige, der sie verdutzt anschaute. "Okay, mein Name ist Five, und du bist so klein, ich nenn dich Mini-Maus jetzt einfach Mimi-Maus, oder einfach nur – Mimi. Wie findest du das?" Die kleine Maus strahlte mich an und somit war klar, dass Mimi für sie völlig in Ordnung war. Und wieder hatte ich eine neue Freundin gefunden…

Mama war vor einer Stunde vom Einkaufen nach Hause gekommen und hatte mir wieder einmal eine kleine feine Schleckerei mitgebracht – ein getrocknetes Schweineohr. Köstlich! Ich hatte es in aller Seelenruhe verschmackofatzt und döste nun genüsslich vor mich hin. Plötzlich - wie aus heiterem Himmel – war ein Getöse zu vernehmen. Ich blinzelte kurz, öffnete nur ungern ein Auge und sah einen Vogel, genauer gesagt eine Amsel, die einen derartigen Rabatz veranstaltete, dass man davon durchaus einen Hörsturz bekommen konnte. Wütend bellte ich sie an. Schließlich wollte ich in Ruhe meine wohlverdiente Siesta halten. Das hätte ich wohl besser nicht gemacht, aber wer konnte schon ahnen, dass dieser dämliche Vogel so aggressiv reagieren würde. Schließlich hatte ich doch Heimrecht und was hatte dieses Federvieh überhaupt in unserem Garten verloren? Richtig! Nichts! Gar Nichts! Das sah die Amsel deutlich anders. Sie flog im Sturzflug auf mich zu und zeterte als würde ihr Leben davon abhängen. Ich war lediglich genervt und blaffte sie an: "Chill mal!" Das brachte sie leider nur noch mehr auf den Plan. An Siesta war nicht mehr zu denken. Also verließ ich meinen Lieblingsplatz im Garten und verzog mich in mein Häuschen. Ich war sauer, so richtig sauer. Wenn jemand meine geliebte Siesta störte, konnte ich zum rasenden Wildschwein werden. Na gut, das mit dem rasenden Wildschwein ließ ich jetzt erst einmal bleiben. Zu anstrengend. Ich wollte mein gepflegtes Mittagsschläfchen fortsetzen. Das war der Plan, aber dieser Mistvogel durchkreuzte natürlich meinen Plan. So erhob ich mich nochmals, gähnte herzhaft und begab mich in den Nachbargarten – zu Flower. Ich ließ mich unter der dicken Eiche nieder und dachte schon – endlich Ruhe – als diese Wahnsinns-Amsel wieder auftauchte und mit ihrem Gezeter fortfuhr. Flower kam ganz verschlafen aus dem Haus. Sie war offensichtlich auch in ihrer Mittagsruhe gestört worden. "Was ist denn

143

hier los?" Ich zeigte auf das schwarze Federvieh, "ist aus dem Nichts aufgetaucht und macht einen auf dicken Molly. Ich bin müde, genervt und möchte nur eine Runde ratzen." Das wollte Flower offensichtlich auch. "Komm mit rein, mein Schlafplatz reicht auch für zwei." Ich hätte sie knutschen können. Endlich Aussicht auf eine gepflegte Siesta. Schlafmangel machte mich immer extrem mürrisch. Den blöden Vogel waren wir mal los, dachte ich. Falsch gedacht.

Am nächsten Tag – Mama wollte gerade ihr heißgeliebtes Salatbeet wässern - da tauchte dieser gestörte Vogel schon wieder auf und attackierte – Mama. Wie ein Wahnsinniger stürzte sich der Vogel auf Mama. Sie war so erschrocken, dass sie spontan die Gießkanne fallen ließ, die mit viel Getöse zu Boden ging. Aber Mama wäre nicht Mama, wenn sie sich so ein Verhalten gefallen ließe. Als ob sie schon so etwas in der Art geahnt hatte, nahm sie den Gartenschlauch in die Hand und richtete den Strahl beim nächsten Angriff zielgerichtet auf diesen bekloppten Vogel. Pitschnass und ziemlich belämmert schüttelte er sich und flog dann fort. Erledigt! Thema durch! Dachten wir! Wir dachten falsch! Es wäre ja auch zu schön gewesen. Der Vogel hatte nicht nur gewaltig einen an der Waffel, nein, er war auch noch extrem rachsüchtig. Unglaublich, auf welche fiesen Ideen man kommen konnte.

Flower und ich hatten es uns im Garten gemütlich gemacht und schnurgelten völlig entspannt vor uns hin, als diese hinterhältige Amsel angeflogen kam und sich treffsicher auf uns entleerte. Das allein war schon schlimm genug, aber sie musste sich vorher den Bauch mit Kirschen vollgeschlagen haben. Ich bekam einen Platscher auf dem Rücken ab und Flower mitten auf der Stirn. Das muss man sich mal vorstellen, ich, ein überwiegend schwarzer Hund und Flower blond, waren nun beide mit roter – im Ernst, roter – Vogelkacke bekleckert. Widerlich, ekelhaft, einfach nur Bäh! Jetzt waren Mama und auch Mona ernsthaft sauer. Wir mussten nicht nur mal wieder geduscht werden, weil dieser beknackte Vogel uns vollgekackt hatte, nein Mamas weiße Bluse war mit kirschroter Vogelkacke dekoriert worden und auf Monas zitronengelbem T-Shirt prangten noch die restlichen Ausläufer. Das Vogelmistvieh hatte wirklich alles gegeben und das im wahrsten Sinne des Wortes. Das war kein Versehen, das war pure Absicht gewesen.

Der dämliche Vogel ging uns echt auf die Nerven. Wir fragten Papa und Micha, was wir wohl unternehmen könnten, aber ein Rechtsanwalt und ein Steuerberater waren nicht unbedingt die Garanten für kreative Amselbeseitigung. Wir überlegten schon, ob wir nicht noch einmal Flyer und seine technischen Fähigkeiten kontaktieren sollten. So ein bisschen Adlergekrächze wäre doch bestimmt nicht schlecht, aber dann erinnerten wir uns daran, wie unser „Konzert" aus dem Ruder gelaufen war. Also dann doch lieber kein Adlergekrächze. Zum Glück war der Gedanke so überflüssig wie Bauchschmerzen, denn so plötzlich wie dieser bescheuerte Vogel aufgetaucht war, verschwand er auch wieder. Vielleicht hatte er ein neues Opfer gefunden, wer weiß? Fazit war jedenfalls, dass es auf dieser Welt schon ziemlich dämliche Wesen gab.

*****

Der alltägliche Wahnsinn

Hach, ich liebte mein Leben. Konnte ein Hundewelpenleben besser sein? Keine Ahnung, ich wusste es nicht. Meines war jedenfalls perfekt. Flower sah das genauso. Obwohl sie ihren Schlafplatz im Haus hatte, hatte sie doch auch jede Möglichkeit nach draußen zu gelangen ohne jedes Mal Mona oder Micha um Hilfe bitten zu müssen. Das war ideal, denn es hatte sich zu einem morgendlichen Ritual entwickelt, dass wir ein kleines Wettrennen veranstalteten. Nichts Großes, wir starteten bei Michas und Monas Terrasse, rasten rüber in unseren Garten, einmal unter den Gartenmöbeln hindurch, ein Abstecher zum Teich und zurück auf Flowers Grundstück. Das war eigentlich unsere Lieblingsrunde. Ich weiß gar nicht warum, aber in letzter Zeit sind wir stattdessen wie die Wahnsinnigen um die dicke Eiche gerannt. Mindestens fünfzehn Runden. Danach lagen wir schlagkaputt auf dem Rasen, wir hechelten wie die Doofen und dachten uns, wie bekloppt wir doch eigentlich waren. Wir grinsten und wussten ganz genau, dass wir morgen den gleichen Unsinn wieder durchziehen würden. So waren wir nun einmal eben!

Es war mittlerweile ein ungeschriebenes Gesetz, aber der Gewinner bekam ein High five und durfte sich zuerst aus der Leckerchenkiste bedienen. Wir hielten uns auch daran, nur ein Leckerchen zu naschen, nicht die ganze Kiste leer zu fressen. Das hatten wir einmal gemacht, danach nie wieder, denn sowohl Mama als auch Mona drohten damit, unsere Lieblingskiste nicht mehr aufzufüllen. Oh oh, das wollten wir auf gar keinen Fall riskieren. Also, für jeden ein Leckerchen, mehr nicht!

Heute hatten wir keine Lust um die dicke Eiche zu düsen, wir entschieden uns für das Wettrennen von Terrasse zu Terrasse und zurück. Wir schauten uns an, das war so eine Art geheimes Startsignal, und los ging's. Mona und Micha hatten einen ovalen Tisch auf ihrer Terrasse stehen. Da konnten locker zehn Personen drum herum sitzen. Um genau diesen Tisch flitzten wir herum, bevor wir einen Spurt in unseren Garten hinlegten. Mama und Papa hatten einen rechteckigen Tisch auf ihrer Terrasse stehen, der aber auch leicht für zehn Personen reichte. Besagter Tisch hatte jedoch zwei Quer- und eine Längsstrebung. Unser kleiner Parcours führte uns unter unserem Tisch hindurch bevor wir eine

Runde um den kleinen Teich rasten, um dann zurück zu Micha und Mona zu rennen.

Wie gesagt, das war unser morgendliches Ritual, aber heute war alles anders. Komisch, normalerweise hatte Flower die Nase vorn. Sie hatte den grazileren Körperbau und konnte sich dementsprechend schneller bewegen. Manchmal konnte ich sie noch auf den letzten Metern überholen, aber heute lag ich zwei Hundelängen vor ihr. Ich wollte gerade unter unserem Tisch hindurchhechten, drehte mich noch kurz zu Flower um, und dann tat es einen fürchterlichen Schlag. Ich kippte zur Seite und sah nur noch Sternchen. "Huch, was war denn jetzt los?" Immer noch höchst benebelt schaute ich Flower an, die auch abrupt stehen geblieben war. Der Tisch bebte und drohte umzukippen, so heftig war der Rumms gewesen. Ich war doch tatsächlich volle Lotte gegen die Längsverstrebung gekracht. Häh, wie war das denn möglich? Wir rannten diese Runde doch fast jeden Tag. Na gut, die letzten Tage waren wir stets um die dicke Eiche gerannt, aber das hier war doch unsere Lieblingsrunde. Flower hatte noch rechtzeitig stoppen können, schmiss sich nun auf die Seite und kringelte sich vor Lachen.

Boah, deshalb hatte Flower mir den Vorsprung gelassen. Wie gemein! Sie war sich nicht sicher gewesen, ob wir noch unter die Längsverstrebung hindurch passen würden und überließ mir "großzügig" den Vortritt. Jetzt lag sie auf dem Rasen zwischen Lachen und Japsen und meinte nur: "Five, wir sind gewachsen." Oh Mann, Mädchen konnten echt fies und gemein sein. Das roch nach Rache. Während sie sich weiter vor Lachen kringelte, dirigierte ich sie in eine bestimmte Richtung, so dass es schließlich "Platsch" machte und sie in unserem Gartenteich gelandet war. Jetzt war ich derjenige, der sich kaputtlachte, besonders, als sie wieder auftauchte und ihr blondes Fell über und über mit grünen Wasserlinsen bedeckt war. Zum Brüllen komisch, insbesondere deshalb, weil mitten auf ihrem Kopf auch noch ein kleiner Frosch thronte. Eines war jedenfalls klar, unser morgendliches Wettrennen-Ritual würden wir noch einmal überdenken müssen.

Mama und Papa hatten so etwas, was man als offenes Haus bezeichnen könnte. Nicht, dass jeder einfach so mir nichts – dir nichts bei uns rein und raus spazieren konnte, aber bei uns war eigentlich jeder willkommen. Nun gut, nicht alle, Tante Zitrusfrucht war nicht willkommen. Sie war eine Persona non grata, also ein nicht gern gesehener Mensch.

In unserer Nachbarschaft wohnte auch ein kleiner Junge, so vier oder fünf Jahre alt. Er war so von meinem weichen Plüschfell begeistert, dass er Mama gefragt hatte, ob er ab und zu mal kommen dürfte, um mich zu streicheln. Sie schaute mich an, ich nickte und Mama war einverstanden. Dann erklärte sie ihm noch, dass er mich aber keinesfalls beim Fressen oder Schlafen stören dürfe. Ab dem Zeitpunkt kam der Kleine regelmäßig zu uns rüber, blieb eine Viertelstunde und streichelte mich ausgiebig. Ich genoss es. Besonders meine Ohren hatten es ihm angetan. Da war mein Fell aber auch besonders weich. Ich lag auf dem Rasen im Halbschatten, hatte ein Ohr aufgeklappt und döste genüsslich vor mich hin. Als der kleine Kerl mein aufgeklapptes Ohr sah, war er mehr als nur fasziniert. Was um Himmels Willen ist an einem aufgeklappten Ohr so interessant?

Er hatte eine Tüte mit Mini-Gummibärchen dabei und dann kam es, wie es kommen musste. Er hat sich sicher nicht Böses dabei gedacht, aber innerhalb von Sekunden hatte eine bunte Mischung Mini-Gummibärchen den Weg in mein Ohr gefunden. Der Kleine erschrak, denn die Gummibärchen waren innerhalb kürzester Zeit wirklich komplett verschwunden und mich juckte es im Ohr. Erst schüttelte ich mich, dann kratzte ich mich, dann schüttelte ich mich wieder und kratzte mich erneut. Ich hatte keine Chance. Mein Ohr juckte und fühlte sich zudem noch klebrig an. Igitt.

Ich lief zu Mama, die auch sofort erkannte, dass irgendetwas nicht stimmte. "Was ist los mit deinem Ohr? Lass mal sehen." Sie schaute in mein Ohr und genau in diesem Augenblick zeigte sich wohl ein Gummibärchen. "Oh nein, du hast Gummibärchen im Ohr, wir fahren jetzt zum Tierarzt." Dort angekommen, kam der Tierarzt auf uns zu und fragte: "Und Five, du hast keinen Impftermin, was hast du jetzt schon wieder angestellt?" Mensch, das war gemein, ich konnte doch nichts dafür. Mama sprang auch sofort für mich ein: "Es ist nicht Fives Schuld. Ein Nachbarskind hat ihm Gummibärchen ins Ohr gestreut." Der Tierarzt schaute uns verdutzt an und fing dann schallend an zu lachen: "Echt jetzt, Gummibärchen? Ich habe ja schon Einiges erlebt, aber Gummibärchen in den Ohren ist auch neu für mich." Er schaute mir ins Ohr und versicherte Mama, dass das alles nur halb so schlimm sei. Er gab Mama noch Tropfen mit, die diese merkwürdige Gummimasse auflösen sollte. "Es könnte sein, dass eine bunte Lösung aus seinem Ohr fließt." Ein Grinsen konnte er sich dabei nicht verkneifen. Es war wirklich so, wie er gesagt hatte. Das Jucken hatte aufgehört und am nächsten Tag kam wirklich eine bunte Masse – inzwischen flüssig - aus meinem Ohr. Man konnte eindeutig Rot, Grün und Orange ausmachen. Mama säuberte das Ohr noch und die Welt war für mich wieder in Ordnung.

Etwas später klingelte es an der Tür und davor stand der kleine Junge an der Hand von seiner Mama. Beschämt schaute er in meine Richtung. "Ich habe das nicht gewollt. Ich wollte mit den Gummibärchen spielen und auf einmal waren sie in deinem Ohr verschwunden. Ich habe dir etwas mitgebracht." Er hielt mir eine große Packung Kaustangen vor die Nase. "Und die Tierarztrechnung übernehmen selbstverständlich wir", sagte noch seine Mama. "Wir haben gar nichts bezahlen müssen. Der Tierarzt hat sich so köstlich über die Gummibärchen in Fives Ohr amüsiert, dass er für die Behandlung kein Geld verlangt hat. Und an den kleinen Jungen gewandt meinte sie: "Du darfst natürlich weiterhin zu uns kommen, aber bitte ohne Gummibärchen, Salzstangen oder Kekse, die du Five in die Ohren stopfen könntest. Der Kleine war glücklich, dass er mich weiterhin besuchen durfte und kam am nächsten Tag auch, nur um mich zu streicheln.

Ich mochte Kinder, wirklich und die meisten Kinder mochten mich auch. Ich blaffte sie nicht an, knurrte sie nicht an, fletschte nicht die Zähne und war auch ansonsten ein stiller Zeitgenosse. Trotzdem, Kinder und ich, irgendwie funktionierte das nicht. Die meisten Kinder fanden mich – ohne überheblich zu sein – toll. Sie liebten mein knuffiges Gesicht, aber am allermeisten liebten sie meine blonde Ohrspitze. Keine Ahnung warum, aber so war es. Trotzdem, Kinder und ich, wir kamen irgendwie nicht auf einen Nenner.

Ich war dem Kleinen wegen der Gummibärenattacke keineswegs böse, aber das war genau das, was mir immer passierte. In Bezug auf Kinder war ich ein Pechvogel, oder vielmehr ein – Pechhund.

Es war warm und ganz in unserer Nähe gab es eine Eisdiele. Das Areal um die Eisdiele war mehr als nur voll. Groß
und Klein standen zusammen und da sich besagte Eisdiele
in einer autofreien Zone befand, hatten sich auch ganz viele
Kinder eingefunden. Die Eltern mussten sich auch keine
allzu großen Sorgen um ihren Nachwuchs machen, denn es
waren höchstens Menschen und Fahrradfahrer unterwegs.
Na gut, auch Hunde.

Der Weg hinter der Eisdiele führte direkt zu unserer
Hundewiese, und mal ehrlich, warum hätten wir einen Um-
weg laufen sollen, nur um die Eisdiele zu meiden. Genau,
es gab keinen Grund, zumal ich sowieso eine Leine an meinem Halsband hatte. Wir liefen also ganz gemütlich den
Weg hinter der Eisdiele entlang, unsere Hundewiese hatten
wir bereits im Visier, als von einem kleinen Querweg so ein
Mini-Mensch hervorgeschossen kam. Das kleine Mädchen
sah uns, speziell mich, fing an wie am Spieß zu brüllen und
schmiss ihr Eis – ein Himbeereishörnchen - in hohem Bogen
weg. Das Eishörnchen landete – wie hätte es anders sein
können - direkt auf meinem Kopf. Ich sah mal wieder völlig
idiotisch aus. Ein Hörnchen auf meinem Kopf – wie ein
Clown – und das rosafarbene Himbeereis tropfte durch

mein Fell. Weder konnte noch wonnte ich es wegschlabbern, denn mit Eis hatte ich auch schon einschlägige Erfahrungen gemacht. Also – Nein Danke! Zum Glück hatte der Vater des kleinen Mädchens gesehen, dass von unserer Seite keinerlei Gefahr ausgegangen war und sie völlig grundlos ihr Eis weggeschmissen hatte. Resultat war jedenfalls: erstens, das Mädchen hatte kein Eis mehr, zweitens ich war eingesifft und drittens die Hundewiese musste ausfallen, da ich erst einmal wieder gesäubert werden musste. Aber wenn man schon einmal der Pechhund ist, dann eben auch richtig.

Wie hätte es anders sein können, in der Eisdiele saß auch Felix, und Felix war nie – ausnahmslos nie – ohne seinen Fotoapparat unterwegs. Der Artikel in der Zeitung am nächsten Tag war zwar sehr lustig, trotzdem, ich fand mein Foto mit der Eistüte auf dem Kopf eher weniger lustig. Pechhund eben!

Am nächsten Nachmittag bekam ich mit, wie Papa und Micha sich verabredeten, um in irgendeine Sportsbar zu gehen. Sie wollten zwei oder drei Bierchen zwitschern und sich dabei ein Spiel anschauen. Ich wusste nicht, ob es um

Fußball, Handball oder Eishockey ging, aber sie wollten eine Sportsbar besuchen und das war eindeutig Männersache. Also musste ich dabei sein, da gehörte ich hin.

Ich bequasselte Papa so lange, bis er einverstanden war mich mitzunehmen. "Aber weißt du Five, wir gehen in eine Sportsbar, nicht auf die Hundewiese und ich bin mir auch nicht so sicher, inwiefern dich Sport wirklich interessiert. Dort wird alles Mögliche an Sport gezeigt. Fußball, Handball, American Football, Radrennen und und und." Na gut, so wirklich interessierte mich das nicht, aber es war eben so ein Männerding und genau aus diesem Grund wollte ich dabei sein. Da Papa nun nichts dagegen hatte, zogen wir zu dritt los.

Ich muss schon sagen, die Geräuschkulisse war enorm und eigentlich nichts für Hundeohren, aber das war mir im Moment mal egal. Meinen Hörsturz könnte ich morgen noch auskurieren. Jetzt saßen Papa und Micha an der Theke, glotzen auf gefühlte hundert Bildschirme, auf denen wirklich alles, was es so an Sport gab, zu sehen war. Ich hatte es mir unter ihren Barhockern gemütlich gemacht und bekam auch so noch genug ab. Nicht nur von den diversen

Monitoren, auch von den Kommentaren der Gäste und dem Gejohle, wenn irgendeine Mannschaft mal was richtig gemacht hatte. Obwohl ich von dem ganzen Gedöns eigentlich nichts verstand, fühlte ich mich trotzdem wie Graf Rotz von der Rennbahn. Ich war ein Mann und ich war dabei. So weit –so gut!

An der Theke zu sitzen ist zwar einerseits aufregend, weil man sooo viel mitbekommt, aber andererseits auch gefährlich, weil man auch zu viel mitbekommen oder – besser gesagt – abbekommen kann. Der Typ neben Micha hatte offensichtlich schon das ein oder andere Bierchen zu viel gebechert, jedenfalls, das nächste volle Bierglas stieß er um, und ein Biersee ergoss sich auf den Boden. Hey, wenn das kein Zeichen war?! Papa und Micha tranken ihr Bier an der Theke und der Typ neben ihnen hatte sein Bier direkt vor meine Füße - und auch ein bisschen auf mich – geleert. Wieder einmal stank ich, aber dafür hatte ich nun die Chance mal ein echtes Bier wegzuschlabbern. Na gut, die erste Zunge voll schmeckte mir gar nicht, komisch, war überhaupt nicht meins. Da Papa und Micha aber von diesem Getränk so begeistert waren, dachte ich mir, vielleicht schmeckt es ja beim zweiten oder dritten Versuch.

Nee, es schmeckte immer noch nicht, trotzdem schlabberte ich es weg bis auf den allerletzten Tropfen, dafür fühlte ich mich aber komisch, ziemlich komisch sogar. Irgendwie windelweich, ein bisschen zeitverzögert und auch ein wenig nicht mehr von dieser Welt. Komisches Getränk dachte ich noch und dann ratzte ich weg.

Ich schlief den Schlaf der Gerechten, sozusagen komatöser Schlaf. War ja auch kein Wunder nach dem Biergelage. Irgendwann wollten Papa und Micha wohl die Bar verlassen und Papa rief mich – ein Mal, zwei Mal, drei Mal und vier Mal – und keine Reaktion meinerseits. Ich ratzte! Schließlich blieb Papa nichts anderes übrig, als mich – die Bierbombe – nach Hause zu tragen. "Uff, der kleine Kerl bringt inzwischen deutlich mehr als 20 kg auf die Waage." Papa hatte zwar kein Problem mit mir und meinem Gewicht, aber toll fand er es auch nicht. "Weißt du, ob man Hunden Aspirin verabreichen kann", fragte Papa Micha, aber der schaute genauso ratlos drein. "Na, dann wird er morgen seinen Kater auskurieren müssen. Oje, er tut mir jetzt schon leid."

Letztendlich wollte Papa mir das doch nicht antun. Offensichtlich hatte er wohl schon den ein oder anderen Kater gehabt und hatte so eine Ahnung, was mir bevorstehen würde. War wohl nicht so die allerbeste Erfahrung, so mitleidig, wie er mich anschaute. "Also, Aspirin gebe ich dir mal nicht, dafür aber eine kräftige Brühe. Viel Salz hilft, macht aber auch einen Mordsdurst. Und genau das wird dir helfen." Er füllte noch einmal meine Wasserschüssel auf, aber es gab im Garten sowieso genug Stellen, an denen man seinen Durst stillen konnte. Papa atmete erleichtert auf, als ich mir die komplette Schüssel mit Brühe reinleerte. Die Brühe befand sich schließlich in meiner Freßschüssel, also durfte ich das auch. "Okay", sprach Papa, "lass uns noch einmal zusammenfassen: du bist ein Mann, du magst Bier – mit dieser Aussage lag er leider meilenweit daneben – und du wirst morgen nach dem Besuch in einer Sportsbar einen Kater haben – trotz Brühe! Das sind echte Männerabende, also – High five!"

Am nächsten Tag fühlte ich mich zwar immer noch etwas benebelt und benommen – Mama hat sich noch gewundert, wie meine Schüssel aussah – aber ich war trotz meines noch etwas dröhnenden Kopfes glücklich. Es war ein toller

Männerabend gewesen.

*****

Nordsee

Es ging an die Urlaubsplanung. Mama und Papa diskutierten heftig, jeden Abend, wohin es denn gehen sollte. Mama war für das Meer, Papa für die Berge. Ich lauschte den Diskussionen, konnte dem Ganzen aber ganz und gar nichts abgewinnen. Warum fort fahren? Hier war es doch herrlich! Ein toller Garten, meine heißgeliebte Hundewiese, Flower nebenan und meine Hundefreunde konnte ich hier auch jeden Tag treffen. Wozu also verreisen? Ich konnte die Idee absolut nicht nachvollziehen und fand sie schlicht und ergreifend - dämlich!

Meine Vorfahren väterlicherseits stammten aus den Schweizer Bergen, Schwimmhäute hatte ich auch keine zwischen meinen Zehen, also wäre meine Wahl eindeutig die Berge gewesen. Ich war zwar weder eine Gämse noch eine Bergziege, Berge klangen aber trotzdem gut. Ich weiß nicht mehr genau, welche Argumente Mama noch im Ärmel hatte – vielleicht hatte Papa auch einfach keine Lust mehr zu diskutieren – jedenfalls setzte sie sich durch. Peng! Wie fast immer!

Unser Urlaubsziel würde am Wasser liegen. Papa meinte noch, es gäbe in den Bergen doch auch Seen, aber damit traf er Mama auf dem komplett falschen Fuß. Kein See, Meer!!! Zum Glück konnten Mama und Papa sich wenigstens auf einen Urlaub mit dem Auto einigen, so dass mir wenigstens eine Flugreise erspart blieb. Sie wollten mich, und natürlich auch Sunny, auf jeden Fall dabeihaben. Ich würde mal recherchieren müssen, wie weit es bis ans Meer war und wie lange ich dann in meiner Transportkiste würde hocken müssen. Obwohl, diese Recherche konnte ich mir eigentlich sparen, denn bis jetzt hatte man sich nur auf das Meer geeinigt, nicht jedoch auf welches. Da gab es schließlich auch eine gute Auswahl. Nordsee, Ostsee, Mittelmeer, Atlantik. Ich konnte mir illustriert vorstellen, zu welchen Diskussionen allein dieses Spektrum an Auswahlmöglichkeiten führen würde. Na ja, das war nicht mein Problem, zumindest nicht direkt. Ich musste dann eben nur länger oder kürzer in der Transportkiste bleiben. Also harrte ich der Dinge...

Da lag ist jetzt mal falsch. So groß die Diskussionen in Bezug auf Berge oder Meer auch gewesen waren, so schnell hatten sich die beiden auf ein Meer geeinigt. Das ging einfach nach dem Ausschlussverfahren. Der Atlantik war zu weit, das Klima am Mittelmeer zu warm, blieben die Ostsee und die Nordsee. Rein Kilometertechnisch wäre das egal gewesen. Mama wollte aber lieber an die Nordsee, weil man sie viel mehr riechen konnte und Ebbe und Flut intensiver waren. Thema erledigt, wir würden an die Nordsee fahren. Es gab zwar noch kein konkretes Ziel, aber das war im Moment auch noch zweitrangig. Schließlich würden wir ja nicht schon übermorgen losfahren.

Abends saßen unsere Eltern mal wieder einmal zusammen auf der Terrasse, schnabulierten irgendetwas Leckeres und hatten jeder ein kühles Getränk vor sich stehen. Papa und Micha, ganz klar ein Bier, während Mama und Mona einen Roséwein bevorzugten. Micha erzählte so ganz nebenbei, dass sie sich entschieden hätten, dieses Jahr Urlaub an der Nordsee zu machen. Mama und Papa schauten sich verdutzt an und sagten dann wie aus einem Munde: "Wir auch." Jetzt war es an Micha und Mona, sich verdutzt anzuschauen.

Vier Dumme, vier Gedanken. So sagt man doch, oder?! Über ihren Köpfen schwebten vier Fragezeichen und dann kann irgendwie die Erkenntnis, denn aus vier Fragezeichen wurden vier Ausrufezeichen. Und plötzlich, sozusagen aus dem Stand heraus, quatschen alle vier gleichzeitig und durcheinander. Das Ergebnis war sonnenklar: Wir könnten den Urlaub doch gemeinsam verbringen. Und wieder stellte sich mir die Frage, warum sie unbedingt verreisen wollten, wenn sie auch hier – zu Hause - ihren Spaß haben könnten. Sie müssten keine Koffer packen, stundenlang im Auto sitzen und hätten es hier sicher deutlich komfortabler als an ihrem Urlaubsdomizil. Ich verstand es nicht, aber wenn es so sein sollte, na gut, dann sollte es eben so sein.

Uih, uih, uih, hoffentlich war da nichts schiefgelaufen. Die nächsten Tage sah man Mama und Mona nur noch im Doppelpack und immer nur in ihre Laptops glotzend. Was konnte denn sooo interessant sein? Es gab doch nichts Spannenderes als einen Hundespaziergang, gerne auch mal zu einer ungewohnten Zeit. Dann traf man neue Artgenossen, konnte weitere Freundschaften schließen und erlebte das ohnehin spannende Leben neu. Aber nein, unsere Mamas fanden ihre blöden Laptops interessanter, bis auf einmal – quasi aus heiterem Himmel – ein markerschütternder Schrei zu vernehmen war. Ich war so irritiert, dass ich noch nicht einmal sagen konnte, ob der Schrei von Mama oder

165

Mona kam. Er war jedenfalls gigantisch, ließ mich meine Nackenhaare aufstellen und sofort die "Hab-Acht-Stellung" aufnehmen. War den beiden etwas passiert? Nein, offensichtlich nicht, denn sie lagen sich in den Armen und – lachten. "Das ist unsere ultimative Ferienunterkunft!" Häh, geht's noch, gab es das, konnte man wegen einer blöden Ferienunterkunft so ausrasten, so ein Theater veranstalten? Konnte man, wie ich soeben sozusagen live und in Farbe miterleben durfte. Abends saßen unsere Eltern wieder zusammen und Mama und Mona berichteten, ehrlich, ungelogen - mit Sternchen in den Augen – was sie für ein tolles Ferienhaus gefunden hätten. Ein Doppelhaus, direkt am Meer, und Hunde waren nicht nur erlaubt, sondern auch willkommen. Na, wenigstens etwas. Trotzdem konnte ich mir ein Augenrollen nicht verkneifen. Man könnte abends zusammensitzen und trotzdem hätte jeder sein eigenes persönliches Reich und wir drei Hunde könnten ungestört miteinander herumtoben. Nun ja, ich gab es ja nur ungern zu, aber so langsam freute ich mich auf die Nordsee.

Und dann war es endlich so weit. Die Autos unserer Eltern sahen aus, als hätten sie den Auszug aus Ägypten geplant. Nun ja, bei Mama und Papa noch irgendwie verständlich. Schließlich mussten zwei Hundetransportboxen in den Kofferraum. Da blieb für sonstiges Gepäck eigentlich kein Platz mehr, zumal ja auch noch unser Futter mitgenommen werden musste. Mama wollte da gar kein Risiko eingehen. Obwohl Micha und Mona nur eine Transportbox im Kofferraum hatten, war ihr Auto ähnlich bepackt wie unseres. Äh, noch einmal zum Mitschreiben, wie lange wollten wir verreisen? Ich konnte mich schwach erinnern, dass Mama gesagt hatte für zwei (!!!) Wochen, aber wenn ich unsere Autos und unser Gepäck so ansah, dann war ich mir nicht so sicher, ob es nicht eher zwei Monate oder sogar zwei Jahre sein sollten.

Die Fahrt war entspannt, ich verschlief mehr oder weniger die ganze Fahrt. Schließlich wollte ich ultrafit an der Nordsee ankommen. Die zwei Pausen waren auch tiefenentspannt, wir konnten herumtoben und mal ein bisschen Kraft loswerden. Drei Mal tief durchatmen, dann gab es etwas zu futtern und zu saufen und weiter ging die Fahrt. Ich verschlief auch den Rest unserer Reise bis Papa rief: "Hey Five, wir sind da." Wir waren tatsächlich an unserem Urlaubsort angekommen.

Mama wollte ja unbedingt an die Nordsee, die Ostsee kam für sie nicht in Frage, weil sie meinte, die Nordsee könnte man überall riechen und die Gezeiten seien um einiges gewaltiger. Ich wollte ja nichts sagen, aber hatte Mama jetzt einen Hirnaussetzer? Seit wann kann man Wasser riechen? Wasser kann man schlabbern, aber riechen, nee nee! Und was sind bitte schön Gezeiten? Mama erklärte mir irgendetwas von Ebbe und Flut, was ich genauso wenig verstand. Sie erzählte mir allen Ernstes, dass das Wasser für jeweils sechs Stunden da war – das war die Flut – und dann für sechs Stunden verschwand, die Ebbe, und das jeweils zwei Mal am Tag. Okay, jetzt war es amtlich, Mama hatte einen Schuss, einen gewaltigen Schuss, nicht mehr alle Tassen im Schrank oder alle Latten am Zaun. Oje, arme Mama. Hoffentlich würde das wieder werden...

Der Urlaubsort war wirklich hübsch, klein, aber nicht zu klein und vor allem die Häuser sahen putzig aus, so vollkommen anders als bei uns zu Hause. Papa erklärte, das seien Reetdächer und ich hatte das Gefühl, als ob darin Zwerge wohnen würden, aber ich sah tatsächlich normal große Menschen hineingehen und herauskommen.

Bevor wir unser Ferienhaus ansteuerten, fuhren wir erst einmal an den Strand. Ich durfte meine Box verlassen, schaute auf das Meer und dachte nur: "Wow, das ist aber riesig." Und dann traf mich eine Erkenntnis wie ein Felsbrocken: ich roch das Meer! Und wie! Und es roch richtig gut, so frisch und irgendwie auch salzig! Konnte es sein, dass Mama nur einen halben Schuss hatte? Ich konnte das Wasser riechen, sogar intensiv. Trotzdem, einen halben Schuss musste sie haben, denn sie hatte ja auch noch etwas von Wasser da – Wasser weg – gefaselt. Das ging doch gar nicht. Wasser hatte schließlich keine Füße und konnte somit auch nicht weglaufen. Egal, wie dem auch sei, Nordsee, ich mag dich jetzt schon!

Nach weiteren fünf Minuten Fahrt hatten wir endlich unser Ferienhaus erreicht. Ein Doppelhaus, eine Hälfte für Mama und Papa, die andere Hälfte für Micha und Mona. Die Wohnungen waren genau gleich, nur eben spiegelverkehrt. Anstatt schnurstracks auf eine Wohnung zuzumarschieren, schauten sich Papa und Micha an und meinten nur: "Schnick - Schnack – Schnuck!" Was war denn jetzt los? Mona und Mama verdrehten nur die Augen. Sie kannten dieses kleine Spiel ihrer Männer schon. Schnick – Schnack –

169

Schnuck oder wahlweise auch Ching – Chang – Chong oder Schere – Brunnen – Papier. Man zählte Eins Zwei Drei und bei Drei musste jeder mit der Hand ein Symbol formen. Schere fällt in den Brunnen – verloren, schneidet aber Papier – gewonnen, Papier deckt den Brunnen ab – gewonnen. Uff, ich fasste es nicht. Zwei erwachsene Männer - ein Architekt und ein Rechtsanwalt – spielten ein albernes Spiel, nur um zu klären, wer in welche Haushälfte einziehen würde. Mona und Mama waren völlig entspannt. Das ist immer so, ein Ritual, ohne Schnick – Schnack – Schnuck wird bei den beiden original gar nichts entschieden. Das Spiel war innerhalb weniger Sekunden vorbei – ich dachte schon, das würde jetzt Stunden dauern – wir zogen in die rechte Hälfte ein, Flower mit ihren Eltern in die linke Hälfte.

Der erste Abend verlief total entspannt und unspektakulär. Wir bekamen unser Futter und Papa holte Pizza für alle. Fertig – Aus – Erledigt! Obwohl die Fahrt keineswegs anstrengend gewesen war, waren wir doch alle hundemüde. Hihi, was für ein Wortspiel! Ratzen war angesagt, und zwar für die komplette Mannschaft.

Am nächsten Tag – Micha und Papa waren dazu verdonnert worden, zum Bäcker zu gehen – machten Mama und Mona mit Sunny, Flower und mir eine erste Runde an den Strand und – ich verstand die Welt nicht mehr. Fassungslos schaute ich in die Ferne. Das Meer war weg, einfach nur weg. Mama sah meinen mehr als nur irritierten Blick und fragte: "Hey, Five, was ist los?" Ich musste mich erst einmal selbst sortieren. Erstens, das Meer war fort und zweitens hatte Mama recht gehabt. Sie hatte also doch keinen Dachschaden. Das war schon einmal gut zu wissen. Ich war echt froh, dass Mama nicht aus dem Stand plemplem geworden war. Das hätte sie wirklich nicht verdient gehabt.

Das Wasser war fort, es war Ebbe. "Wenn du willst, erkläre ich dir das ausführlich mit der Ebbe und der Flut. Sie entstehen durch die Anziehungskräfte von Erde und Mond." Nee, nee, so genau wollte ich es nicht wissen. Mir reichte es zu wissen, dass es zwei Mal an Tag einfach weg war. Wir rasten noch ein paar Runden über den wasserlosen Strand bevor wir in aller Gemütsruhe zurückliefen. Papa und Micha waren inzwischen auch vom Bäcker zurück und hatten sogar schon den Frühstückstisch gedeckt.

Boah, sah das alles lecker aus. Brötchen, Croissants, Erdbeeren, diverse Marmeladen, Wurst und Käse und das Beste war, die beiden hatten auch an uns Vierbeiner gedacht. Sunny bekam ihr Sesambrötchen, Flower ihr Körnerbrötchen und ich mein heißgeliebtes Mohnbrötchen. Urlaub ist toll!!! Das gab es zu Hause nicht jeden Sonntag, geschweige denn jeden Tag. Das Frühstück war super, lecker, aber jetzt wollten wir natürlich an den Strand. Es juckte in den Pfoten. Zack, schnell noch das Geschirr in den Geschirrspüler einräumen und dann ging es an den Strand – endlich.

Wir waren aufgeregt – alle miteinander. Und wieder einmal war ich verdutzt. So lange hatten wir doch gar nicht gefrühstückt, aber in der Zwischenzeit war das Meer deutlich näher gekommen, Welle um Welle rückte es vorwärts. Und die Wellen, uff, die waren nicht wirklich klein, nein, eher riesengroß. Da ich aber sowieso kein Seehund war, war es mir egal. Ich war schon beeindruckt, schaute mir die Wellen aber lieber aus sicherer Entfernung an. Flower war da ein ganz anderes Kaliber. Sie raste auf die Wellen zu und versuchte ihnen letztendlich noch zu entkommen, was ihr aber nicht immer gelang. Dann schüttelte sie sich das Wasser aus dem Fell und alles war wieder gut. Und los ging die nächste Runde. Na ja, ich war zwar kein Wasserfrosch, aber sooo wasserscheu war ich auch nicht, dass ich nicht mal meine Pfoten ins Wasser tauchen könnte. Ich rannte also einer Welle entgegen, wunderte mich schon, wie weich der Sand war, je weiter ich der Welle entgegenkam, tja, und dann – kam sie. Volle Lotte und für mich völlig unvorbereitet. Ich war schnell, aber die Welle war schneller. Sie hatte zwar nicht mehr wirklich viel Kraft, war sozusagen in ihren Ausläufern, aber überspülte mich trotzdem von Kopf bis Fuß. Ich wurde in der Welle herumgewirbelt, war für einen Moment irritiert, wusste nicht mehr wo oben und wo unten war und dann spuckte mich die Welle regelrecht aus. Ich lag da wie ein gestrandeter Wal, konnte nur noch japsen und fragte mich, was Flower an diesen Wellen fand. Okay, ich gebe gerne zu, sie war geschickter gewesen, war zwar nass geworden, war aber niemals von einer Welle so durch den Mixer gedreht worden wie ich gerade. Oh Mann, das Meer hatte es echt in sich. War mal da, mal fort, schickte Megawellen an den Strand, die so harmlos aussahen, aber echt fies waren und – und das war echt mehr als nur mies – das Wasser schmeckte einfach nur ekelhaft. Wer bitte schön hatte denn so viel Salz in das Wasser gekippt? Ich war ja

173

schon in unserem Gartenteich gelandet, hatte mit dem kleinen Bach Bekanntschaft gemacht, aber so widerlich hatte das Wasser niemals geschmeckt. "Five, wir sind am Meer, nicht an unserem Gartenteich, nicht an einem kleinen Bach und auch nicht am Badesee. Das ist die Nordsee und das ist nun einmal Salzwasser."

Oh Mann, hätte man mir das nicht früher sagen können. "Keine Sorge, wir gehen nachher noch kurz unter die Dusche." Oh nein, jetzt hatte ich die Wahl zwischen Pest oder Cholera. Mein Fell schmeckte grauenhaft, aber duschen fand ich auch grässlich. "Stell dich nicht so an, nur einmal Wasser, kein Shampoo, das wird ja wohl nicht so dramatisch sein." Mama hatte recht, damit konnte ich leben. Einfach nur Wasser war nicht dramatisch. Tja, und dann dachte ich mir, wenn es später noch eine Dusche geben sollte, dann sollte sie sich wenigstens auch rentieren und zwar so richtig. Folglich raste ich am Strand entlang, erst durch den nassen Sand, und dann ließ ich mich genüsslich in den trockenen Sand fallen und wälzte mich genüsslich darin herum. Ich war paniert, aber so etwas von... Flower war blond, ihr sah man ihre Panade nicht an, aber ich, ich erkannte mich fast selbst nicht wieder. Zudem befanden sich auch noch kleine Muscheln und sogar ein Minikrebs in meinem Fell. Der ließ sich gar nicht abschütteln. Anscheinend wollte er sich in meinem Fell einnisten. Nee nee nee, das wollte ich dann doch nicht. Ich konnte mir auch illustriert vorstellen, dass Mama auch keine Krebskolonie in meinen herrlichen Hundelocken gutheißen würde.

Am späten Nachmittag gingen wir zurück zu unserem Ferienhaus. Ich war hundemüde (hihi), krachkaputt und hatte einen Mordshunger, obwohl noch keine Fressenszeit war. Mama schaute mich wissend an und meinte: "Hier an der Nordsee herrscht ein komplett anderes Klima als bei uns zu Hause. Das macht einfach müde. Dazu macht das Toben am Meer hungrig. Ich hielt das spontan für eine bescheuerte Aussage, aber nachdem sie mich mit ihren Aussagen über "die Nordsee kann man riechen" und "das Meer kommt und geht, also Ebbe und Flut" so dermaßen überrascht hatte, wollte ich ihr nicht schon wieder einen Hirnaussetzer unterstellen.

Zu Hause angekommen, bekam ich erst einmal eine ordentliche Dusche verpasst. Ich war nicht böse drum, denn allmählich fing das Salzwasser an zu jucken und Mama wollte auch garantiert auf Nummer Sicher gehen, dass sich nicht irgendwelche Meeresbewohner in meinem Fell einquartiert hatten. Ich bekam – eigentlich zur Unzeit – eine Schüssel mit ordentlich Futter vor meine Nase gestellt, die Menschen gönnten sich auch noch ein paar Snacks, und dann war kollektives Schlafen, Schnurgeln und Schnarchen angesagt. Jeder hatte seinen Schlafplatz gefunden, auf der Couch, im Bett, auf dem Sofa, auf einer Decke oder im Schatten auf der Wiese. Was hatte Mama gesagt? Das Klima macht müde? Wir waren alle todmüde, ohne dass wir irgendwelche weltbewegenden Aktivitäten unternommen hatten.

Eines war glasklar: Mama hatte keineswegs einen an der Waffel, nein, im Gegenteil, sie war geistig voll auf der Höhe.

Unsere Eltern hatten zwei dieser superbequemen Nordsee-Strandkörben gemietet. Meistens saßen Mama und Mona zusammen in einem Korb, schmökerten in einer Zeitschrift oder einem Buch herum und ließen sich die Sonne auf ihren nicht vorhandenen Pelz brennen. Kein Problem, so heiß war es gar nicht. Ab und zu gönnten sie sich eine Eiswaffel oder eine sonstige Köstlichkeit. Währenddessen spielten Papa und Micha eine Runde Boccia oder Beach-Volleyball – da durften wir dann nicht dazwischen rasen -, aber das Beste war, wenn sie mit uns Frisbee spielten. Unsere Papas konnten die Scheiben perfekt fliegen lassen, und Flower und mir machte es einen Riesenspaß hinterher zu rennen und die Scheiben im Flug zu fangen. Irgendwann schauten sich Mama und Mona an und meinten nur: „Das können wir auch." Keine Ahnung, ob sie einfach nur unfähig, desorientiert oder eine „Köstlichkeit" zu viel hatten, aber ihre Würfe hätten schlimmer nicht sein können. Die Scheiben flogen aus Versehen nach hinten, steil in die Höhe oder landeten direkt im Wasser. Mama stellte sich da genauso dämlich an wie Mona. Flower und ich starrten den Frisbees nur fassungslos hinterher, während sich unsere Papas schier kaputtlachten. „Spielt 'ne Runde Boccia, die Frisbees sind offensichtlich nicht so euer Ding." „Hey", beschwerte sich Mona, „das lag nur an dieser blöden Windböe." Das hätte sie mal besser nicht gesagt, jetzt wieherten die Papas vor Lachen. „Ja ja", machte sich Micha über unsere Mamas lustig, „wenn wir die Frisbees werfen, ist es windstill und sobald ihr die Scheiben in die Hand nehmt, bricht ein Sturm mit Windstäke 12 aus. Mama und

Mona mussten notgedrungen zugeben, dass sie mit Scheiben doch nicht so gut – was für eine Untertreibung – zurechtkamen und zogen sich leicht beleidigt wieder in den Strandkorb zurück. Stattdessen nahmen Papa und Micha die Scheiben wieder an sich und warfen sie auch so perfekt, dass wir sie im Flug fangen konnten. So war jedem gedient. Micha warf für Flower ein rotes Frisbee, Papa für mich ein hellblaues. So wussten wir sofort, welchem Frisbee wir hinterher zu hechten hatten.

Papa schleuderte die Scheibe schon wieder in die Luft und ich schaute etwas irritiert drein. Konnte Papa zaubern? Da flogen zwei Frisbees durch die Luft. Ein hellblaues und ein weißes. Rein intuitiv schnappte ich mir das blaue, zum Glück. Das weiße Frisbee war gar kein Frisbee, sondern – eine tote Qualle. Boah Papa, das war jetzt aber ganz schön gemein. „Nur ein kleiner Scherz, Five, du hast sie ja nicht gefangen." Urgs, das wäre wirklich ekelhaft gewesen. Und innerlich dachte ich mir, dass ich mir mit Papa demnächst auch mal einen „kleinen Scherz" erlauben werde.

Micha spielte immer noch Frisbee mit Flower, aber diese bevorzugte es zwischendurch immer wieder in die Wellen zu rasen. Eigentlich wunderte ich mich, dass ihr noch keine Schwimmhäute zwischen den Zehen gewachsen waren. Ich begnügte mich grundsätzlich damit, maximal meine Pfoten nass werden zu lassen, aber am liebsten tobte ich nur durch den weichen Sand. Egal wie, wir hatten beide unseren Spaß. Flower raste durch die Wellen, ich düste über den Strand und am Ende des Tages bekamen wir beide unsere Dusche ab. Zum Glück ohne Shampoo, so dass ich nicht regelmäßig wie ein Sahnebaiser aussah.

Hach, die Tage an der Nordsee waren genial. Wir hatten uns alle an das norddeutsche Klima gewöhnt und genossen die Nordsee, den ständigen Wind, die salzige Luft und vor allem die Wellen in vollen Zügen. Doch wie das immer so ist, jeder Urlaub geht einmal zu Ende. Obwohl ich zu Anfang gedacht hatte, dass Verreisen so unnötig wie ein Loch im Knie ist, musste ich meine Meinung revidieren. Die Nordsee war super!!

*****

Die Tantchen

Kaum wieder zu Hause, kam Mama mit der Botschaft vorbei, dass die Tantchen uns besuchen wollten. Häh, welche Tantchen? Doch dann dämmerte es mir. Mama redete von den drei durchgeknallten Tantchen Nelly, Peggy und Friedlinde. Mama und Papa hatten die drei ausgerechnet durch die absolut humorlose Tante Zitrusfrucht kennengelernt. Ich konnte es überhaupt nicht begreifen, dass die Vier wirklich miteinander befreundet sein sollten, dass die Vier es länger als eine Viertelstunde miteinander aushalten konnten, ohne sich an die Gurgel zu gehen.

Die drei Tantchen hatten alle – jede auf ihre eigene Art und Weise – einen superschrägen Humor und hatten überhaupt kein Problem damit über sich selbst zu lachen. Die drei rissen ständig Witze über die jeweils anderen, aber gelacht wurde stets zusammen, und zwar so, bis die Tränen kamen.

Besonders Nelly lachte viel und laut und nicht selten – eher sogar jedes Mal – ließ sie dabei einen „Kracher" hinten heraus los. Ich hatte einmal gehört, dass im Durchschnitt jeder Mensch pro Tag 28 (achtundzwanzig !!!) Mal pupsen musste. Nun, ich denke, dass auf jeden Fall Nelly dafür gesorgt hatte, diese Statistik gewaltig in die Höhe zu treiben. Zum Glück krachte es immer nur, sie verpestete niemals die Luft. Wir hatten uns mittlerweile alle an ihre „Chinaböller" gewöhnt. Niemand störten sie, im Gegenteil, wir freuten uns regelrecht darauf, da das bedeutete, dass eine von den dreien entweder einen saudoofen Witz gerissen hatte oder eine Anekdote erzählt hatte, die zum Brüllen komisch gewesen war.

Mama hatte wieder ihre grenzgenialen Waffeln gebacken, inclusive Hundewaffeln – Mona ihren leckeren Zimtkuchen, Friedlinde hatte Himbeertörtchen dabei und Peggy und Nelly hatten Butterbrezeln und Schinkenhörnchen besorgt. Wie immer stand der Tisch wieder einmal kurz vor dem Zusammenbrechen. Na ja, das war etwas übertrieben, denn die Hundewaffeln fanden ja nicht den Weg auf den Tisch, sondern eher unter den Tisch.

Thema Nr. 1 war natürlich unser Nordseeurlaub. Die Männer erzählten genüsslich, wie Mama und Mona versucht hatten, die Frisbees zu werfen. Alle lachten, auch Mama und Mona. Nelly ließ ihren obligatorischen „Chinaböller" los, und dann legte Peggy los.

„Na ja, es ist schon ein paar Jahre her, aber ich habe auch einmal versucht, so eine dämliche Scheibe zu werfen. Und was ist dabei herausgekommen? Jedenfalls nichts Gutes. Ich darf gar nicht mehr daran zurückdenken. Peinlichkeit, verlass mich nicht. Das Frisbee hatte jedenfalls ein Eigenleben entwickelt und flog direkt in die falsche Richtung, nämlich zum Pool des benachbarten Hotels. Das wäre ja noch nicht so schlimm gewesen, aber das dämliche Ding traf einen Gast am Kopf. Auch das wäre noch nicht so schlimm gewesen. Schließlich sind die Dinger relativ leicht, aber das Frisbee traf besagten Gast so unglücklich am Kopf, dass es ihn skalpierte. Mal ehrlich, wer ist so blöd und trägt beim Schwimmen im Pool ein Toupet auf dem Kopf. Das Haarteil schwamm noch kurz an der Oberfläche, bevor es in die ewigen Jagdgründe – sprich auf dem Boden und anschließend in einem Abflussrohr verschwand. Oh Mann, war das peinlich."

Die ganze Mannschaft hielt sich die Bäuche vor Lachen und jeder stellte sich bildlich die Szene vor. „Ich wollte mich noch entschuldigen, aber der Typ lief an wie eine überreife Holland-Tomate, schrie, tobte, machte dadurch nur alles schlimmer, weil immer mehr Gäste auf die Situation aufmerksam wurden. Schließlich hievte er seinen kugelrunden Körper aus dem Pool heraus, nicht ohne noch ein paar Beleidigungen loszulassen. Sagt mal selbst, muss man wegen solch einer Lappalie so ausrasten?" Na ja, Lappalie würde ich es jetzt nicht gerade nennen, aber die Situation hatte es garantiert in die Top 10 der absoluten Peinlichkeiten geschafft.

„Okay, wenn wir schon bei Wurfgeräten sind, ich hätte da auch noch so eine Story." Jetzt war Friedlinde dran und bevor sie auch nur ein einziges Wort herausbringen konnte, ließ Nelly erst einmal einen „Chinaböller" los, da sie garantiert wusste, was jetzt kam. „Also", fing Friedlinde an, „es ist auch schon ein paar Jahre her, jedenfalls hatte ich es mir in den Kopf gesetzt, meinen Urlaub in Australien zu verbringen. Eigentlich nichts Verwerfliches, schließlich ist Australien schon ein tolles und vielseitiges Land. Ich lernte viel über das Land, die Kultur und ihre Eigenheiten. Was mich aber besonders faszinierte, war dieses eigenartige Wurfgerät – na, ihr wisst schon, schon ich meine – den Bumerang. Ich hatte sogar einen Tageskurs absolviert, um zu lernen, wie man dieses Gerät richtig wirft. Ich gebe gerne zu, meine Versuche waren nicht perfekt, eher suboptimal, aber ich wollte ja auch keine Meisterschaft bestreiten. Meine Bumerangs kamen zwar nie wirklich zu mir zurück, aber ich dachte, das lag an meinen zögerlichen Würfen. Jedenfalls, am nächsten Tag – ich hatte auch schon einen Cocktail intus – war ich der Meinung, zum großen Wurf ausholen zu müssen. Ich holte aus und schleuderte das Ding mit aller Kraft los. Der Bumerang zog los, fand nur leider nicht mehr den Weg zurück zu mir. Er prallte an einer Kokospalme ab und ließ eine Kokosnuss herunterfallen, direkt auf den Kopf eines unter der Palme liegenden Urlaubers. Ein Schmerzensschrei, und dann war er auch schon hinüber. Ist nicht so meine Art, aber ich hielt mich mal in sicherer Entfernung. Das Hotelpersonal kümmerte sich um ihn und versicherte ihm, dass es ab und zu passieren könnte, dass sich eine Kokosnuss selbstständig machte. Okay, vielleicht hatte der Kerl eine leichte Gehirnerschütterung, aber er war nicht ernsthaft verletzt worden. Das war beruhigend für mich. Ich hatte auch keine Ahnung, wo der Bumerang lag, machte mich auch nicht mehr auf die Suche, sondern verließ mit schlechtem Gewissen das Gelände. Für mich war jedenfalls klar, in diesem Leben würde ich kein Wurfgerät mehr in die Hand nehmen." Wir lagen regelrecht unter dem Tisch vor Lachen, so etwas konnte wirklich nur einem der drei Tantchen passieren. Dagegen waren die Frisbee-Würfe unserer Mamas ja absolut pillepalle. Papa und Micha bot den Tantchen an, ihnen die richtige Wurftechnik beizubringen, aber alle drei winkten dankend ab. „Danke, aber wir haben keine Lust für noch mehr Desaster zu sorgen."

Der Nachmittag war wieder einmal super gewesen. Wir hatten uns ein Loch in den Bauch gelacht. Die Waffeln waren verputzt, es war nur noch ein Ministück Zimtkuchen übrig, und das auch nur, weil sich offensichtlich niemand traute, es einfach so zu essen. Die Himbeertörtchen waren Geschichte und die Schinkenhörnchen auch. Da es aber nicht das erste Mal war, dass die Tantchen bei uns zu Besuch waren, hatten Mama und Mona entsprechend vorgesorgt. Nur für den Fall der Fälle waren bereits die Gästezimmer gerichtet und jetzt duftete es verlockend nach Pizza aus den Küchenfenstern. Beide Mamas hatten zwischenzeitlich ein Blech in den Ofen geschoben und man durfte sicher sein, dass für Nachschub gesorgt war. Nachdem klar war, dass die Tantchen bei uns bzw. Micha und Mona übernachten würden, wurde auch noch die eine oder andere Flasche geköpft. Ich war lernfähig. Nach unserem Männerabend in der Kneipe und meinem monströsen Bierschädel am nächsten Tag, schlabberte ich nichts mehr, was sich so auf dem Boden befand.

Nach Peggy und Friedlinde musste natürlich auch noch Nelly ihre Geschichte loswerden. „Also, es geht nicht um Wurfgeräte, aber peinlich war die Sache schon. Ich wollte nicht weit reisen und fand ein Angebot in Bayern, perfekt für mich. Ein Hotel, mittelgroß mit eigenem See. Genau das richtige für mich. Das allerbeste war, was sich das Hotel für ihre Gäste ausgedacht hatte. Das Hotel stellte ihren Gästen so eine Art Schwimminsel zur Verfügung. Die waren deutlich komfortabler als eine simple Luftmatratze. Dazu bekam man noch ein kleines Carepaket, bestehend aus kleinen Kuchen, Sandwiches, Obst, Softdrinks und wahlweise einem kleinen Bier oder einem Piccolo. Was für ein tolles Konzept. Ich buchte mir sofort diese kleine Schwimminsel und genoss den Nachmittag in vollen Zügen. Mal schmökerte ich in meinem Buch herum, dann steckte ich mir wieder die

Stöpsel in die Ohren und lauschte meiner Lieblingsmusik. Es wäre alles gut gewesen, hätte ich zu der Zeit nicht noch so ein blödes Laster gehabt. Ich rauchte. Ich lag also ausgestreckt auf meiner Schwimminsel und hatte mir gerade genüsslich eine Zigarette angezündet, als sich mir von rechts eine andere Schwimminsel näherte. Ein anderer Hotelgast. Wir unterhielten uns für ein paar Minuten und in der Zeit hatte ich leider einige Löcher mit meiner Zigarette in seine Schwimminsel gebohrt. So schnell konnte ich gar nicht gucken, aber der Kerl soff innerhalb einer Minute komplett ab. Zum Glück konnte er schwimmen. Ich bin am nächsten Tag abgereist und seitdem rauche ich auch nicht mehr.

Unsere Lachmuskeln, die ohnehin schon sehr beansprucht waren, „freuten" sich schon auf den nächsten Muskelkater während Nelly ihren nächsten „Chinaböller" losließ.

Au Mann, wenn die Tantchen da waren, dann blieb wirklich kein Auge trocken. Ich fragte mich nur immer wieder, wie es alle drei immer wieder schafften, sich in solche skurrilen Situationen zu katapultieren. Wir hatten eigentlich nur ganz harmlos über unsere Nordsee-Erlebnisse geplaudert, und dann – das! Die drei Tantchen waren genial, besonders wenn sie im Trio auftauchten, was sie zum Glück auch fast immer taten. Sie waren jedenfalls immer für eine Attacke auf unsere Lachmuskeln verantwortlich.

*****

Pfirsich

„Stell dir vor Five, das ist jetzt bereits das dritte Mal in einer Woche, dass mich jemand „Pfirsich" gerufen hat." Ich schaute sie verständnislos an. „Wieso das denn? Du bist doch ein Hund, kein Obst. Warum in aller Welt sollte man dich „Pfirsich" nennen?" „Genau das ist das Problem. Ich weiß es nicht. Es waren aber immer kleine Kinder, die auf mich zeigten, wenn ich mit Micha unterwegs war. Sie deuteten mit ihren Fingern auf mich und riefen dann lauthals: „Da kommt der Pfirsich. Ich sag dir, das ist gruselig." Das konnte ich mir lebhaft vorstellen. Ich wollte auch nicht Pfirsich, Banane oder Wassermelone genannt werden. Und so rund wie ein Kullerpfirsich war Flower auch nicht. Das hätte Mona auch niemals zugelassen. Sie bekam – genau wie ich – auch Leckerchen und auch mal etwas außer der Reihe, aber alles natürlich mit Maß und Ziel. Weiterhin erklärte sie mir, dass die Kinder immer sehr ehrfurchtsvoll auf sie deuteten und niemals beleidigend wirkten. Trotzdem – der Name war doof, mehr als doof, zumal sie ja gar nicht so hieß. Flower war ein bisschen wütend, aber mehr traurig und frustriert. Ich versuchte sie zu beruhigen. „Pfirsich, das hat doch etwas zu bedeuten. Wir werden der Sache

189

auf den Grund gehen und herausfinden, wie du zu diesem bescheuerten Namen gekommen bist." Sie war noch nicht vollends überzeugt, dachte aber zumindest darüber nach. Micha hatte das natürlich auch mitbekommen, fand es aber eigentlich nur lustig und hatte es nicht hinterfragt. Ein paar Tage lang passierte nichts und die Sache war schon fast in Vergessenheit geraten. Und dann kam der Tag X. Mama und Mona waren mit Flower und mir unterwegs. Sunny hatte es vorgezogen bei Papa und Micha zu bleiben, weil sie – so wie sie sich ausdrückte – keine Lust auf uns „junges Gemüse" hatte.

Ein paar Straßen von unserem Haus entfernt befand sich ein Kindergarten. Manchmal – je nachdem wie der Wind stand – konnte man die Kinderstimmen bis zu uns hören. Es störte mich nie, ganz im Gegenteil, ich fand das ganz entspannend. Eben dieser Kindergarten machte heute offensichtlich einen kleinen Ausflug, denn es kamen uns ganz viele Kinder mit ihren Erzieherinnen entgegen. Kaum hatten die ersten Zwerge uns erblickt, rannten sie auch schon auf uns zu und es erschallte einstimmig: „Pfirsich, Pfirsich, Pfirsich." Uff, was war das denn? Flower hatte also keineswegs übertrieben. Unsere Mamas waren genauso verdutzt wie wir. Mich beachteten die Zwerge gar nicht, aber um Flower tanzten sie regelrecht herum, bis sowohl Mona als auch die Betreuerinnen dem Ganzen Einhalt gebot. Jetzt war wohl die Stunde der Wahrheit gekommen und das Rätsel um den „Pfirsich" würde sich endlich auflösen. Über unseren Köpfen befanden sich jede Menge Fragezeichen und als dann auch noch eine Erzieherin die Jungen und Mädchen ermahnte: „Kinder, jetzt lasst doch mal den Pfirsich in Ruhe", spätestens dann war klar, dass wir in wenigen Augenblicken eine Erklärung bekommen würden. „Also erstens", begann Mona zu sprechen und deutete auf ihren Hund, „ist das hier kein Pfirsich, sondern ein Hund und heißt Flower und zweites sind wir mega-neugierig, warum ihr sie Pfirsich nennt."

„Na, da haben wir wohl für reichlich Verwirrung gesorgt. Wir hatten uns schon gewundert, warum Pfirsich, äh, ich meine Flower nie reagiert hat", begann die Leiterin zu erzählen. „Wir möchten das Außengelände unseres Kindergartens modernisieren. Das kostet viel Geld, und so kamen wir auf die Idee, einen bunten Nachmittag zu veranstalten. Unter anderem durfte auch jedes Kind sein Haustier mitbringen. Wir hatten ganz viele Hunde und Katzen im Kindergarten, dazu Zwerghasen, Hamster, Meerschweinchen, diverse Schildkröten und sogar einen Igel. Höhepunkt unseres Nachmittags war so eine Art Schönheitswettbewerb. Jeder durfte eine Stimme abgeben, um das schönste Tier zu küren. Gewonnen hat ein Golden Retriever namens – Pfirsich."

Boah, was für eine schräge Erklärung. Das würde ja bedeuten, dass es tatsächlich Menschen gibt, die ihren Hund „Pfirsich" tauften. Na, die müssen aber gewaltig einen an der Waffel haben. Ich dachte mir nur: der arme Hund. Unterdessen begann Flower zu schmunzeln und hatte mittlerweile ein Honigkuchengrinsen im Gesicht. Das bedeutete nämlich, dass sie die Schönste gewesen war. Nun gut, ich hatte nicht teilgenommen, aber das sagte ich ihr mal besser nicht…

Jetzt waren wir natürlich erst recht neugierig und wollten Pfirsich unbedingt kennenlernen, unabhängig davon, dass seine Eltern einen ziemlich schrägen Humor haben mussten. Die Erzieherin konnte uns leider nicht sagen, wo Pfirsich – an den Namen hatte ich mich immer noch nicht gewöhnt – wohnte, meinte aber, wir sollten am nächsten Nachmittag mal beim Kindergarten vorbeikommen. Bis dahin hätte sie das herausgefunden.

Mich wunderte nur, warum wir Pfirsich und seiner Familie noch nie begegnet waren. Schließlich war unser Ort nicht riesengroß und ich ging einmal davon aus, dass er ebenfalls hier wohnte. Die Adresse, die uns die Erzieherin am nächsten Tag gab, lag wirklich nur zehn Gehminuten von uns entfernt. Dieses Mal zogen wir zu fünft los. Sunny war auch mit am Start, neugieriges Mädchen eben! Kurz bevor wir an der angegebenen Adresse angekommen waren, kam uns Freddy – ebenfalls ein Golden Retriever - mit seiner Mama und einem kleinen Mädchen an der Hand entgegen. Flower konnte ihre Neugierde kaum noch im Zaum halten. „Sag mal, Freddy, weißt du, ob Pfirsich zu Hause ist?" Verdutzt schaute er uns an und fing dann schallend an zu lachen. Ich dachte mir nur, warum lacht er nun wie ein Irrer, so lustig ist die Frage doch gar nicht. Er japste noch ein paar Mal und sagte schließlich: „Pfirsich, das bin doch ich." Flower verstand die Welt nicht mehr. „Ich denke, du heißt Freddy. Wie viele Namen hast du denn? Heißt du nun Freddy oder Pfirsich?" „Das ist ganz einfach", antwortete er. „Mein offizieller Name ist Freddy, aber Johanna", er deutete auf das kleine Mädchen, „fand es lustig, mich Pfirsich zu nennen. Ehrlich, erst war ich ein bisschen sauer, aber dann fand ich den Namen originell und Pfirsich ist irgendwie geblieben. Und mal ehrlich, kennt ihr noch ein Tier, egal ob Hund, Katze, Kaninchen oder Meerschweinchen, das Pfirsich heißt? Nee nee, der Name ist einzigartig. Ich mag ihn." So gesehen hatte er natürlich recht. Es blieb die Erkenntnis, dass Freddy ein supernetter Kerl war, seine Mama nicht durchgeknallt war und das kleine Mädchen ganz schön gewitzt war. Pfirsich – so etwas musste einem erst einmal einfallen…

*****

Die Sportskanonen

Papa und Micha als Sportskanonen zu bezeichnen wäre, ehrlich gesagt, unterirdischer Mist. Die zwei taten zwar immer so, als wären sie die Sportler schlechthin, aber in Wahrheit waren sie weiter davon entfernt als die Erde vom Mars. Sie besaßen beide – und das muss man sich mal auf der Zunge zergehen lassen – ein Trekkingrad, ein Mountain Bike und ein Rennrad und nutzen original – gar nichts. Zudem befand sich in ihrem Besitz ein Hometrainer, ein Rudergerät und eine Klimmzugstange und genutzt wurde – gar nichts. Weil das aber immer noch nicht reichte, waren beide in einem Fitnesscenter angemeldet, das sie – wie hätte es anders sein sollen – nicht nutzten. So stellte man sich echte Sportskanonen vor. Ich konnte nur die Augen verdrehen. Das Beste aber war, wenn die beiden groß ankündigten, eine Radtour zu machen. Da wurden dann die Rennräder herausgekramt, sie schmissen sich in ihre Fahrradoutfits und Mama und Mona freuten sich, die beiden mal für zwei Stunden los zu sein. Nee nee nee, das funktionierte nicht. Spätestens nach zwanzig Minuten standen die beiden wieder zu Hause auf der Matte, weil entweder Michas Fahrrad Luft verlor und man vergessen hatte eine Luftpumpe mitzunehmen oder einer von beiden einen Wadenkrampf hatte oder – keine Ahnung, irgendeine Ausrede fanden die beiden immer, um sich nicht sportlich betätigen zu müssen. Einmal hatten sie sogar herausposaunt eine Fahrradtour zu machen und Flower mitzunehmen. Sie hatte sich gefreut wie eine Schneekönigin, denn sie rannte für ihr Leben gerne. Papa und Micha fuhren also los mit Flower im Schlepptau und waren nach original 28 (!!!) Minuten wieder zurück. Sie taten so fürsorglich und hatten zudem noch die Dreistigkeit zu behaupten, dass Flower die Füße weh taten und man sie keineswegs überfordern wollte. Flower glaubte sich verhört zu haben, sie traute ihren Ohren nicht.

„Weißt du, Five, die beiden Vollpfosten – und dieses Wort benutzte sie nur, weil sie mehr als stinksauer war – schafften es gerade so bis zum nächsten Biergarten, genehmigten sich eine Apfelschorle und meinten, dass sie genug Sport für heute gemacht hätten. Und ich soll jetzt schuld an ihrer Unsportlichkeit sein. Das werde ich den beiden noch heimzahlen. Darauf können sie sich verlassen.

Mama und Mona, die ihre absolut unsportlichen Ehegesponste ja kannten, - wenn man mal vom Frisbee werfen an der Nordsee mal absah - stellten sich voll hinter Flower. Diese dämliche Ausrede ließen sie ihnen nicht durchgehen.

Selbsteinschätzung und Fremdeinschätzung, das weiß man ja, da gehen die Meinungen schon einmal auseinander, und nicht nur ein bisschen auseinander, sondern in komplett zwei gegensätzliche Richtungen. Genauso verhielt es sich mit den sportlichen Aktivitäten von Papa und Micha. Während sich die beiden für die sportlichen Helden schlechthin hielten, waren sie für uns mehr so die Couch Potatoes, die Sofa-Kartoffeln. Sport war super, solange andere ihn betrieben und man ihnen – auf dem Sofa sitzend und mit Chips, Flips, Erdnüssen und einem kühlen Bier bewaffnet – zuschauen konnte.

Papa und Micha hatten beide in ihren Arbeitszimmern einen riesigen Flatscreen, ein urgemütliches Sofa und einen Kühlschrank. Selbstverständlich für Kundenbesuche, wie sie ausdrücklich betonten. Mama und Mona nannten ihre Büros nur ihre „Spielzimmer". Wann immer es ein sportliches Großereignis gab, zogen sich die beiden zusammen in eines der „Büros" zurück. Im hinteren Teil ihrer Arbeitszimmer hatten sie ihr Rudergerät bzw. ihren Hometrainer stehen. Schön versteckt, das versteht sich ja von selbst.

Mama und Mona waren technisch ganz schön versiert, was man im Allgemeinen von Frauen nicht unbedingt erwartete. Einmal hatten sie sich einen Riesenspaß erlaubt und ein bisschen an der Technik herumgebastelt, und zwar so, dass Papa und Micha rudern oder Fahrradfahren mussten, um die Flatscreens zum Laufen zu bringen. Oh oh, da zeigten sich die beiden aber von ihrer humorlosesten Seite. Und – sie mussten Mama und Mona bitten, ihre kleinen Basteleien wieder rückgängig zu machen. Unsere Papas hatten es jedenfalls nicht hingekriegt.

Unsere Mamas hatten in beiden „Spielzimmern" noch eine kleine Kamera installiert, um ein kleines Video zu drehen. Papa und Micha hatten sich bei Micha getroffen, es sich so richtig gemütlich gemacht, und freuten sich auf was auch immer. Irgendeine Sportveranstaltung eben. Micha schaltete den Fernseher ein, und es tat sich – nichts. Ich konnte mir illustriert vorstellen, wie die beiden dies und das und jenes probiert haben, um dann fluchend in Papas Arbeitszimmer umzuziehen. Hier zeigte sich das gleiche Bild. Der Fernseher war tot, mausetot und blieb auch tot. Na ja, blöd waren die beiden auch nicht und sie kannten letztendlich auch ihre kreativen Frauen. Sie rannten durch beide Häuser, riefen nach Mama und Mona, aber aus irgendeinem unerfindlichen Grund hatten sich die beiden ausgerechnet zu diesem Zeitpunkt in einer Eisdiele niedergelassen und ließen sich ein Spaghetti-Eis schmecken. Sie hatten es bereits erwartet und wunderten sich kein bisschen, als ihre Männer einen Notruf losließen. „Hilfe, die Technik funktioniert nicht mehr." Sie waren sich zwar ziemlich sicher, dass ihre Ehefrauen hinter dem Dilemma steckten, trotzdem versprachen sie ihnen einen Konzertgutschein, einen Kinobesuch und eine neue Handtasche. Mama und Mona müssen sich kringelig gelacht haben, aber diesen Hilferuf konnten sie dann doch nicht ignorieren. Papa und Micha verpassten auch nur die erste Halbzeit von einem -wie sie sagten – enorm wichtigen Basketballspiel, weil es für Mama und Mona selbstverständlich nur zwei Handgriffe waren, um den Urstand an den Flatscreens wiederherzustellen. Puh, der Abend war gerettet...

Ja ja, unsere Papas waren die Sportskanonen schlechthin. Sie waren zwar eindeutig lieber auf der passiven als auf der aktiven Seite, aber beide konnten spontan und aus dem Effeff sämtliche Sportregeln erklären. Egal, ob es um die total bescheuerte Abseitsregel beim Fußball ging, sie kannten auch alle Handball- und Basketballregeln. Selbst beim Eishockey wussten sie alles und konnten jeden Spielzug erklären. Die absolute Krönung war aber, wenn die beiden American Football schauten. Für mich war das einfach nur ein absolut dämlicher Sport, sofern man überhaupt von Sport reden konnte. Da standen sich zwei Mannschaften mit Helm und Vollschutz gegenüber, ein Ball, der noch nicht einmal ein Ball, sondern eher ein Ei war, flog durch die Gegend und innerhalb weniger Sekunden lagen haufenweise erwachsene Männer übereinander. Das Allerdämlichste war jedoch, dass den Spielern so ein weißer Lappen aus der Hose heraushing. Was sollte das denn sein, wozu brauchte man denn so etwas? Wollten sie etwa mitten im Spiel die weiße Fahne hissen? Oder war das so eine Aufforderung an den Gegner: „Fang mich doch. Ich bin sowieso schneller als du."

Wie kann man sich denn bitte schön für so etwas begeistern? Das Größte war dann, wenn der sogenannte Superbowl anstand, sozusagen das Endspiel der Saison. Immer sonntags und für uns mitten in der Nacht. Während zu einem ordentlichen Kinobesuch eine Portion Popcorn – egal ob süß oder salzig - gehörte, mussten es beim Superbowl Hähnchenflügel sein, und davon ein ganzer Eimer voll. Hähnchenflügel zuzubereiten war nun wirklich kein Hexenwerk, zumindest für Mama und Mona und die beiden hätten das auch zweifelsohne für die zwei Sportskanonen getan. Die beiden Männer wollten den Superbowl aber so originalgetreu wie möglich erleben. Dazu hatten sie sich extra eine Kiste amerikanisches Bier besorgt, von dem sie sonst nur sagten, dass es ekelhaft schmecken würde. Tja, und die Hähnchenflügel, oder besser – Chicken Wings – konnten selbstverständlich auch nicht im heimischen Backofen gebrutzelt werden, sondern mussten bei einer amerikanischen Fast-Food-Kette gekauft werden. Oh oh, dachte ich mir noch, ob das wohl gut geht?

Mama und Mona ging der Superbowl irgendwo vorbei, aber Flower und ich waren neugierig. Ich fand diesen Sport zwar mehr als nur beknackt, aber ich wollte doch sehen, was an dem Abend abgehen würde. Flower schaute ein paar Minuten auf den Bildschirm und man sah ihr an, dass sie nur Bahnhof und Abfahrt verstand. Es ging auch gar nicht lang, da hörte man aus ihrem Eck ein seliges Schnurgeln. Sie war schlicht und ergreifend eingeschlafen. Micha und Papa konnten so eine Ignoranz überhaupt nicht begreifen, denn sie kommentierten lautstark das Spiel, von dem ich immer noch nichts verstand. Dabei zwitscherten sie sich amerikanisches Bier rein und verzogen irgendwie angewidert ihre Gesichter. Sie blieben aber standhaft und griffen nicht zu ihrem Lieblingsbier, welches auch eisgekühlt im Kühlschrank stand. Ja, und dann kamen die Chicken Wings zum Einsatz. Selbstverständlich nur auf Papptellern und mit Papierservietten. Ich wollte ja nichts sagen, Papa und Micha hätten sowieso nicht zugehört, aber die Dinger rochen – eigenartig. Nicht schlecht im Sinne von verdorben, sondern eher übelst gewürzt. Selbst wenn sie es mir erlaubt hätten, von den Viechern hätte ich garantiert meine Zunge gehalten. Die beiden merkten davon original – nichts! Entweder, weil sie fasziniert auf das Menschenknäuel schauten, das dämliche Fußball-Ei angafften oder das amerikanische Igitt-Bier in sich hineinschütteten. Jedenfalls – und das war mehr als offensichtlich – bekamen sie von dem Programm in der Halbzeit nicht allzu viel mit. Beide Toiletten im Haus waren blockiert…

In der zweiten Halbzeit waren ihre Bewegungen deutlich verlangsamt. Vielleicht hatten sie schon einen im Tee, vielleicht hatten sie aber auch den guten Geschmack ihres heißgeliebten deutschen Bieres vor Augen oder – ganz vielleicht – hatten sie mittlerweile auch den komischen Geruch wahrgenommen, der von den Chicken Wings ausging.

Jedenfalls – der Superbowl war fertig und ich hatte noch nicht einmal mitbekommen, wer gewonnen hatte – machten sich beide auf, um in ihre Betten zu fallen. Das war mehr als unüblich, denn nach jedem Fußball-, Handball-, Basketball- oder Eishockeyspiel saßen sie noch mindestens eine Stunde zusammen, diskutieren das Spiel, gaben sinnlose Kommentare von sich und ließen sich ein letztes kühles deutsches Bier schmecken, und das egal wie spät es geworden war.

Heute nicht. Die Kiste Bier war halb geleert, aber – was viel schlimmer war – der Eimer mit den Chicken Wings war ebenfalls geleert. Mir war klar, das konnte kein gutes Ende nehmen. Und ich sollte so etwas von recht behalten. Die ohnehin verbleibende kurze Nacht verbrachten die beiden jedenfalls nicht im Bett…

Upps, ich traute meinen Augen nicht, als ich unsere Papas am nächsten Tag, oder besser gesagt am nächsten Nachmittag, erblickte. Sie sahen grün aus im Gesicht, absolut grün, fast laubfroschgrün und Grund dafür war – ein Eimer voller brutal scharf gewürzter Chicken Wings. Obwohl unsere Mamas alles dafür getan hatten den plötzlichen Superbowl-Tod von unseren Papas fernzuhalten, litten sie, und wie sie litten. Na gut, ein Eimer voll mit derb gewürzten Chicken Wings taugte nicht unbedingt für deutsche Mägen, aber unsere Papas taten wirklich so, als ob sie jeden Augenblick das Zeitliche segnen wollten. Irgendwann reichte es dann Mama und Mona. Kommentarlos stellten sie ihnen noch ein großes Glas Milch hin, nicht ohne noch einen hämischen Kommentar loszulassen: „Für euch, ihr Helden."

Mama musste den leeren Eimer der Chicken Wings entsorgen und Mona tat das Gleiche mit der halbvollen Kiste von dem amerikanischen Bier.

Auch Micha und Papa war klar: alles muss man nun doch nicht haben…

Mal sehen, wie lernfähig sie für den nächsten Superbowl sein würden….

*****

Five ist fett! Ist Five wirklich fett?

Mama kannte das schon, war schon mehrfach mit diesen dämlichen Bemerkungen konfrontiert worden: „Der ist aber dick", oder „der müsste aber dringend einmal abnehmen. Was für ein Fettkloß." Mama konnte dann nur die Augen verdrehen, weil die meisten Menschen einfach keine Ahnung hatten und irgendeinen Blödsinn von sich gaben. Ich war weder dick und schon gar nicht fett, aber ich hatte viel Fell, sehr viel Fell, besonders Unterfell. Meine Vorfahren stammten aus den Schweizer Bergen und da konnte es schon mal sehr kalt werden. Ich war sozusagen ein Kältehund und dementsprechend mit extrem viel Fell ausgestattet. Meine Mama bürstete das Fell zwar regelmäßig – also mehr oder weniger täglich – heraus, aber Fell blieb eben Fell, auf das ich im Übrigen auch stolz war. Mein Pelz war glänzend, fluffig und plusterig und genau aus dem Grund sehe ich eben auch ein bisschen dick aus, was ich aber nicht war und Mama nie im Leben zulassen würde. Mama achtete auf unsere Gesundheit und auf unsere Ernährung – und das bei jedem Familienmitglied. Papa war natürlich schon etwas für sich selbst verantwortlich – ich sage nur „Chicken Wings". Er hatte ein kleines Bäuchlein, mehr aber auch nicht, und ich war mir sicher, dass Mama ihn rigoros auf Diät setzen würde, sollte sich dieses Kügelchen zu einer Kugel entwickeln. Und, um es nochmals ausdrücklich zu betonen: „Ich bin nicht dick!" Sicher, ich war nicht so ein Hungerhaken wie diese komischen Windhunde, die total unterernährt aussahen und denen man am liebsten mal eine ordentliche Schüssel Futter vor die Nase gesetzt hätte. Wenn ich losrannte, dann bebte die Erde, wenn ein Windhund losraste, dann war er schnell, superschnell, aber es fühlte sich eher wie eine Wolkenwanderung an. Nicht falsch verstehen, ich habe nichts gegen Windhunde. Die sind eben ein ganz anderes Kaliber. Deshalb noch ein letztes Mal für alle und zum Mitschreiben: „Ich bin nicht dick!"

Einmal – ich kann mich noch gut daran erinnern und auch im Nachhinein nur mit den Augen rollen – wir waren auf unserer heißgeliebten Hundewiese, als irgend so ein Dumm-Mops, der zum ersten Mal hier war, Mama anmeierte: „Der Hund trägt ja noch nicht einmal ein Halsband, und das bei der Größe. Das ist ja wohl das Allerletzte. Das geht ja so gar nicht." Erbost schaute er Mama an, die nur die Augen verdrehte und leise stöhnte: „Erstens sind wir hier auf einer Hundewiese, wo bis auf den Neuling", und damit

207

deutete sie auf den Hirni, „jeder jeden kennt und die Hunde ausgelassen miteinander herumtoben und zweitens, mein Hund trägt sehr wohl ein Halsband. Das geht leider nur in seinem schönen fluffigen Fell unter, also – besser hinschauen. Hilft ungemein." Der Typ lief puterrot an und war schneller verschwunden als ich bis drei zählen konnte. Bravo Mama, das war super, besonders weil sie sich diesen kleinen Nachsatz nicht verkneifen konnte.

Obwohl Mama immer wieder betonte, dass ich eine ganz normale hundgerechte Figur besaß, konnte man doch ganz vielen Menschen – sogar Hundebesitzern, die es eigentlich besser wissen müssten – ansehen, dass sie dachten, ich sei ein wandelnder Fettklops. Na ja, was soll ich sagen, Unwissende und Idioten sind nur schwer zu überzeugen.

Tja, und dann passierte so etwas Ähnliches als würde einem der Himmel auf den Kopf fallen. In meinem Fall war es aber nicht der Himmel, sondern ein Wahnsinns-Regenguss und das quasi aus dem Stand raus.

Wir waren auf unserer Hundewiese und wieder vernahm ich ein paar so bekloppte Stimmen, die so dämliches Zeug von sich gaben wie: „Flower ist doch auch ganz schlank, warum ist Five so fett?" Das waren schon echte Beleidigungen, sowohl für Mama, die ja mein Fressen portionierte, als auch für mich, aber so blöde Bemerkungen konnte man eigentlich nur ignorieren und dann passierte es – das Unfassbare. Innerhalb weniger Sekunden hörte man Wasser spritzen, so wie von einem gigantischen Rasensprenger. Der Himmel über uns war strahlend blau, keine Wolke in Sicht. Und trotzdem kam aus dem Stand ein Wolkenbruch über uns nieder, so, als hätte da oben irgendein Vollpfosten ein paar Schleusen aufgemacht. Die Menschen rannten fluchtartig zu einem Unterstand, während ich erst einmal auf der Wiese liegen blieb. Die Luft blieb weiterhin warm und auch der Regenguss hatte eine angenehme Temperatur. Durch mein enormes Fell dauerte es eine gefühlte Ewigkeit bis ich wirklich „nass bis auf die Haut" war. Das war dann der Moment, als mir das viele Wasser von oben doch unangenehm wurde und ich keine Lust mehr hatte, auf der Wiese liegen zu bleiben. Ich stand also auf, schüttelte mich einmal kräftig, wodurch das Wasser zu allen Seiten aus meinem Fell herausspritzte, aber ich war natürlich trotzdem nass – und wie. Ich sah im wahrsten Sinne des Wortes aus wie ein begossener Pudel, oder eher doch wie ein begossener Berner-Mix. Jedenfalls lief ich auf meine

Mama zu und all die Vollidioten um sie herum, die ständig darüber gelästert hatten, was für ein Fettklops ich doch sei, denen standen jetzt die Münder weit offen und schnappten geradezu nach Luft wie ein Karpfen auf dem Trockenen. Ich war mit meinem pitschnassen Fell nämlich nur noch eine halbe Portion, sozusagen ein „halber Hund".

„Das gibt es doch gar nicht", „das glaube ich jetzt nicht", „das darf ja wohl nicht wahr sein", solche und ähnliche Sprüche hagelte es von allen Seiten. Mit einem wissenden süffisanten Grinsen im Gesicht meinte Mama nur: „Habe ich doch gesagt, Five ist alles – nur nicht dick!"

Was danach passierte, war mehr als nur unglaublich. Regenwasser ist unglaublich weich, hatte eine deutlich andere Qualität als herkömmliches Leitungswasser. Als wir wieder zu Hause waren, frottierte Mama mich gründlich ab. Föhnen ging gar nicht. Allein das Geräusch verursachte bei mir so eine Art Zahnschmerzen. Dieses Gesumme konnte ich genauso wenig leiden wie das Getöse vom Staubsauger. Mama hatte zwei Mal versucht, mir mit dem Föhn auf die Pelle zu rücken, musste aber schnell einsehen, dass Föhnen so gar nicht mein Ding war. Sobald sie dieses Teil in die

Hand nahm, suchte ich umgehend das Weite. Abfrottieren hingegen genoss ich sehr. Dieses Mal benötigte Mama allerdings drei (!!!) Badelaken, bis ich einigermaßen trocken war. Die Betonung liegt auf einigermaßen, denn bis ich vollständig trocken war, vergingen noch Stunden. So viel zu meinem Fell oder eher Pelz. Manchmal lästerte Mama mit einem Zwinkern in den Augen: „Five hätte eigentlich ein Bär werden sollen. Ist aber ein Hund geworden – mit Bärenfell."

Und dann zeigte sich die wahre Wirkung vom Regenwasser. Mein Fell ging auf wie ein Hefekuchen. Am nächsten Tag war ich kugelrund, weil sich jedes einzelne Härchen – und davon besaß ich verdammt viele – in die Höhe streckte. Irgendwie sah ich nun aus wie ein schwarzer fluffiger Kugelfisch auf vier Pfoten. Und die Menschen, die mich gestern noch so ungläubig angeschaut hatten, weil ich nur noch eine halbe Portion gewesen war, lachten sich heute schlapp, weil ich nun das Doppelte meiner Normalstatur hatte. So ist das eben, wenn man Five heißt, ein dickes Fell hat und mal eben so kurz in den Regen kommt…

*****

Jahrmarkt

Jahrmarkt, Kirmes oder Kerwe, so etwas in der Richtung sollte demnächst in unserem kleinen Ort stattfinden. Nichts Großes – also kein Münchener Oktoberfest – eben unserem Ort angepasst. Mama erklärte mir, was da so vor sich gehen würde. Ein Kinderkarussell, ein Auto Scooter, irgendein abgefahrenes Drehding, das meist so einen klangvollen Namen wie „wilder Hamster", „züngelnde Schlange" oder „fauchender Tiger" hatte. Das fuhr dann wahlweise vorwärts oder rückwärts und anschließend aß man die zuvor genossene Bratwurst auch rückwärts. Bäh, das würde ich auf gar keinen Fall ausprobieren. Weiterhin sollte es dann noch zahllose Stände geben, die Zuckerwatte, gebrannte Mandeln, Schaumküsse in allen Variationen anboten und selbstverständlich auch die obligatorischen Bratwurst- und Steakbrötchenstände. Und, so erklärte Mama weiter, meistens sind auch noch ein oder zwei Schausteller da, die üblicherweise nicht da sind, sozusagen Überraschungsgäste. Im letzten Jahr war das eine Wahrsagerin gewesen, die mit viel Pimp, Pomp und Gedöns den Menschen die Zukunft vorausgesagt hatte. Herausgekommen waren so Aussagen wie: „Sie werden demnächst eine Überraschung erleben", oder „Ihr Leben wird sich positiv verändern." Mit solchen Aussagen konnte man original gar nichts anfangen. Eine Überraschung könnten natürlich ein 3er im Lotto sein oder auch einmal in einen Blitzer gefahren zu sein. Es lag eben immer im Auge des Betrachters. Mit derartigen Aussagen konnte eine Wahrsagerin jedenfalls nie falsch liegen. Darum ging es aber auch gar nicht, sondern einfach nur um den Spaß. Die Hellseherin war da auch äußerst kreativ vorgegangen. Die Besucher durften nämlich das Medium wählen, aus dem sie die Zukunft voraussagte. Zur Auswahl standen Seifenblasen, der übliche Kaffeesatz, die Glaskugel, Entenkacke, Champagner und Bierschaum. Ich glaube, ich muss nicht erwähnen, für was sich Papa und Micha beziehungsweise Mama und Mona entschieden hatten. Entenkacke war es jedenfalls nicht...

Meine Augen glänzten jetzt schon. Den Jahrmarkt durfte ich mir auf gar keinen Fall entgehen lassen. Mama machte aber auch klar, dass die Fahrgeschäfte nichts für Hunde seien. Zuschauen ja, aber Mitfahren nein. Flower und ich würden unsere Papas einfach mal ein bisschen bequatschen. Ich konnte mir lebhaft vorstellen, dass den beiden das auch gefallen würde, wenn Micha mit Flower und Papa mit mir im Auto Scooter herumrasen würden. Die beiden waren doch auch für jeden Quark zu haben…

Plakate im ganzen Ort kündigten den Jahrmarkt an und ich war schon ganz hippelig. So etwas hatte ich schließlich in meinem jungen Leben noch nicht erlebt. Am Wochenende war es dann endlich soweit. Am Freitag war Eröffnung mit viel Tara und Tamtam, eine Live Band spielte und man konnte Lose kaufen. Zu gewinnen gab es Freibier für die gesamten Jahrmarkttage, - darauf spekulierten Micha und Papa - eine Magnumflasche Sekt – das war eher etwas für Mona und Mama, aber auch Freifahrten für die Fahrgeschäfte, ein Riesenkuschelmonster und diverse Kleingewinne. Der absolute Hauptgewinn war aber zwei Karten für ein Musical. Unsere Mamas waren die totalen Musicalfans. Unsere Eltern kauften Lose wie die Weltmeister, nicht um unbedingt einen Hauptpreis abzuräumen, sondern eher aus Spaß an der Freude und auch um die Schausteller ein bisschen zu unterstützen. Unsere Eltern zahlten und Flower und ich durften abwechselnd die Lose ziehen. Mama und Papa hatten inzwischen einen Schraubenzieher und ein kleines Glas Honig gewonnen, während Micha und Mona mit Seifenblasen und einem Bon für einen Flammkuchen

aufwarten konnten. Zudem hatten sie einen echt potthäss-
chen kleinen Miniaffen gewonnen, als Plüschtier versteht
sich. Ach ja, Mama hatte auch noch einen Schlüsselanhä-
nger mit einer kleinen Plastikgiraffe daran gewonnen.
Boah, hässlich wie die Nacht, aber alle vier lachten sich über
ihre überflüssigen und bekloppten Gewinne kaputt. Ein Los
war noch übrig, ein von gefühlten hunderttausend. Es
wusste auch keiner, wer es gezogen hatte und eigentlich
hatte auch keiner mehr Lust, diese doofen Röllchen von den
Losen zu ziehen, die Lose aufzurollen, um dann zum wiederholten Male zu lesen: „Leider Pech gehabt, es ist eine
Niete, probieren Sie es bitte noch einmal." Diesen Text hatten die Vier schon unzählige Male an diesem Abend gele-
sen. Dementsprechend unmotiviert wurde das letzte Los
geöffnet – und dann das: Bingo – Jackpot!! Mama und Mona
hatten tatsächlich die Musicalkarten gewonnen. Sie tanzten
ausgelassen herum und freuten sich riesig über ihren Gewinn. Ich war mir allerdings nicht so sicher, ob es wirklich
ein „Gewinn" war, nachdem sie unzählige Lose gekauft
hatten. Jedenfalls lagen sie sich in den Armen. Flower oder
ich - egal wer von uns - das Los gezogen hatte, wir hatten
die Musicalkarten gewonnen. Da Papa und Micha ausge-
sprochene Musical-Muffel waren, war auch klar, wer das

Musical besuchen würde. Die Mädels würden das Musical genießen und Papa und Micha, Flower und ich würden uns auch einen lauen Abend machen, einen Männerabend, also fast, Flower wäre natürlich mit von der Partie. Irgendwie hatten Papa und Micha jetzt schon so ein gewisses Glitzern in den Augen…

Aber zurück zum Jahrmarkt. Der Spaß stand im Vordergrund und natürlich auch das Gelächter über die kleinen völlig blödsinnigen Gewinne. Das gehört einfach dazu. Uih, und das war erst der Auftakt, sozusagen der Beginn eines jeden Jahrmarktes. Wenn das nur der Anfang war, dann war ich auf den Rest gespannt.

Der Bürgermeister hielt noch eine kurze Rede, und dann war – bäm – der Jahrmarkt offiziell eröffnet. Es gab so eine Art Amüsiermeile, wobei Meile maßlos übertrieben war. Wir redeten hier nicht von Meilen, sondern maximal von ein paar hundert Metern. Reichte aber, war voll in Ordnung so. Wir streiften am Kinderkarussell vorbei und begaben uns zielstrebig zu den Steakbrötchen. Micha und Papa waren echt die coolsten Papas der Welt, denn sie bestellten für

Mama und Mona und sich selbst ganz normale Steakbrötchen und für Flower und mich - ungewürzte Steakbrötchen. Boah, das hatten wir jetzt nicht erwartet, deshalb doppelt danke Papas. Hach, das war schon lecker, so könnte es weiter gehen. Mona ging zielstrebig auf den Zuckerwatten Stand zu. Sie hatte die Wahl zwischen rosarot, mintgrün oder Schlumpf blau. Die Zuckerwatte schmeckte immer gleich, es ging nur um die Farbe. Mona entschied sich für Schlumpf blau und genau so sah sie anschließend auch aus, wie ein kleiner Schlumpf, ziemlich blau im Gesicht. Machte ihr aber gar nichts aus. Auch das gehörte zum Jahrmarkt. Nach einem weiteren Bier für die Papas und einer Weinschorle für die Mamas ging es ab nach Hause. Morgen war ein neuer Tag und es gab noch so Vieles auf dem Jahrmarkt zu entdecken. Vielleicht würde Papa ja noch einmal ein Steakbrötchen spendieren. Die Hoffnung stirbt bekanntlich zuletzt.

Am nächsten Morgen war ich ganz unruhig, weil ich unbedingt wieder zum Jahrmarkt wollte, aber Mama bremste mich. „Bis zum frühen Nachmittag ist geschlossen, und dann sind auch nur die Kinderkarussells und die Essensstände geöffnet. So richtig los geht es erst am frühen Abend.

Und – keine Sorge – wir lassen uns den Spaß auf keinen Fall entgehen und ihr dürft selbstverständlich mitkommen. Wir müssen nur aufpassen, dass euch niemand auf die Pfoten tritt. Abends gibt es mittunter schon ein ziemliches Gedränge." Nachmittags liefen wir kurz über die Vergnügungsmeile, aber nur weil das der kürzeste Weg zur Hundewiese war. Mama hatte – wieder einmal – recht gehabt. Es war original nichts los, gar nichts, nada, nix nix nix. Ein paar Kleinkinder mit ihren Müttern waren zu sehen. Das Kinderkarussell drehte seine Runden, aber irgendwie auch gemütlicher und gemächlicher als am Abend zuvor. Vereinzelt saßen die Minis auf den Pferdchen, in den Feuerwehrautos oder auf den Polizeimotorrädern. Sie machten durchaus einen vergnügten Eindruck, aber mir wäre es zu langweilig gewesen. Insofern freute ich mich auf heute Abend.

Die Dämmerung hatte gerade eingesetzt, da kam Papa in den Garten: „Hey Five, Lust auf den Jahrmarkt, dann ab auf die Pfoten." Das ließ ich mir natürlich nicht zwei Mal sagen. Aus dem Stand war ich hellwach und bereit für neue Untaten. Ich hatte zwar gerade erst gefressen – warum eigentlich nur eine kleine Portion – aber wenn Papa vom Jahrmarkt sprach, dann sprang ich wie ferngesteuert und schwungvoll auf meine Pfoten.

Die Papas, die Mamas, Flower und ich steuerten zuerst die Essensstände an. „Verfressene Bande", dachte ich noch mit einem Grummeln im Bauch, aber dann hielt Papa mir und Flower jeweils ein Brötchen mit ungewürztem Steak vor die Nase. Jepp, das war genau der richtige Einstieg in den heutigen Abend. Wir vertilgten alle mit Genuss unsere Steakbrötchen und waren anschließend bereit, uns auf das was noch kommen sollte, einzulassen. Und es kam noch so Einiges, auf jeden Fall mehr, als ich erwartet hatte…

Papa und Micha pfiffen sich eine Meterwurst rein. War die wirklich einen ganzen Meter lang? Keine Ahnung, es war zwar eine dünne Wurst, aber lang, wirklich lang. Also, das mit dem Meter, das glaubte ich sofort. Für Papa und Micha war das gar kein Problem. Ratzfatz hatten sie die Meterwürste in ihren Mägen versenkt. Uff, beindruckend!!! Die beiden waren im Futtern fast noch schneller als ich, und das wollte wirklich etwas heißen…

Bevor es endgültig zu den Fahrgeschäften ging, mussten sich Mama und Mona noch etwas Süßes reinzwitschern.

Flower und ich waren schon leicht ungeduldig, aber als wir sahen, was sich unsere Mamas da gönnten, verschlug es uns doch die Sprache. Die beiden hatten Kurs auf die Schaumküsse genommen. Mama bestellte sich den Espressokuss und Mona den Amarettokuss. Die Exemplare hier waren schon deutlich größer, als man sie sonst zu kaufen bekam, aber das war ja auch okay. Unsere Mamas waren superschlank, da konnten sie sich auch ruhig mal eine Kalorienbombe gönnen. Als ich dann jedoch sah, was sie sich wirklich bestellt hatten, da fielen mir schier die Augen aus dem Kopf. Wie gesagt, Mama hatte sich für den Espressokuss und Mona für den Amarettokuss entschieden, aber jeweils – die XXL-Jumboversion, und die bestand – aus der fünffachen Menge eines normalen Schaumkusses. Das musste doch ein regelrechter Zuckerschock sein. Noch größer war allerdings das Entsetzen darüber, dass sowohl Mama als auch Mona diesen Riesenberg schafften – problemlos und in Rekordzeit. Ich war mir selbst nicht so ganz sicher; war ich jetzt fassungslos oder eher schwer beeindruckt? Das musste ich jetzt erst einmal verdauen. Damit hätte ich nie im Leben gerechnet. Un-glaub-lich!!!

Gestern, bei der Eröffnung war ja schon einiges losgewesen, aber heute war der Haupt-Tag. Da hatten sich noch einige zusätzliche Anbieter und Händler dazugesellt. Und weitere Schausteller hatten die Lücken, die gestern noch zu sehen waren, gefüllt.

Da gab es einen Stand, an dem man mit einem Greifarm ein Plüschtier aus einer Box herausziehen konnte. Die meisten Plüschtiere waren potthässlich, aber es waren auch ein paar wirklich schöne Exemplare in der Box. Allerdings hatte man nur eine begrenzte Zeit, um sich ein Exemplar zu angeln und aus unerfindlichen Gründen blieben die tollen Plüschtiere immer in der Box. Der Betreiber war gerade dabei seine Box neu zu befüllen, als ein Eichhörnchen von Baum zu Baum sprang, oder es zumindest versuchte. Jedenfalls – es stürzte ab und landete genau in der Box mit den Plüschtieren. Uff, was für ein Pech, besonders, da der Betreiber der Box das überhaupt nicht mitbekommen hatte und die Box schloss. Das Eichhörnchen strampelte wie wild herum und die Kinder, die sich ein Plüschtier angeln wollten, hatten es natürlich auch nur auf das Eichhörnchen abgesehen.

Flower und ich hatten die Situation ziemlich schnell erfasst und versuchten unsere Papas zum Helfen zu bewegen. Was soll ich sagen: Null Reaktion. Nun ja, unsere Papas waren toll, aber leider in solchen Situationen nicht unbedingt die Schnellmerker – um es einmal charmant auszudrücken…

Also rannten wir zu unseren Mamas, die auch schnell erkannten, dass irgendetwas nicht in Ordnung war. Wir bellten und liefen zu dieser bescheuerten Plüschtier-Angel-Box, um unsere Mamas auf die Misere von diesem kleinen „Nicht-Plüschtier" Eichhörnchen aufmerksam zu machen. Die beiden hatten auch sofort die Situation erfasst und machten dem Inhaber unmissverständlich klar, dass sich in seiner Box zwar ein Tier befand, dass aber keineswegs aus Plüsch bestand, sondern lebendig und quietschfidel war. Er traute seinen Augen kaum und konnte es schier nicht fassen, dass sich tatsächlich ein echtes Eichhörnchen zwischen all seinen Plüschtieren befand. Er öffnete schnell die Box und sofort sprang das Wuselchen mit Schwung auf Monas Schultern.

Wie sich später herausstellte war das Mini-Pinselohr noch klein und jung und hatte sich zudem noch leicht an der Vorderpfote verletzt, so dass die volle Sprungkraft fehlte. Tja, und dann passieren einfach so dämlichen Dinge, dass man mit einem missglückten Sprung in der Plüschtierbox eines Schaustellers landete. Uff, viel mehr Pech geht fast gar nicht. Lizzy, so hieß das kleine Eichhornmädchen, musste sich erst einmal beruhigen, bedankte sich bei uns und hüpfte auf einen Baum, um sich dort eine Nuss schmecken zu lassen. Abenteuer überstanden!

Mittlerweile war auf dem Jahrmarkt ein Geruchsmix zu vernehmen, der nicht nur von Bratwürsten und gebrannten Mandeln herrührte. Meine feine Nase nahm auch Waffeln wahr – und Fisch. Fisch? Jepp, es hatte sich definitiv der Geruch von gebratenem oder eher frittiertem Fisch dazwischen gemischt. Was für eine Kombi. Na gut, da war wohl für jeden etwas dabei, aber unsere empfindlichen Hundenasen hatten doch einiges auszuhalten…

Wir gingen weiter und ich blieb unvermittelt erschrocken stehen. Ich sah in einen Spiegel, aber das was mir da entgegenblickte, das war nicht wirklich ich. Ich sah einen nahezu schwarzen Hund mit einer riesigen Knollennase, so groß wie eine Kokosnuss, die Augen quollen ihm regelrecht aus dem Gesicht, so, als wollten sie sich in den nächsten Momenten selbstständig machen, die Backen aufgeblasen, als hätte man mir alle Weisheitszähne auf einmal und ohne Narkose entfernt und meine Zunge sah aus wie ein Kuheuter. Oh nein, was war geschehen. Ich hatte mein normales Futter bekommen und ein Brötchen mit einem ungewürzten Steak – von Papa persönlich. Hatte er sich etwa einen Spaß mit mir erlaubt und mir diese Zauberpilze untergemischt. Magic Mushrooms – nein, das konnte ich fast nicht glauben. Papa hatte zwar einen echt schrägen Humor, aber er würde mir doch keine Drogen geben. Aber wenn ich so in den Spiegel schaute…

Papa sah mein verzweifeltes Gesicht und begann lauthals zu lachen. Also doch, er hatte mir irgendetwas Blödsinniges zu fressen gegeben. „Hey Five, beruhige dich wieder, das ist ein Verzerr-Spiegel. Schau mal wie ich aussehe." Er stellte sich vor den Spiegel und – tatsächlich. Meinem Papa fielen auch praktisch die Augen aus dem Kopf und sein kleines Bierbäuchlein präsentierte sich nun als ein Riesenkürbis, den er vor sich hertrug. Ich hingegen hatte einen

Körper, dagegen war auch noch ein Windhund ein Fettklops. Sozusagen ein Strich in der Landschaft. Uff, noch einmal Glück gehabt. „Los Five, wir gehen da mal rein. Drinnen gibt es noch viel mehr Spiegel. Das ist lustig. Mal siehst du riesig aus, dann wieder klein wie ein Meerschwein, kriegst Elefantenohren oder einen Giraffenhals." Okay, jetzt wo ich wusste, dass ich keine bewusstseinserweiternden Magic Mushrooms gefuttert hatte, begann mir die ganze Sache Spaß zu machen. Selbstverständlich waren auch Micha und Flower mit von der Partie. Flower ging es anfangs so wie mir, aber dann kamen wir aus dem Lachen nicht mehr heraus. Unsere Papas machten unzählige Fotos, damit wir auch später noch einmal unseren Spaß an diesen witzigen Spiegeln haben konnten. Unglaublich, auf was für schräge Ideen die Menschen kamen, aber auf jeden Fall sehr unterhaltsam. Das Zelt mit den Verzerr-Spiegeln hatte zwei Ausgänge. Während Flower und Micha den hinteren Ausgang nahmen, spazierten Papa und ich zum vorderen hinaus. Kein Problem, so groß war die Vergnügungsmeile nun doch nicht, als dass man sich wirklich verlieren könnte. Wir gingen also weiter, alle in die gleiche Richtung, nur durch ein paar Meter getrennt. Ich schaute zufällig rüber, in Flowers Richtung und sah sie - mindestens fünfmal. Das durfte doch nicht wahr sein. Ich war weder betrunken, noch hatte ich sonst irgendein merkwürdiges Zeugs zu mir genommen. Die Sache mit den Verzerr-Spiegeln hatte Papa mir erklärt, aber nun sah ich Flower – nicht verzerrt, sondern ganz normal – aber eben fünfmal. Hatte ich jetzt einen Schatten weg? Was stimmte nicht mit mir? Ich war doch noch ein junger Hund und wollte noch etwas leben und erleben – und nun das. Ich sah Flower fünffach. In meiner Verzweiflung bemerkte ich gar nicht, dass ich weder Papa noch den Bratwurststand nebenan, noch das Kinderkarussell fünffach sah, eben nur Flower.

Bevor Papa auch nur einen Ton von sich geben konnte, raste ich schon los – auf meine fünffache Schwester. Jetzt reagierte Papa: „Halt Stopp Five, bleib hier." Keine Reaktion meinerseits, ich preschte einfach los. „Stopp Five, das ist ein Spiegellabyrinth." Es war zu spät, ich war schon losgerast und hatte mir schon bei meinem ersten Sprung eine Riesenbeule am Kopf eingefangen. Was war das denn? Ich konnte Flower doch sehen, sogar fünffach, warum konnte ich nicht zu ihr rüber flitzen? Papa kam hinter mir her gehetzt. „Mach mal langsam, wie gesagt, das ist ein Spiegellabyrinth. Da muss man sich vorsichtig – und die Betonung lag eindeutig auf „vorsichtig" – hindurchtasten. Die Spiegel sollen dich verwirren, aber bis heute hat noch jeder wieder herausgefunden."

Ich war noch so benebelt, dass ich zwar hörte, dass Papa mir etwas erklären wollte, war aber noch so benommen, dass ich den Sinn nicht erfasste. Ich sprang zurück auf meine Pfoten und versuchte – die Betonung lag dieses Mal ausdrücklich auf „versuchte" – wieder los zu preschen, nur um „Bäng" gegen die nächste Wand zu krachen. Der Lärm, den ich verursachte, war ohrenbetäubend und Flower wollte mir selbstverständlich zu Hilfe eilen. Sie schoss von der anderen Seite in dieses komische Labyrinth und musste leider die gleiche Erfahrung machen, die ich schon hinter mir hatte. Krach, Peng, und Flower war ausgeknockt. Flower war aber hart im Nehmen und versuchte es ein zweites Mal, leider wieder ohne Erfolg. Die einzigen Effekte, die sie erzielte, waren eine leicht blutende Nase und ein zerstörter Spiegel. Jetzt wollte ich ihr helfen, aber ich schaffte es leider nicht, sie zu erreichen, sondern demolierte nur noch drei weitere Spiegel. Oh oh, obwohl mein Kopf doch ziemlich dröhnte, war mir doch klar, dass Flower und ich, gelinde gesagt, ein kleines Problem hatten. Papa und Micha kannten sich deutlich besser aus mit diesem dämlichen Labyrinth, hatten uns gepackt, uns regelrecht unter ihre Arme geklemmt und uns ins Freie gebracht. Um den Ganzen dann auch noch die Krone aufzusetzen, tauchte genau in diesem für mich unwürdigen Moment Felix auf. Felix, genau der Felix von der Presse mit seinem Fotoapparat. Unnötig zu erwähnen, was am nächsten Tag in der Zeitung stand, selbstverständlich mit einem riesigen Foto und auf der ersten Seite. Womit hatte ich das nur verdient???

Jahrmarkt war toll, keine Frage, aber ich brauchte dringend eine Pause, so ungefähr bis zum nächsten Jahr…

*****

Findus

Heute war mal wieder so ein echter Glückstag. Aus welchen Gründen auch immer – ich wollte sie gar nicht so genau hinterfragen – hatte Mona uns allen ein richtig großes getrocknetes Rinderohr spendiert. Na, das war ja mal eine unerwartete Köstlichkeit gewesen. Es war ja nicht so, dass es von Mama oder Papa nicht auch so Zwischenreinleckerchen gegeben hätte, aber so ein riesiges Rinderohr war dann doch eher die Ausnahme. Egal, Mona hatte mir den Jumbo-Imbiss spendiert, diese unerwartete Delikatesse, die ich selbstverständlich und auf der Stelle reingeschlungen hatte. Besser ist besser, bevor Mama noch auf die dämliche Idee kommen konnte, dieses Megateil zu portionieren. Nee nee, das ging gar nicht. Also, nix wie rein in den Bauch. Geschafft, das Rinderohr war drin, ich erfreute mich meines Lebens und musste nun erst einmal verdauen. Rülps. Ups, Entschuldigung.

Nach einem ausgiebigen Mittagsschläfchen reckte und streckte ich mich in alle Himmelsrichtungen, gähnte herzhaft, um dann ganz unverhofft in das Gesicht eines riesigen Katers zu blicken. Hey, was wollte der denn hier? Sofort ging ich in Abwehrstellung und knurrte ihn leise und verhalten an. Ich wollte ihn ja nicht gleich zerfetzen, sondern nur klarstellen, dass ich hier Heimrecht hatte. Das Riesenvieh machte einen Katzenbuckel und sträubte sein Fell. Er hob abwehrend eine Pfote und – ich registrierte das aus unerfindlichen Gründen sofort – nicht mit ausgezogenen, sondern mit eindeutig eingezogenen Krallen. Plüschpfötchen! Untypisch, absolut untypisch.

„Uff, Entschuldigung, ich wollte dich nicht stören. Ist zufällig Sunny da?" Ich war immer noch etwas muffig und mies gelaunt und deshalb brummte ich ihn an: „Wer will das wissen und was willst du von Sunny?" Sichtlich eingeschüchtert antwortet der Riesenkater: „Ich bin Findus, der ehemalige Stinkekater und Sunny und deine Mama haben mir das Leben gerettet." Häh, dieser zwar riesengroße, aber bildhübsche hellgraugetigerte und absolut liebenswerte Kater sollte DER(!!!) Stinkekater sein, der meiner Tante Sunny damals sooo eine große Angst eingejagt hatte??? Unglaublich!!! In genau diesem Augenblick kam Sunny gähnend um die Ecke. Auch sie hatte mit der Verdauung des monströsen Rinderohres zu kämpfen. Als sie jedoch den Riesenkater erblickte, erwachten augenblicklich alle ihre

Lebensgeister. „Fiiinduuus", kreischte sie so laut, dass ich fast einen Hörsturz bekam, „uih, schön, dich zu sehen, wie geht es dir?" Aus dem Stand rannte sie auf ihn zu. Er wusste gar nicht, wie ihm geschah, da hatte Sunny diesen gigantischen Kater umgerannt und regelrecht unter sich begraben.

Offensichtlich vom Lärm aufgeschreckt, kam Mama aus dem Haus heraus und wunderte sich über das Fellknäuel, das buchstäblich über den Rasen rollte. „Hey, sehe ich das richtig, Findus, wow Findus, du bist da, lass dich mal knuddeln." Mmh, Mama war schon toll, aber gerade eben verspürte ich eine gewisse Eifersucht. Wobei – war das gerecht – nee, musste ich mir selbst eingestehen, war es nicht, denn Mama tat alles dafür, dass es mir gut ging. Sie lief aber mit so einem strahlenden Lächeln auf das Sunny-Findus-Fellknäuel zu, na ja, da hatte ich schon ein gewisses Grummeln im Bauch.

Währenddessen breitete Mama ihre Arme aus: „Findus, du bist es wirklich, wie schön, dich zu sehen." Mama hielt Findus in ihren Armen und tanzte regelrecht mit ihm herum. Hm, ihm schien das irgendwie peinlich zu sein,

denn er strampelte und strampelte. Dabei achtete er genau-
estens darauf, Mama nicht zu kratzen. Mama lachte noch
immer und drehte sich weiter – mit Findus auf dem Arm –
im Kreis herum. „Jetzt erzähl mal, wie geht es dir und deiner Freundin?" „Bis auf den Drehwurm, den ich gleich bekomme, geht es mir ausgezeichnet, und meine Freundin
Sienna ist echt eine Wucht in Tüten. Mit ihr kann man unglaublich viel Spaß haben, mal ein kleines Wettrennen, auf
Bäumen herumklettern oder ein paar Mäuse erschrecken.
Ich hätte nicht einmal im Traum daran gedacht, dass ich
mal so ein tolles Katzenleben führen würde. Das habe ich
alles euch zu verdanken." Findus hopste aus Mamas Armen, lief schnurrend um ihre Beine und eilte dann auf
Sunny zu. „Na du Riesenkater, es freut mich, dass es dir gut
geht, aber wie du siehst, habe ich mittlerweile auch einen
Spielkameraden." Dann deutete sie auf mich. „Darf ich vorstellen, das ist Five." Ich schaute Findus an, setzte schon zu
einer Entschuldigung an, aber er kam mir zuvor. „Alles gut,
Sportsfreund, an deiner Stelle hätte ich auch erst einmal ge-
faucht, wenn ein fremdes Wesen in mein Territorium einge-
drungen wäre." Er unterstrich seine Worte mit einem High
five und so waren wir ohne große Worte – spontan Freunde.

Doch dann plauderte Findus unvermittelt weiter: „Und wisst ihr, vor ein paar Wochen ist eine neue Katze auf dem Bauernhof eingezogen. Wunderschön, schneeweiß mit strahlend blauen Augen. Das muss man sich mal vorstellen, eine Katze mit blauen Augen. Und sie ist so lieb und charmant. Ein absolut kleines entzückendes Wesen." Oh mein Gott, mir schwante Übles. Schon redete Findus weiter: „Das einzig Doofe an ihr ist, dass sie einen total bescheuerten Namen hat. Könnt ihr euch das vorstellen? Ihre Menschen haben ihr doch den selten dämlichen Namen Blablabla verpasst."

Jetzt war es amtlich. Entweder war Findus komplett durchgeknallt und merkte nicht, was Blablabla für eine Hexe war oder sie hatte sich über Nacht von einer Gewitterziege zu einem handzahmen Kätzchen verwandelt. Ui ui, Findus war mir spontan sympathisch, hoffentlich hatte er keinen Dachschaden. Bevor ich mir ernsthafte Gedanken über Findus' Geisteszustand machen konnte, sprach er auch schon weiter: „Als Blablabla zu uns kam, war sie eine echte Zimtziege und hat jedem von uns – und wirklich jedem von uns – bei jeder möglichen Gelegenheit eine verbretzelt." Er zeigte uns eine kleine Einkerbung in seinem

233

linken Ohr: „Das war Blablabla." Ähnliche Narben können auch die Schweinchen vorweisen, ebenso drei Kälber, Cleo, unsere Hündin, und sogar Oskar, unser Esel. Aber dann ist sie aus unerfindlichen Gründen mal in der Jauchegrube gelandet und seitdem ist sie wie umgewandelt." Innerlich musste ich schmunzeln, schließlich wusste ich, wer für dieses kleine „Missgeschick" verantwortlich war. „Ja, und dann hat sie uns erzählt, warum sie zu uns allen so gehässig gewesen war." Na, jetzt war ich aber gespannt, aber Findus rückte mit der Erklärung nicht raus. „Vielleicht trefft ihr euch ja einmal wieder und vielleicht – ganz vielleicht – erzählt sie euch ihre Geschichte. Das ist eindeutig ihre Angelegenheit. Hhm, eigentliche hatte er recht, aber neugierig war ich schon. Egal, ich würde es von Findus sowieso nicht erfahren. Ein echt toller Kerl! Ich mochte ihn!

Jetzt meldete sich Mama wieder zu Wort: „Und, Findus, wie wäre es mit etwas Hackfleisch und Ei?" Mama war eben Mama und verwöhnte uns alle, auch Papa! Ich konnte Findus ansehen, wie ihm das Wasser in seiner Katzenschnauze zusammenlief, aber irgendwie – er traute sich nicht das tolle Angebot anzunehmen. Mama ging wortlos ins Haus und Findus sah schon ein bisschen traurig aus, aber keine drei

Minuten später erschien Mama wieder auf der Bildfläche mit einer Schüssel in der Hand, in der sich Hackfleisch und Ei befand. Sie stellte sie einfach Findus vor die Schnauze und wünschte ihm guten Appetit. Findus war wieder einmal überwältigt vor Glück und ließ es sich einfach schmecken. Das war ja auch Sinn und Zweck der Aktion. Da Sunny und ich immer noch satt von dem getrocknetem Rinderohr waren, waren wir auch nicht neidisch, sondern gönnten Findus sein Festmahl. „Wisst ihr, auf dem Bauernhof geht es mir richtig gut. Ich bekomme ausreichend und auch artgerechte Nahrung, aber Hackfleisch und Ei, nein, das nun doch nicht. Eure Mama ist die Beste." Was soll ich sagen, wo er recht hatte, hatte er recht.

Nachdem er fertig gefressen hatte, druckste er ein wenig herum, bis er endlich mit einer kleinen Bitte herausrückte. „Ich habe meiner Freundin Sienna schon so viel von euch erzählt und sie würde euch sooo gerne einmal kennenlernen. Meint ihr, es wäre möglich, dass ich sie einmal zu euch mitbringen könnte?" Kleinlaut und schüchtern schaute er uns an. „Und, dürfte Blablabla auch mitkommen?" Findus war schier verzweifelt, seine Stimme zitterte ein wenig, die Frage fiel ihm sichtlich schwer, aber er war auch eben ein lieber Kerl, der sich gerne für andere einsetzte. Beschämt blickte er auf den Boden, wusste gar nicht, wohin er schauen sollte und wollte sich offensichtlich am liebsten in Luft auflösen.

„Okay, vergesst die Frage, ich werde es den beiden schon irgendwie erklären." Empört fingen wir alle drei an zu quatschen, aber Mama sprach ein Machtwort: „Findus, du bringst Sienna und Blablabla mit hierher. Das erwarten wir jetzt sogar von dir. Und falls du es vergessen haben solltest, wir haben ein offenes Haus – für alle Gäste inclusive Blablabla." Findus schmolz dahin vor lauter Erleichterung. Wir tobten noch eine Weile durch den Garten, aber wir merkten Findus deutlich an, dass er zurück zu seinem Bauernhof wollte, um die gute Nachricht Sienna und Blablabla zu überbringen. Er wollte gerade lossputen, da brüllten wir ihm noch hinterher: „Bis morgen Findus." Er zuckte noch einmal kurz zusammen, dann war er auch schon verschwunden.

Obwohl wir immer noch nicht richtig gut auf Blablabla zu sprechen waren, waren wir doch überrascht, warum sie

unbedingt mitkommen wollte. Findus hatte ja so etwas an-
gedeutet, dass hinter ihrem fiesen Verhalten damals eine
Geschichte stecken würde. Vielleicht – ganz vielleicht –
würden wir ja bald mehr erfahren. Also, neugierig waren
wir schon…

Am nächsten Nachmittag tauchte Findus tatsächlich wieder auf und hatte zwei Katzen im Schlepptau. Eine davon
kannten wir bereits. Es war eindeutig Blablabla. Dann war
die andere Katze wohl Sienna. Rabenschwarz mit drei weißen Pfoten und hellgrünen Augen, eine kleine Schönheit
und überhaupt nicht schüchtern. Sie rannte geradewegs auf
uns zu und meinte nur: „Wenn ihr mit Findus befreundet
seid, dann will ich auch mit euch befreundet sein." Na, das
war ja mal eine Ansage, kurz und knackig. Kein Problem,
High five in die Runde und alles war geklärt. Blieb Blablabla. Sie war immer noch im Hintergrund geblieben, trat von
einer Pfote auf die andere und wusste nicht so recht, wie sie
sich verhalten sollte.

Irgendwann fasste sie sich ein Herz und begann erst sto-
ckend, dann immer flüssiger zu erzählen. Und das, was sie
uns erzählte, verursachte bei uns fast einen Herzstillstand.

„Ich bin eine Burma-Katze. Mein damaliger Mensch hat mich als Katzenbaby gesehen, fand mich cool und hat mich gekauft. Das einzige, was ihn störte waren meine blauen Augen. Er meinte damals nur, dass sich das verwachsen würde. Bei Katzenkindern kann sich genauso wie bei Menschenkindern im Babyalter die Augenfarbe noch ändern. Meine Augenfarbe änderte sich nicht. Sie waren blau und blieben blau. Mein Mensch war, um es gelinde auszudrücken, sehr verärgert und wollte diesen Umstand unbedingt ändern. Jedes Mal, wenn er meine blauen Augen sah, spritzte er mich mit dem Gartenschlauch ab, tauchte mich in die Regentonne und einmal hat er mich sogar in den Kühlschrank gesteckt. Ich kann euch gar nicht mehr sagen, wie ich aus dieser Hölle herausgekommen bin, aber ich hatte den Schock meines jungen Lebens hinter mir. Schließlich bin ich irgendwie auf dem Bauernhof gelandet, aber ich hatte keine Freunde, wollte auch keine Freunde und konnte auch niemandem vertrauen. Ich weiß auch nicht, was da in mich gefahren ist, es war so eine Art Rache, nur war sie, und das weiß ich jetzt natürlich auch, völlig unberechtigt. Ihr ward einfach so eine Art Ventil für mich. Nach der Sache mit der Jauchegrube habe ich lang über alles nachgedacht und bin zu dem Schluss gekommen, dass es euer gutes

Recht war, mich in diese Ekelbrühe zu schubsen. Und nun würde ich mich noch einmal gerne bei euch entschuldigen, bevor ich wieder gehe. Ich wollte euch nur eine Erklärung für mein dämliches Verhalten geben. Hoffentlich könnt ihr mir irgendwann vergeben. Also dann, tschüs."

Wir waren völlig verblüfft. Wer ist denn so krank und macht so etwas??? Unglaublich, aber uns war klar, dass Blablablas Geschichte nicht gelogen war. Sie war schon fast aus unserem Garten verschwunden, da bellte ich sie kurz und heftig an. Sie zuckte zusammen, machte einen Katzenbuckel und sträubte ihr Fell und war bereit zur Flucht.

„Stopp, so schnell kommst du uns nicht davon." Kleinlaut und fast auf dem Bauch kriechend kam sie vorsichtiger näher. „Blablabla, das ist ja furchtbar, was dir widerfahren ist und wir verstehen auch dein Verhalten von damals." Das Wort „damals" betonte ich ausdrücklich. „Vorbei, vergeben und vergessen und nun lass uns Freunde sein." Misstrauisch schaute sie uns an, war nicht sicher, ob sie wirklich Freunde haben wollte, aber wir tobten alle ausgelassen herum und gaben uns unzählige High fives. Blablabla begriff irgendwann, dass sie auch dazu gehören sollte und näherte uns erst vorsichtig und dann immer schwungvoller, um sich ebenfalls an den High fives zu beteiligen. Jupp, noch eine Freundin mehr. Super!!!

*****

Das Fitnessstudio

Sowohl Papa als auch Micha waren nicht superschlank, nicht dick, aber beide hatten so ein kleines Wohlstandsbäuchlein, ein Bierkügelchen eben. Leider hatten sich diese Bierkügelchen in den letzten Wochen – und das hatten sowohl Mama als auch Mona und sogar ich bemerkt – in Richtung Bierkugeln entwickelt. Bei beiden! Mama und Mona hingegen waren gertenschlank und schauten ein wenig irritiert auf die stetig wachsenden Wohlstandsbäuche ihrer Männer.

Irgendwann fiel das absolute Unwort. Ich kann mich gar nicht mehr erinnern, ob es Mama oder Mona war, die dieses schreckliche Wort in den Raum geworfen hatte, jedenfalls erstarrten unsere Papas innerhalb Bruchteile von einer Sekunde zur Salzsäule: Fitnesscenter!!! Das Grauen pur!!! Sie redeten wild durcheinander. „Nee nee, das geht so gar nicht, absolut nicht unser Ding. Wie kommen wir uns denn da vor? Da gehen doch nur Volldeppen mit wenig Hirn und monströsen Bizeps hin. Nee nee, nichts für uns. Schlagt euch das mal ganz schnell aus euren hübschen Köpfen." Sie schauten verzweifelt Flower und mich an und hofften offensichtlich auf Hilfe unsererseits. Von uns kam aber nur ein kurzes „Wuff", was allerdings mehr Zustimmung für unsere Mamas als für unsere Papas bedeutete. Die Papas deuteten unser „Wuff" komplett falsch und waren tatsächlich der Meinung, dass mit dieser Ansage, ins Fitnesscenter würden nur Volldeppen gehen, das Thema tatsächlich erledigt sei. Oh Mann, die zwei waren manchmal so hohl wie zwei Hohlblocksteine. Kannten sie ihre Frauen wirklich sooo wenig?

Ich konnte mich noch gut daran erinnern, wie mir immer nachgesagt wurde, ich sei zu dick. So lange, bis ich tatsächlich einmal pitschnass wurde und dann – oh Wunder oh Wunder – war ich schlank. Basta, Ende der Vorstellung. Bei Papa und auch Micha war das deutlich anders. Sie konnten sich so lange sie wollten unter die Gartendusche stellen. Es änderte sich nichts an ihren Bauchumfängen. Insofern freute ich mich schon diebisch auf das kommende Schauspiel.

Micha und Papa falteten demonstrativ ihre Arme vor der Brust, was allerdings ihre Bierbauchgedächtnishügel nur noch mehr zur Geltung brachte. Uih uih, das konnte ja heiter werden. Mama und Mona schüttelten nur ihre Köpfe über so viel Unverständnis. „Wir möchten nur, dass ihr ein wenig mehr auf eure Gesundheit achtet." Es war so etwas von sonnenklar, was jetzt kam: „Wir sind fit wie ein Turnschuh, alle beide." Und das betonten sie mehr als nur ausdrücklich, fast so, als müssten sie sich von ihrer eigenen Aussage selbst überzeugen. Mama und Mona verdrehten nur die Augen und meinten nur ganz lapidar: „Glaubt ihr das wirklich? Schaut doch endlich einmal in einen Spiegel, und bitte – in keinen Verzerr-Spiegel." Die beiden Frauen konnten ein süffisantes Grinsen nicht unterdrücken, während unterdessen Papa und Micha leicht betreten an sich herunterblickten und – leider leider – Mama und Mona in gewisser Weise recht geben mussten. Ihre Bäuche hatten tatsächlich deutlich an Volumen zugenommen. Jetzt gab es auch keine Ausreden mehr wie „wir waren doch im Urlaub, da isst man immer mehr", oder „das ist nur der Situation geschuldet, weil Bernd letzte Woche seinen Geburtstag gefeiert hat. Also gut, ihr habt uns überzeugt, wir gehen ab sofort wieder jeden Tag – oder jeden zweiten, vielleicht auch dritten Tag – mit Five und Flower joggen."

Mama und Mona schauten die beiden nur kopfschüttelnd an, wie sie verzweifelt versuchten, aus der Nummer noch einmal herauszukommen, aber - und das war klar – Mama und Mona kannten keine Gnade.

„Okay", fing Mona an und allein bei diesem kleinen simplen Wort zuckten Micha und Papa schon zusammen. „Da ihr es nicht gebacken bekommt", und sie zeigte ganz eindeutig auf unsere Papas, „haben wir jetzt mal die Beseitigung eurer Bierhügel in die Hand genommen." Ein Blick hin zu Micha und Papa genügte und unsere Papas standen still wie die Zinnsoldaten, stöhnten und trauten sich gerade so noch die Augen zu verdrehen. Schlimmer konnte es für die beiden fast nicht werden…

Die beiden nahmen einen tiefen Atemzug als Mona auch schon weitersprach: „Wir haben euch mal angemeldet, inclusive Personal Trainer, und euer erstes Training startet morgen früh um 10:00. „Uff, das geht gar nicht, da frühstücken wir gerade." Weder Mama noch Mona konnten sich ein Grinsen unterdrücken, also „wir zwei frühstücken schon, aber ihr zwei", und jetzt zeigte sie eindeutig auf die beiden verzweifelten Männer, „ihr werdet ganz klar eure

Zeit definitiv nicht um diese Uhrzeit am Frühstückstisch verbringen, sondern im …" Sie musste nicht weiterreden, die beiden Männer verstanden sie auch so und wussten zudem, dass sie chancenlos waren. Man sah ihnen regelrecht an, dass sie das Pech gepachtet hatten.

Tja, nicht eigentlich Pech gepachtet, sondern einfach nur das gute Leben etwas zuuuu intensiv genossen. Uff, die letzten drei bis fünf Schnitzel oder Rumpsteaks inclusive Pommes Frites und Bratkartoffeln hätten sie sich besser mal verkniffen, sonst wären sie nicht in diese dämliche Situation hineingerutscht. Tja, dumm gelaufen, denn Papa und Micha kannten ihre besseren Hälften nur zu gut, als dass Mama und Mona halbe Sachen machen würden. Aus der Nummer würden sie definitiv nicht mehr herauskommen. Das Fitnessstudio streckte ihnen die Arme entgegen, ganz eindeutig…

Uff, unsere Mamas konnten schon ganz schön gehässig sein, aber andererseits musste ich ihnen auch zustimmen. Die Bauchumfänge unserer Papas hatten in der letzten Zeit doch unübersehbar zugenommen. Unsere Mamas hatten jetzt mal Nägel mit Köpfen gemacht, aber ich sah auch die

Leidensminen von Papa und Micha. Die beiden hatten nur noch einen Tag Galgenfrist, dann sollte es auch schon losgehen. Dass die beiden so gar keine Lust auf das Fitnessstudio hatten, war nicht schwer zu erraten, sie waren auch Weltmeister darin, die unglaublichsten Ausreden zu erfinden, um bloß nicht diese Mörderhölle betreten zu müssen. Von „ich muss mich mental erst darauf einstellen", über „ich weiß gar nicht, wo mein Lieblingstrikot ist" bis zu „das passt jetzt gerade nicht in die aktuelle Mondphase." Also, das musste man schon sagen, sie waren durchaus kreativ im Erfinden von Ausreden.

Der nächste Morgen kam – unwiderruflich - und Mama und Mona machten es sich mit einem seeeehr üppigen Frühstück auf der Terrasse gemütlich, während Papa und Micha sich mit einem kleinen Müsli zufriedengeben mussten. Sie bekamen noch einen Müsliriegel und zwei Bananen eingepackt, dazu eine Flasche Wasser und dann wurden sie aus dem Haus gescheucht, nicht ohne ihnen noch hinterher zu rufen, dass schwänzen sinnlos sei, denn sie hätten einen ausgezeichneten Kontakt zu den Personal Trainern. Es stand ihnen regelrecht ins Gesicht geschrieben, dass genau das der Plan gewesen wäre. Missmutig schnappte sich Micha seinen Autoschlüssel, aber Mona stoppte ihn umgehend. „Nix da, nehmt gefälligst eure Fahrräder, das ist besser für eure Fitness." Micha stöhnte genervt auf: „Seit wann sind unsere Frauen solche Sklaventreiber?" Die beiden holten mehr als widerwillig ihre Rennräder aus der Garage, wollten schon zu einer Ausrede ansetzen, aber Mona nahm ihnen sofort den Wind aus den Segeln: „Wir haben uns erlaubt, eure Fahrräder checken zu lassen. Alles bestens, gute Fahrt."

Bevor Micha und Papa sich in ihre Sattel schwingen konnten, flötete Mona ihnen noch hinterher: „Eure Personal Trainer heißen übrigens Lisa und Julia." Papa und Micha versuchten sich zurückzuhalten, aber man sah ihnen die Erleichterung deutlich an. Zwei Mädels also, dann konnte das Training ja wohl nicht sooo schwierig werden. Mama und Mona waren ihre Gesichtsausdrücke natürlich nicht entgangen und konnten ein Grinsen nur schwer unterdrücken. Erst als die beiden Männer ums Eck gebogen waren und definitiv außer Hörweite waren, lachten sie schallend los. Lisa und Julia mochten zwar klein und zierlich sein, aber ihr Training war hart, knochenhart.

Was für unsere Papas der absolute Horror war, war für Flower und mich das allerbeste Vergnügen. Wir durften nämlich mit. Da weder Micha noch Papa wirklich heftig in die Pedalen traten, war es für uns ein Leichtes, mit ihnen mitzuhalten. Wir durften zwar das Fitnessstudio nicht betreten, aber es gab einen Außenbereich speziell für Vierbeiner – und – es gab auch einen Trainer für uns, den hatten wir aber eigentlich gar nicht nötig. Für uns war so ein Parcours aufgebaut und erinnerte ein wenig an Agility-Training. Egal, Flower und ich hatten den Spaß unseres Lebens, während unsere Papas schnauften und keuchten, als hätte ihr letztes Stündlein geschlagen. Das Fitnesscenter war voll verglast und so hatten wir einen tollen Blick auf die schwitzenden Helden. Irritierender war es eher, dass wir sie bis nach draußen hören konnten!!! Nach einer guten Stunde war der Spuk bereits vorbei und Papa und Micha sahen aus, als hätten sie zuerst den Mount Everest bestiegen um anschließend noch einen Marathonlauf hinzulegen. Flower und ich konnten das gar nicht verstehen. So dramatisch hatte das wirklich nicht ausgesehen, was die beiden da für Übungen machen mussten.

Wir freuten uns schon auf einen Sprint nach Hause, aber nix wars. Die beiden waren so lahm, dass wir es schon mit der Angst bekamen, sie könnten von ihren Fahrrädern stürzen. Für Flower und mich waren sie eindeutig zu langsam. Wir rannten schon mal voraus und so waren Mama und Mona auch schon einmal vorgewarnt. Was sie dann jedoch Minuten später zu Gesicht bekamen, ließ sie doch etwas zusammenzucken. Zwei Gestalten, jenseits von Gut und Böse und leider kam es dann auch so, wie es kommen musste. Papa und Micha weigerten sich vehement, diese Mörderhölle jemals wieder zu betreten, was leider für Flower und mich auch zur Folge hatte, dass das Kapitel Fitnessstudio abgeschlossen war. Schade, ich fand es cool…

Das Fitnessstudio war von Mama und Mona gnädigerweise gestrichen worden, was allerdings nicht hieß, dass Papa und Micha nun von sämtlichen sportlichen Aktivitäten befreit waren. Die beiden Frauen nahmen ihnen das Versprechen ab, ab sofort – und die Betonung lag auf „sofort" – mit Flower und mir joggen zu gehen. „Und nur, damit das klar ist, für euch ist es ein Pflichtprogramm, für Five und Flower nur Kür. Wenn die beiden also mal keine Lust haben, entbindet euch das nicht von eurer Joggingrunde."

Wieder war ein leises Stöhnen seitens unserer Papas zu hören und weil Mama und Mona ihre „Sportskanonen" kannten und ihnen überhaupt nicht über den Weg trauten, erstellten sie diverse Routen. Mona meinte nur ganz süffisant: „Ihr habt die Wahl, Fitnessstudio oder „richtige" Joggingrunden. Schließlich wollt ja nicht nur ihr euren „Spaß" haben, sondern Five und Flower auch. Mona grinste hämisch, Micha und Papa verzogen angewidert ihre Gesichter und Flower und ich freuten uns auf die bevorstehenden Morgenrunden. Yäh, es konnte losgehen, unsere Mamas hatten mal wieder die besten Ideen. Daumen hoch!!!!

*****

Der Piratenspielplatz

Mona hatte einen riesigen Spielplatz ganz in unserer Nähe gefunden, der auch für Vierbeiner, welcher Art auch immer, freigegeben war. Okay, nur heute, denn sie hatten so eine Art Erlebnistag. Egal, da gehen wir auf jeden Fall hin, das wird sicher ein Mordsspass. Es kam leider nur extrem selten vor, dass auf einem Kinderspielplatz auch Hunde oder Katzen geduldet wurden, wobei, auf die freilaufenden Katzen hatte man wenig Einfluss, aber bei Hunden kannte man in der Regel kein Pardon. Aber heute war quasi alles und jeder erlaubt.

Der Piratenspielplatz war riesig und wenn ich riesig sage, dann meine ich auch riesig. Ich konnte es immer noch nicht so richtig glauben, aber Tiere, egal welche, waren nicht nur erlaubt, sondern ausdrücklich erwünscht. Allerdings waren die Menschen für ihre tierischen Begleiter selbst verantwortlich. Der Betreiber hatte sich eine wirklich tolle Sache ausgedacht und wollte verständlicherweise nicht für den Verlust von tierischem Gedöns verantwortlich gemacht werden. Wer also der Meinung war, seinem Papagei etwas Gutes tun zu müssen und ihn fliegen ließ, musste auch damit rechnen, dass das Federvieh sich nicht damit begnügen würde, sich auf dem Mast des Piratenbootes niederzulassen, sondern seine Freiheit ausgiebiger genießen wollte – sprich – tschüs, ich bin dann mal weg. Gleiches galt selbstverständlich auch für Meerschweinchen, Schildkröten oder Streifenhörnchen. Sie konnten zwar nicht einfach so die „Flatter" machen, aber verdünnisieren konnten sie sich auch – problemlos!

Der Piratenspielplatz war eigentlich gar kein Spielplatz, sondern mehr eine Parateninsel. Es gab einen kleinen See in dessen Mitte sich tatsächlich ein Schiff befand. Der See war maximal dreißig Zentimeter tief, so dass man nicht unbedingt ein geübter Schwimmer sein musste, um zu dem Schiff zu gelangen. Menschen und Tiere konnten baden und planschen, auf dem aufgeschütteten Sandstrand Burgen bauen oder einfach nur buddeln – alles war erlaubt. Die Kinder hatten mit uns tierischen Wesen überhaupt kein Problem, ganz im Gegenteil.

Ich wusste gar nicht so richtig, wo ich zuerst anfangen sollte mich auszutoben, da quakte mich so ein kleiner Bengel von der Seite an: „Hey, du bist doch ein Hund und

Hunde buddeln doch gerne. Kannst du mir bitte mal helfen, hier einen Graben um meine Burg zu buddeln?" Verdutzt schaute ich ihn von der Seite an. „Klar, kein Problem, aber gehe am Besten mal hinter mir weg. Das könnte jetzt gleich so eine Art Sandsturm geben und du würdest anschließend aussehen wie ein Sandmännchen." Der Kleine sah mir begeistert zu, wie ich in Null-Komma-Nichts einen Graben um seine Burg gezogen hatte. Ihm fielen fast die Augen aus dem Kopf. „Wow, das ging aber schnell." „Gern geschehen", und schon stürzte ich mich wieder ins Getümmel.

Auf dem Sandstrand befand sich auch noch ein „gestrandetes Schiff", daneben lagen diverse Rumfässer, in denen sich allerdings nur Wasser befand. War wohl besser so…

Ich wollte mich gerade umdrehen, um das Geschehen weiter zu erkunden, da sah ich gerade noch im Augenwinkel, wie sich eine Schildkröte in den Sand einbuddelte. Und in ca. zweihundert Metern Entfernung sah ich einen Menschen wild mit den Armen herumfuchtelnd und immer wieder verzweifelnd „Elfriede Elfriede" rufen. Schon klar, was hier gerade abging. Ich bellte einmal kurz aber bestimmt, so dass er augenblicklich auf mich aufmerksam wurde. Ich deutete ihm an, sofort zu mir herüber zu spurten und behielt dabei Elfriede im Blick, die sich zwischenzeitlich immerhin schon gut zur Hälfte in den Sand gegraben hatte. Der Typ war mehr als erleichtert, als er noch das Stummelschwänzchen von Elfriede erblickte. Tja, Elfriede gehörte definitiv nicht in die Kategorie Riesenschildkröte, vielmehr war sie vielleicht zwanzig Zentimeter lang. „Du hast was gut bei mir, was darf es denn sein? Kalbsknochen, Ochsenziemer, getrocknete Schweineohren?" Das klang zwar einerseits wie Musik in meinen Schlappohren, aber andererseits wollte ihm ja nur helfen, seine geliebte Elfriede wiederzufinden. Und wenn man mal ehrlich ist, ich war einfach nur zur richtigen Zeit am richtigen Ort gewesen. Nichts, was eine Belohnung wirklich wert gewesen wäre. Insofern signalisierte ich ihm, dass alles okay sei. Auch, wenn die Aussicht auf eine derartige Leckerei durchaus himmlisch war, nee, wollte ich nicht. Es war Belohnung genug, zu sehen wie überaus glücklich er war, seine Elfriede wiedergefunden zu haben. Ich blinzelte ihm noch einmal zu, wedelte mit meinem Schwanz und wollte zu Flower zurückrennen, als mich eine Erkenntnis mitten in der Bewegung stoppen ließ. Um mich herum waren lauter Piraten,

Zweibeinige und Vierbeinige. Die Zwerge hatten entsprechende T-Shirts an, Kopftücher und Augenklappen. Darüber hinaus waren einige auch noch geschminkt mit gruseligen Bärten, Totenköpfen und gekreuzten Knochen. Uih, die sahen wirklich wie echte Piraten aus. Was mich aber wirklich stutzig machte, waren die vielen Artgenossen, die Piratenhalstücher trugen. Cool, so etwas hätte ich auch gerne. Ich machte mich also auf, um Mama und Mona zu suchen, um ihnen zu sagen, dass ich auch gerne so ein Halstuch hätte, da traf es mich wie ein Blitz: Mama und Mona trugen Piraten T-Shirts, Piraten-Kopftücher, Augenklappen und waren mit Totenköpfen, Knochen und Narben geschminkt. Darüber hinaus hatten sie sich rote Schärpen umgebunden und sahen aus, als wollten sie das nächste Schiff entern, um einen Goldschatz zu rauben. Mir blieb das Maul offenstehen, musste japsen und brachte nur noch ein schwaches „Uff" heraus. Währenddessen winkte Mama mir fröhlich zu: „Da bist du ja endlich, komm mal her, Five." Ehe ich mich richtig umschauen konnte, hatte mir Mama schon ein cooles rot-weiß gestreiftes Dreieckstuch um den Hals gebunden. Jepp, jetzt sah ich aus wie ein echter Piratenhund. In genau dem Moment entdeckte ich Flower. Mona hatte ihr ein ganz ähnliches Tuch umgebunden. Darüber hinaus hatte sie aber noch eine schwarze Augenklappe über ihrem rechten Auge. Das sah wirklich echt super aus, zumal sie ja blondes Fell hatte und somit ihre Augenklappe voll zur Geltung kam. Ich brauchte so eine Augenklappe absolut nicht. Schwarze Augenklappe auf schwarzem Fell – was soll ich sagen, außer – sinnbefreit.

Wohin ich auch schaute, überall liefen zwei- und vierbeinige Piraten herum. Ich konnte es kaum fassen, sogar Elfriede hatte einen Piratenbanner umgebunden. Schildkröten sehen ja oft eher emotionslos aus, aber Elfriede sah mehr als zufrieden aus. Eine Schildkrötenpiratin eben. Es waren aber auch Katzenpiraten, Meerschweinchen-Piraten und sogar ein Leguan-Pirat unterwegs. Es war einfach unglaublich. Und alle Menschen machten mit. Nicht nur unsere Mamas sahen aus wie waschechte Piratenbräute, Elfriedes Papa hatte sich einen coolen Bart schminken lassen und dazu noch eine fette Narbe auf der Backe. Es sah unglaublich echt aus, und wenn ich ihn nicht vor einer halben Stunde komplett ungeschminkt gesehen hätte, dann hätte ich ihn jetzt wegen seiner hässlichen Narbe bedauert.

Von allen Seiten war ein „Ahoi" zu vernehmen, der typische Gruß eines Piraten, sowohl bei einem Aufeinandertreffen als auch beim Abschied. Ahoi, ahoi, ahoi. Der Elfriede-Papa – mittlerweile kannte ich auch sein Namen - Manfredo - ging voll in seinem Piraten-Dasein auf. Er gab alles, wirklich alles. Nicht nur sein Outfit oder seine geschminkte Narbe, nein, er hatte sich auch noch ein Holzbein zugelegt. Das muss man sich mal vorstellen: er hatte schließlich zwei gesunde Beine. Es sah schon merkwürdig aus. Ein Bein hatte er sich nach hinten hochbinden lassen und genau an dem Knie war eine Art Holzbein befestigt. Dazu hatte er sich Krücken besorgt, mit denen er sich aber nur schwerlich bewegen konnte. Wenn jetzt seine heißgeliebte Elfriede wieder ausbüchsen würde, Manfredo hätte definitiv keine Chance sie einzuholen. Mannomann, er nahm das Piratenleben wirklich ernst.

Ich wollte gerade wieder zu Mama und Mona zurücklaufen, da sah ich Flower und – traute meinen Augen nicht. Das durfte doch jetzt nicht wahr sein. Die berüchtigte Piratin Flower – auch genannt Flower, the Power – hatte einen grünen Papagei auf ihrer Schulter sitzen. Das alles konnten nur noch Mama und Mona toppen. Während sich Mona ihr Bett in Form von einer zusammengerollten Hängematte auf den Rücken geschnallt hatte, schwenkte Mama wie eine Irre ihre Totenkopfflagge. Dazu hatten beide ein knallrotes Getränk in den Händen. Sah ein bisschen aus wie Blut, was es aber ganz bestimmt nicht war. Da war ich mir sicher. Erstes waren Piraten keine Kannibalen oder Bluttrinker und zweitens waren unsere Mamas Genussmenschen. Ich war mir ziemlich sicher, dass sich in ihren Gläsern irgendein abgefahrener Cocktail befand.

Aus den Augenwinkeln konnte ich noch einen Schäferhund wahrnehmen, der ebenfalls eine kleine Totenkopfflagge um sein linkes Ohr gebunden hatte und ein schwarzes Kaninchen mit Totenkopftuch thronte auf seinem Rücken. Und weil das immer noch nicht reichte, konnte ich am anderen Ende des Areals auch noch Findus mit Sienna und sogar Blablabla ausmachen. Die schneeweiße Blablabla hatte sich ein Totenkopftuch umgebunden und sich sogar einen rabenschwarzen Bart schminken lassen, während Findus und Sienna sich mit rot-weiß gestreiften Piratentüchern begnügt hatten. Es war ein verrückter Tag. Es waren Hunderte von Piraten unterwegs, auf zwei Beinen, mit zwei Flügeln oder auf vier Beinen. Papa und Micha trauten jedenfalls ihren Augen nicht, als wir wieder zu Hause ankamen und wir alle Vier in Vollausrüstung auf sie zustürmten. So hatten sie es sich wirklich nicht vorgestellt, als Mama und Mona ihnen mitgeteilt hatten, dass wir einen speziellen Tag auf dem Piratenspielplatz verbringen würden. Unsere Mamas hatten ihnen sogar noch zwei Gläser von diesen knallroten Getränken mitgebracht, aber die beiden lehnten dankend ab. Die beiden Frauen grinsten sich an und meinten nur: „Kein Problem, dann übernehmen wir." Ihr dürft in der Zwischenzeit unsere vierbeinigen Piraten wieder zu Hunden zurückverwandeln. Wir müssen noch unsere Piraten-Cocktails vernichten, bevor wir auch wieder zu menschlichen Gestalten werden.

Was für ein Nachmittag, toll, aber irgendwie auch wie ein Geburtstag oder wie Weihnachten – einmal im Jahr reicht…

*****

Der Waldspaziergang

Ich muss schon sagen, der Piratenspielplatz war ein riesengroßes Erlebnis gewesen, trotzdem brauchte ich jetzt erst einmal ein paar Tage mit gewohnter Routine. Es tat gut mit Papa und Micha die Sportplatzrunde zu laufen oder mit Mama und Mona zu unserer üblichen Hundewiese zu spazieren. Ich freute mich jedes Mal auf Freddy – den ich insgeheim auch Pfirsich nannte - und der auch sehr oft auf der Hundewiese zu finden war. Das war jedes Mal ein tolles Vergnügen. Wir rannten um die Wette, kugelten zusammen über die Wiese, spielten mit Bällen, wobei regelmäßig ein Ball sein Leben ließ. Luft raus, platt, unbrauchbar geworden, aber niemand störte es. Manchmal kickten wir auch mit den platten Bällen herum, was durchaus auch seinen Reiz hatte. Lustig war es auch immer, wenn unsere Mamas versuchten, und ich sage ausdrücklich versuchten, denn es ging ausnahmslos schief, Frisbees oder Bälle – oder noch besser platte Bälle - zu werfen. Wir schauten zwar immer genau hin, wo das jeweilige Teil wohl landen würde, aber sowohl Mona als auch Mama hatten so außergewöhnliche Wurftechniken, dass wir nie, wirklich nie ihre Wurfgeschosse fangen konnten. Ganz im Gegenteil, wir rannten in aller Regel in genau die andere Richtung. Mama und Mona wunderten sich jedes Mal und wir wunderten uns noch viel mehr. Es war egal, wir hatten trotzdem unseren Spaß und alle unsere Freunde auch.

Es waren mittlerweile ein paar Tage vergangen. Wir hatten uns wieder regeneriert, erinnerten uns nur zu gerne an den Piratentag, waren aber auch bereit zu neuen Abenteuern. Der Gedanke war kaum zu Ende gedacht, da kam Micha mit der Idee um die Ecke, wir könnten doch mal einen ausgedehnten Waldspaziergang machen. Ach nö, dachte ich mir, da muss ich ja an der Leine laufen, wo bleibt denn da der Spaß? Ich hatte nur „ausgedehnter Waldspaziergang" gehört und vor lauter Frust meine Schlappohren auf Durchzug gestellt. Häh, was ging denn jetzt ab. Flower tanzte wie eine Wilde um Micha herum und machte keinen Hehl aus ihrer Begeisterung. Was soll bitte schön an einem Waldspaziergang an der Leine sooo toll sein? Flower musste einen an der Waffel haben.

„Mann Five, hattest du Bohnen in den Ohren? Du hast aber so etwas von gar nichts gerafft." Flower war mehr als nur entrüstet. „Was findest du an einem Leinenspaziergang sooo interessant, dass du herumtobst wie eine Irre?" „Five, du hast rein gar nichts kapiert", stöhnte Flower. „Kein Leinenspaziergang, sondern richtig dichter Wald ohne Leine, sofern die Hunde erzogen sind, sprich auf Kommandos hören." Na ja, ich kannte die Kommandos, nur manchmal machte es eben keinen Spaß, sie zu befolgen, aber wenn ich leinenlos in dem Wald herumrennen durfte, dann würde ich vielleicht - mitunter – gegebenenfalls – auf die hoffentlich nicht kommenden Kommandos hören.

Das neue Abenteuer ließ auch gar nicht lange auf sich warten. Bereits am nächsten Tag sollte es losgehen. „Wir müssen etwas über eine Stunde fahren, dann gelangen wir zu einem Parkplatz. Von dort können wir starten." Alles klar. Das Einzige, was mich wunderte, war, warum Mama und Papa, Micha und Mona riesige Rucksäcke gepackt hatten. Wir wollten einen leinenlosen Waldspaziergang machen. Ein kleiner Rucksack mit ein paar Getränken, Wasser für uns und ein paar Snacks hätte durchaus gereicht. Was sollte also diese pompöse Ausstattung?

Micha sah Flowers und meine fragenden Augen und ließ dann endlich raus, was unsere Eltern wirklich geplant hatten. „Wir werden ein paar Stunden durch den Wald zu einer Hütte wandern, in der wir drei Tage bleiben werden." Yeah, jetzt machten auch die Rucksäcke Sinn. Es juckte in meinen Pfoten, ich konnte es kaum erwarten, bis es los ging. Flower ging es genauso. Eigentlich war sie die personifizierte Geduld, aber auch sie scharrte mit den Pfoten. Warum um alles in der Welt brauchen Menschen so lange, um vier Rucksäcke in einen Kofferraum zu packen? Unfassbar! Aber unsere Papas waren eben gute Planer und unsere Mamas perfekte Organisatorinnen. Sie dachten eben an alles und auch an alle noch so unwahrscheinliche Eventualitäten. Die Rucksäcke waren verstaut und wir sprangen nur zu gerne ins Auto um in unseren Hundeboxen Platz zu nehmen. Wir machten es uns bequem und tiefenentspannt ging es los.

Micha hatte recht gehabt, nach ungefähr einer Stunde steuerten Papa und Micha einen Parkplatz an. Wir durften unser „Gefängnis" verlassen und schauten uns neugierig um - hm, alles ganz unspektakulär. Bis jetzt wies absolut gar nichts auf ein Abenteuer hin, aber was nicht war, konnte ja noch werden. Unsere Eltern schnappten sich die Rucksäcke und machten ü-ber-haupt keine Anstalten uns an die Leine zu nehmen. „Five, Flower, Sunny, los geht's." Das ließen wie uns nicht zweimal sagen, schon tobten wir los, wobei man ehrlicherweise sagen musste, dass der sogenannte Waldweg alles andere als sensationell war. Eigentlich gar kein Waldweg, eher eine Schotterpiste. Oh oh, gar nicht gut für meine zarten Pfoten. Schon wollte ich mich umdrehen und Micha anblaffen, was er da für einen dämlichen Weg ausgesucht hatte, aber just in dem Augenblick verwandelte sich die Schotterpiste in einen angenehmen Waldweg, herrlich für meine Pfoten. Das Allerbeste aber war, dass wir ja gar nicht auf den Wegen bleiben mussten. Wir durften querfeldein beziehungsweise querwaldein düsen. Unsere Eltern trichterten uns zum wiederholten Male ein, dass wir bitte kein Wild jagen sollten, aber darauf hatten wir sowieso keinen Bock. Rehe und Hirsche waren deutlich größer als wir, das würde sowieso nur schief gehen. Mal so einem Langohr nur so zum Spaß hinterher zu rennen war eine Sache, aber einem Hirsch, ne ne ne, das ging gar nicht, und außerdem waren wir Hütehunde, keine Jagdhunde. Also – alles gut. Wir rasten die Hänge rauf und runter, sprangen über Wurzeln oder aufgeschichtetes Holz. Manchmal bekamen wir vor lauter Rennen und Rasen die Kurve auch nicht, dann landeten wir an einem Baumstamm und Flower machte einmal sogar die Bekanntschaft mit einem Ameisenhaufen. Sie sprang aber in Rekordgeschwindigkeit wieder auf die Füße, so dass weder der Ameisenhaufen Schaden nahm, noch dass sich die Krabbelviecher in Flowers Fell breit machen konnten.

Unsere Eltern liefen ungefähr zwei Stunden, wir natürlich auch, nur liefen wir mindestens die dreifache Distanz, bis wir an der Hütte ankamen. Uff, das hätte ich jetzt nicht erwartet, Hütte war maßlos untertrieben, das war ein richtig fettes Blockhaus. Fließendes Wasser gab es nicht, aber dafür einen Brunnen direkt auf der Lichtung, auf der die angebliche Hütte stand, und über einen Generator gab es sogar Strom. Ehrlich, das war mir alles schnurzegal, aber die Menschen waren da wohl etwas empfindlicher, besonders was gewisse „Örtlichkeiten" anging, aber auch in der Hinsicht war das Blockhaus mehr als komfortabel. Jedenfalls war niemand gezwungen, seine „Geschäftchen" im

Wald zu erledigen. Hmm, ich hatte damit so gar kein Problem, aber in der Beziehung waren Vierbeiner eben anders gepolt als Zweibeiner.

Mittags gab es nur ein paar kleine Snacks – auch für uns – die Mama und Mona bereits zu Hause vorbereitet hatten. Dafür gab es abends Würste, Steaks und Stockbrot vom Holzkohlengrill. Dazu hatten Mama und Mona noch einen Salat gezaubert – wie auch immer sie das hinbekommen hatten – der zwar köstlich roch, aber von dem wir wie üblich nichts abbekamen. War nicht schlimm, unsere Portionen waren heute etwas großzügiger, insofern gab es nichts zu meckern. Und Papa wäre nicht Papa gewesen, wenn er nicht für jeden von uns ein ordentliches ungewürztes Steak auf den Grill geschmissen hätte. Mein Papa, jepp!!!

Am nächsten Tag wollten unsere Eltern wandern gehen, bot sich im Wald ja auch geradezu an. Über das Ziel waren sich die Vier relativ schnell einig, nur über die Strecke nicht. Links rum, die etwas kleinere Strecke oder rechts rum die deutlich längere Strecke. Mama und Micha waren für die größere, Papa und Mona für die kürzere Runde. Es wurde demokratisch abgestimmt und am Ende stand es – wie hätte es anders sein sollen – unentschieden. Da half dann nur noch eine Münze zu werfen. Mama und Micha gewannen und somit war klar, die längere Strecke würde gelaufen. Ehrlich, es war mir schnurzpiepegal, ich rannte sowieso im Wald herum. Hach, ich liebte es. Und dann kam es, wie es kommen musste: die Vier kamen vom Weg ab und hatten keinen Plan mehr, welchen Weg sie einschlagen sollten. War schon klar, was kam: vier Menschen, vier Himmelsrichtungen und jeder wollte einen anderen Weg einschlagen. Sunny, Flower und ich schauten uns nur an, konnte man wirklich sooo dämlich sein? War doch klar, wo es lang geht. Papa schaute mich schließlich an: „Und, Five, hast du eine Idee, wie wir wieder zu unserer Hütte kommen?" Wuff, klar hatte ich die, Sunny und Flower leider auch und sie wollten genau entgegengesetzt laufen. Aber wie sagt man so schön: „Es führen immer mehrere Wege nach Rom." Wir wussten natürlich, dass beide Wege zurück zur Hütte führen würden, es ging nur noch darum, welcher Weg schneller war. Wir wetteten um den nächsten Kauknochen und dann liefen Sunny und Flower links rum und ich nahm den Weg in genau die entgegengesetzte Richtung. Mama fiel fast in Ohnmacht. Eigentlich völlig unverständlich, denn Mama hatte absolut keinen Orientierungssinn. Wenn sie mal die richtige Richtung einschlug, dann war das bestenfalls ein Zufallstreffer. Trotzdem, ich sah ihr an, dass sie es schier nicht fassen konnte, dass wir uns in komplett entgegengesetzter Richtung bewegten. Zum Glück hatten Micha, Mona und Papa die Situation erfasst und spielten nur noch eine Runde Ching-Chang-Chong wer wem folgen sollte. Papa und Mona liefen mir hinterher, während Micha und Mama den beiden Mädels folgten.

Tja, was soll ich sagen, Pech gehabt, oder was auch immer, jedenfalls kamen Sunny und Flower genau eine Minute vor uns an der Blockhütte an. Okay, Wettschulden sind Ehrenschulden und ich würde heute Abend selbstverständlich meinen Kauknochen an die beiden abtreten, aber dann geschah etwas absolut Außergewöhnliches: Mama weinte. Huch, was war denn passiert, was hatte ich nicht mitbekommen? Nix war passiert, Mamas Nerven lagen nur ein wenig blank. Sie hatte tatsächlich gedacht, dass wir auf Immer und Ewig im Wald verloren waren. Okay, Mama war toll, lieb, verständnisvoll, nur hatte sie keinen, absolut keinen Orientierungssinn. Darf ich mich beschweren? Nee, ganz und gar nicht! Mama war so glücklich, wieder an dem

Blockhaus zu sein, dass sie uns mit allen möglichen Köstlichkeiten geradezu überschüttete. Mini-Würstchen, ein hart gekochtes Ei, eine Scheibe Käse und noch einiges mehr. Einfach lecker. Danke Mama!

Am nächsten Tag wollte niemand mehr wandern gehen, Mama am allerwenigsten. Wir hatten alle geschlafen wie die Ratzmäuse und fanden uns erst am späten Vormittag zu einer Frühstücks-Brunch-Kombi ein. Das würde also ein entspannter Tag ohne viel Bewegung werden. Unsere Eltern kramten aus irgendeinem Winkel Liegestühle hervor und holten sich aus ihren Rucksäcken ein Buch oder eine Zeitschrift. Mama und Mona hatten natürlich sowohl eine Zeitschrift als auch ein Buch dabei. Außerdem zauberten sie auch noch Chipse, Flipse, Salamisticks, Käsewürfel und Brotgebäck hervor. Nicht schlecht, Herr Specht, die Vier wussten eindeutig, wie man lebte. Micha fand sogar noch eine Flasche Rotwein – tja, wie die wohl den Weg in seinen Rucksack gefunden hatte – unglaublich!!

Während also die komplette Mannschaft mehr oder weniger vor sich hin dödelte, verspürte ich doch einen gewissen Bewegungsdrang in mir drin. Ich gab Papa mit einem

kurzen „Wuff" Bescheid, dass ich mich auf Erkundungstour begeben würde. Er nickte mir kurz zu und bevor ich
überhaupt losrasen konnte, hatte er seine Nase bereits wieder in irgendeine Autozeitschrift versenkt. Was kümmerte
es mich, ich würde jetzt in aller Seelenruhe den Wald erkunden. Wege interessierten mich nicht. Ich konnte kreuz und
quer, über Wurzeln oder umgestürzte Bäume springen,
hach, der Wald gehörte mir. Ein Irrtum, ein ganz gewaltiger
böser böser Irrtum. Ich wusste, dass im Wald Ameisen lebten, auch Raupen und Borkenkäfer, selbst von Rehen und
Hirschen hatte ich gehört, aber die sollten angeblich sooo
scheu sein, dass man quasi keinen Kontakt zu ihnen bekam.
Was ich allerdings nicht wusste, war, dass im Wald auch
kleine – wie soll ich sagen – Steckdosen lebten. Ich war ja
auf einem Bauernhof geboren worden, insofern wusste ich,
wie Ferkelchen aussahen. Also, eine gewisse Ähnlichkeit
war schon da, aber diese kleinen Steckdosen waren weder
rosa noch hatten sie Ringelschwänzchen. Sie waren hell-
braun-weiß gestreift, und zwar vom Kopf bis zum nicht
vorhandenen Ringelschwanz und ihre Schnuffel waren
schwarz. Fünf Stück kamen auf mich zu, sie waren total zu-
traulich, nur neugierig und hatten offensichtlich Lust, mit

mir zu spielen. Na klar, bei einem Spiel war ich immer dabei, egal, ob es ein Wettrennen war, eine kleine Rauferei oder ein wildes Herumgehopse. Ich merkte relativ schnell, dass die kleinen gestreiften Steckdosen wohl gerade so ihrem Babyalter entwachsen waren, dementsprechend vorsichtig war ich auch. Ich ließ es zu, dass eines an meinem Ohr herumschlabberte, während zwei weitere auf mir herumhopsten. Die restlichen beiden schauten sich die Szene aus einer kurzen Distanz an und waren sich offensichtlich noch nicht so ganz sicher, ob sie da auch mitmischen sollten. Ich fand es cool und forderte die beiden Steckdosen auf, mitzuspielen. Letztendlich hatten wir einen Riesenspaß – alle miteinander. Wir stupsten uns mit unseren Schnauzen an, rollten und kugelten über den Waldboden und eine besonders vorwitzige Steckdose versuchte immer wieder meinen Schwanz zu schnappen, aber das ließ ich dann doch nicht zu. Das ging so lang gut, bis ich ein tiefes Grollen vernahm, ähnlich eines drohenden Gewitters. Habe ich schon erwähnt, dass ich nicht gerade der beste Freund von Gewittern war? Wir befanden uns zwar in einem dichten Wald, aber trotzdem blitzte immer wieder die Sonne hervor und ich konnte auch durch die dichten Baumkronen blauen Himmel wahrnehmen. Wo also kam jetzt dieses Gewitter her? Die Antwort erhielt ich schneller, als mir lieb war. Das Gewitter kam nicht von oben, sondern wälzte sich in Form eines schwarzen haarigen Monsters durch das Dickicht. Die kleinen Steckdosen freuten sich, da war wohl offensichtlich Verwandtschaft im Spiel, aber ich, ich freute mich weniger. Das „Gewitter" war riesengroß, hatte beeindruckende Eckzähne und war offensichtlich auf Krawall gebürstet. Buah, das war mir dann doch zu viel. Ich verabschiedete mich noch schnell von den fünf Schnuffelchen und wollte mich dann schnellstmöglich vom Acker, oder, wie in diesem Fall, vom Wald machen, aber da hatte ich die Rechnung wohl eindeutig ohne das schwarzhaarige Monster gemacht. Ich konnte zwar schnell rennen, aber das Steckdosenungetüm hatte eindeutig Heimrecht. Ich konnte nur hoffen, dass das Borstenvieh mehr an ihrem Nachwuchs als an mir interessiert war, aber offensichtlich hatte es vor, mich erst einmal ins Jenseits zu befördern. Ich hatte schlechte Karten, ganz schlechte Karten. Ich konnte nur hoffen, dass mein letztes Stündchen noch nicht geschlagen hatte. Ich rannte, was das Zeug hielt, über jeden Zweig und jede Wurzel, meine Lungen brannten, aber das Monstervieh blieb mir dicht auf den Fersen. Als ich gerade geglaubt hatte, es geschafft zu haben, versetzte mir das schwarze Borstenungetüm einen Tritt,

272

dass mir Hören und Sehen verging. Ich segelte mehrere Meter durch die Luft und rollte dann in Rekordgeschwindigkeit einen Abhang hinunter. „Tschüs, du schnöde Welt, es war so schön", und ich hätte noch so gerne mehr Zeit mit Papa und Mama, Mona und Micha und natürlich auch mit Flower und Sunny verbracht, aber dieses Monstrum wollte mich unbedingt vorzeitig in den Hundehimmel befördern. Ich sah mich schon an der Hundehimmelspforte, als ich unsanft von einem Brombeerstrauch gebremst wurde. „Uff", ich hatte das Zeitliche ganz eindeutig nicht gesegnet, was aber nicht bedeutete, dass es mir wirklich gut ging. Ganz im Gegenteil, mir tat jeder Knochen weh. Erst der Tritt von diesem Borstenvieh und dann die diversen Aufschläge während meines Abgangs auf Steinen, Wurzeln und Baumstämmen.

Ich blieb erschöpft liegen. So hatte ich mir den Ausflug in den Wald nicht vorgestellt. Ich stöhnte und jaulte, offensichtlich hatte ich mich auch noch an meiner rechten Hinterpfote verletzt, und das alles nur, weil die fünf Waldsteckdosen und ich ein bisschen Spaß hatten und ihre Mutter damit ganz und gar nicht einverstanden war. Uih, ich

musste in meinem desolaten Zustand auch noch zur Blockhütte laufen. Meine Orientierung sagte mir zwar, dass es
nicht allzu weit war, aber mir tat jeder Schritt weh. Ich
konnte mein Stöhnen nur schwerlich unterdrücken und –
ich weiß auch nicht wie – Papa hörte mich, fand mich und
trug mich zurück zur Blockhütte.

Mama war ganz aus dem Häuschen, als sie mich sah. Am
liebsten hätte sie mich in die nächste Tierklinik gebracht,
aber Papa blieb ganz entspannt: „Fressen, saufen, schlafen,
dann ist Five morgen fast wieder okay. Er wird morgen
höchstens noch ein paar kleine Schmerzen haben, die ihn
darin erinnern werden, sich von Frischlingen fernzuhalten.
Insofern – alles gut."

Mama war noch nicht wirklich überzeugt, aber ich bekam ein himmlisches Abendessen serviert, was den
Schmerz schon einmal deutlich linderte. Danach zog ich
mich zurück und schlief den gerechten Hundeschlaf, den
wirklich gerechten Hundeschlaf, der bis zum Brunch am
nächsten Tag dauerte. Ich war zwar immer noch nicht ganz
der Alte, aber immerhin ausgeschlafen und – wurde verwöhnt von vorne bis hinten und wieder zurück. Das ließ

mich meine Schmerzen doch glatt vergessen. Mama hatte mein normales Hundefutter mit einer Handvoll geriebenen Käse, zwei oder drei Löffel voll Speckwürfel und einem wachsweich gekochten Ei angereichert. Das drängte gewisse Blessuren doch glatt in den Hintergrund. Selbst Flower und Sunny wollten mich noch verhätscheln und vertätscheln, aber das war dann selbst mir zu viel des Guten.

Heute war ich derjenige, der sich nicht von der Blockhütte wegbewegte. Die anderen konnten machen, was sie wollten. Ich döste vor mich hin, hatte immer noch allerlei Leckerchen bekommen und hatte eindeutig meine Lektion gelernt: versuch nie – wirklich niemals – mit kleinen weißhellbraunen Steckdosen im Wald zu spielen. Die Reaktion von so einem monströsen schwarzen Borstenvieh kann wirklich traumatisch sein und die schlimmsten Albträume hervorrufen. Aber ich hatte zum Glück ja Mama und Papa. Papa, der mich rettete und Mama, die mich kulinarisch versorgte. Also – alles gut

*****

Uff – lauter Unfälle

Der Waldspaziergang, die Blockhütte und die gesteiften Steckdosen waren Geschichte. Es war wieder Ruhe in mein Leben eingekehrt, was ich durchaus genoss. Ein paar Tage lang einfach nur schlafen, fressen, sich knuddeln lassen, spazieren gehen, wieder vor sich hindösen, den einen oder anderen Snack verschmackofatzen und den lieben Gott einen guten Mann sein lassen. Das Leben könnte deutlich schlechter sein, war es aber nicht! Ich genoss die Runden mit Mama und Mona genauso wie das Gerenne mit Papa und Micha. Die beiden hatten tatsächlich ihre Fahrräder reaktiviert. Nicht, dass sie für die Tour de France oder den Giro d'Italia trainieren würden, nee nee, davon waren sie Lichtjahre entfernt. Mit ihrem Tritt in die Pedalen hätten sie noch nicht einmal den Hauch einer Chance das örtlichen Fahrradrennen zu gewinnen. Wollten sie ja auch gar nicht. Trotzdem waren sie natürlich schneller als Mama und Mona zu Fuß. Beides war gut und beides machte Laune. Mit Papa und Micha konnten Flower und ich rennen, ohne uns zu übernehmen und mit Mama und Mona liefen wir zur Hundewiese, wo wir zahlreiche Artgenossen trafen und jedes Mal den Spaß unseres Lebens hatten.

Meistens war Freddy - oder wie wir ihn inzwischen alle nur noch Pfirsich nannten – da. Außerdem trafen wir meistens auch noch Meryll, einen Langhaar Schäferhund. Er sah mehr als nur furchteinflößend aus, war aber der liebste Hund auf diesem Planeten. Und wenn Meryll auf der Hundewiese war, dann waren in aller Regel auch Lisa und Pups nicht weit. Lisa war eine schwarze Königspudeldame, die zwar etwas dämlich geschoren worden war, aber dafür konnte sie schließlich nichts, und Pups war ein Rottweiler. Naja , der Besitzer musste schon einen Schatten haben. Wie sonst konnte man es sich erklären, dass ein Rottweiler Pups hieß? Richtig! Gar nicht! Wer Pups sah ging automatisch drei Schritte zurück, dabei war Pups genauso mutig wie eine neugeborene Spitzmaus.

Wir waren eine gute Woche nicht mehr auf der Hundewiese gewesen, umso mehr freuten sich Flower und ich unsere Spielkameraden wiederzutreffen. Alle waren am Start, aber nicht nur unsere Freunde, nein, es waren auch Neuzugänge am Start, gleich drei an der Zahl. Als Meryll mir von den Neuzugängen erzählte, freute ich mich wie ein Schneekönig, als ich jedoch die drei sah, wurde mir

doch ein wenig mulmig. Nicht, dass es sich um Bestien ge-
handelt hätte, nein, im Gegenteil, eher um ausgewachsene
(!!!) Hunde in Meerschweinchengröße. Das allein war für
mich schon genug Herausforderung, aber die drei gaben
Töne von sich bei denen ich glatt einen Tinnitus bekommen könnte. Das Schlimme aber war, dass die drei nicht
nur quiekten, wie angestochene Schweinchen, selbst wenn
sie keine „Feindberührung" hatten, sie kläfften sich wirklich ohne Unterlass, und ich übertreibe wirklich nicht, die
Seele aus dem Hals. Nee, mit denen auf der Hundewiese,
war die Hundewiese nur noch der halbe Spaß, und dass
nicht nur, weil sie Müll für meine Ohren waren, sondern
weil die Wahrscheinlichkeit, sie niederzutrampeln doch
ziemlich hoch war. Nicht absichtlich, sondern einfach aus
dem Spiel heraus. Allein der Gedanke, eine von diesen
Tröten niederzuwalzen, sozusagen plattzumachen, ließ
mir meine Schlappohren zu Berge stehen. Ich wollte das
nicht, aber beim Raufen war alles möglich. Na ja, noch war
ich tiefenentspannt.

Leider nicht mehr lange. Es war ausgerechnet Flower,
die das nachfolgende Chaos auslöste. Dabei konnte man
ihr überhaupt keinen Vorwurf machen, sie hatte nur eine

von diesen kläffenden Kanalratten übersehen und hatte dafür gesorgt, dass dieses Miniwesen einen doppelten Salto rückwärts gemacht hatte. Was folgte war das Chaos pur. Der kleine Pseudohund kläffte noch mehr als ohnehin schon, die Besitzerin war so erschrocken, dass sie wie eine Verrückte an der Flexileine zog, Moment mal, warum war ein Hund auf der Hundewiese überhaupt angeleint? Das Ergebnis war, dass dieses Miniwesen wie eine Rakete durch die Luft schoss, kurz auf Meryll aufdoppste, um dann mit Megaschwung im benachbarten Ziegengehege zu landen. Das dazugehörige Frauchen hielt noch voller Entsetzen die abgerissene Flexileine in der Hand, nur um festzustellen, dass das Ende – sprich Hund -wegkatapultiert worden war. Auf der Hundewiese hatte sich ein spontanes Schweigen eingestellt. Während es auf der benachbarten Ziegenwiese aus dem Stand heraus eindeutig lauter zuging. Die Ziegenglocken wurden lauter und lauter, was eigentlich der eindeutige Beweis dafür war, dass die Ziegen in Bewegung waren – um es mal ganz milde auszudrücken.

Ziegen waren an und für sich friedliebende und entspannte Wesen, wenn allerdings eine Rakete in Form von einem Minihund in ihr Gehege geschossen wurde, dann wurden selbst die relaxten Ziegen zu Nackenfellsträubenden angriffslustigen Biestern, und allen voran der Ziegenbock mit dessen Hörnern niemand – wirklich niemand – Bekanntschaft machen wollte. Er hatte den Kopf gesenkt und lief zielstrebig auf die Kanalratte zu, währenddessen das Frauchen nicht nur die Luft anhielt, sondern schrie wie am Spieß, was die Sache nicht einfacher machte. Mittlerweile ruderte auch das zweite Frauchen wir eine Irre im Kreis herum und vergaß dabei, dass am Ende ihrer Leine noch ein lebendes Etwas hing. Es kam, wie es kommen musste: sie ließ die Leine los, die wiederum zusammenschnurrte, der Hund am Ende der Leine wurde mehr oder weniger ins Nirwana geschleudert während sich der Handgriff der Flexileine selbstständig machte und im hohen Bogen und mit viel zu viel Schwung direkt auf Mamas Auge landete. Ich konnte gar nicht so schnell schauen, wie ihr Auge nicht nur anschwoll, sondern sich auch in Sekundenschnelle ins Blaue verwandelte. Wenn das nur alles gewesen wäre…

Aber nein, wenn es richtig fett kommt, dann kommt es eben richtig fett! Die dämliche Flexileine hätte eigentlich zusammenschnurren sollen, sich in ihrem Gehäuse aufrollen, aber was machte dieses idiotische Ding: sie verhedderte sich genau um Monas Füße und der kleine Mini-Vierbeiner knallte mit voller Geschwindigkeit in ihre Kniekehle. Wenn die eigenen Füße gefesselt sind und ein Geschoss in der Kniekehle landet, dann ist man absolut chancenlos und es gibt wirklich nur noch eine einzige Richtung, in die man sich bewegen kann, nämlich abwärts. Ich sah Mona noch für den Bruchteil einer Sekunde in der Waagerechten, bevor sie der Länge nach hinknallte. War zwar unschön, aber auf einer Wiese sollte das eigentlich nicht so schlimm sein, aber heute hatten unsere Mamas das Pech gepachtet und ließen es einfach nicht los. Mona hatte sich im Flug gedreht und war mit ihrem Steißbein auf der wohl einzigen Wurzel auf der ganzen Hundewiese gelandet, stöhnte und verzog schmerzverzerrt das Gesicht. Uih, gar nicht gut, aber wenn sie stöhnte, dann lebte sie wenigstens noch. Trotzdem, so etwas Dämliches war hier noch nie passiert. Die kleinen Kanalratten konnten ja gar nichts dafür, aber ausgezogene Flexileinen waren auf einer Hundewiese, wo jeder mit jedem herumtobte einfach fehl am Platz. Ich war so auf Mama und Mona fixiert, dass ich das Geschehen am Rande nur zur Hälfte mitbekam. Flower und ich waren nicht die Einzigen, die sich so erschrocken hatten – Meryll auch! Meryll war zwar ein stattlicher Hund – Langhaar Schäferhund eben – aber eben auch noch sehr jung und unerfahren. Er konnte mit dem ganzen Chaos um sich herum überhaupt nicht umgehen und suchte schnellstens das Weite. Dabei rannte er weg vom Geschehen, schaute aber immer hinter sich, bis er mehr als nur unsanft ausgebremst wurde. Am Rande der Hundewiese gab es einen einzigen Laternenpfahl, und genau diesen erwischte Meryll volle Lotte. Es schepperte, dass ich schon dachte, gleich würde das Glas herausspringen, aber nichts geschah. Dafür war Meryll total ausgeknockt. Er lag auf der Wiese, streckte alle Viere von sich, die Zunge hing ihm halb aus dem Maul heraus und er gab keinen Pieps mehr von sich. Konnte das sein, war mein Freund wirklich tot? Schon sammelten sich Tränen in meinen Augenwinkeln, da vernahm ich von Meryll ein leichtes Stöhnen. Was soll ich sagen, es war ein wundervolles Geräusch. Er hatte sicher Schmerzen, aber er lebte und würde sicher wieder gesund werden.

In der Zwischenzeit hatten sich die anderen auch um den kleinen Hund gekümmert, der unfreiwillig im Ziegengehege gelandet war. Auch er war unversehrt wieder zu seinem Frauchen zurückgekehrt oder eher zurückgebracht worden, denn die beiden Besitzerinnen der beiden Minihunde waren außerstande auch nur irgendetwas auf die Reihe zu bekommen. Es war einfach unglaublich, was man mit Flexileinen anrichten konnte. Und – wie hätte es anders sein können – die, die das ganze Chaos ausgelöst hatten, waren natürlich unverletzt. Dagegen hatte Mama ein beeindruckendes Veilchen abbekommen, Mona war zwar wieder auf den Füßen, konnte aber nur unter Schmerzen herumhumpeln und auch Meryll sah zwischenzeitlich mehr wie ein langhaariges Einhorn, als ein Schäferhund aus.

Obwohl der Weg nach Hause wirklich nicht weit war, hatte jemand – keine Ahnung wer, Hauptsache dass – Micha verständigt, der auch bereits vor Ort war und Mona und Mama ins Auto half. Flower und ich sprangen einfach in den Kofferraum. Dieses Mal und für diese kurze Strecke musste es einfach einmal ohne Hundeboxen gehen. Micha fuhr ohnehin langsam und vorsichtig, um unseren beiden

Mamas nicht noch mehr Schmerzen zuzufügen. Zu Hause angekommen verzogen sich sowohl Mona als auch Mama mit diversen Kühle Packs bewaffnet auf ihre Sofas und waren für den Rest des Tages nicht mehr zu sehen. Uff, was soll ich sagen, sowohl Papa als auch Micha kümmerten sich rührend um unsere Mamas und beiden schwoll der Kamm, als sie hörten, wie das alles passiert war. Ich sah Papa sofort an, dass er – als Rechtsanwalt – die beiden Tussis am liebsten sofort und auf der Stelle verklagt hätte, aber Mama und Mona winkten ab. Der Steiß tat weh, das Auge war blitzeblau und Meryll hatte ein Einhorn, das seinesgleichen suchte.

Mona verbrachte die nächsten Tage an einem Stehtisch, - sie konnte sich einfach nicht setzen - Mama pflegte ihr Auge, dass jeden Tag in einer anderen Farbe schillerte und Merylls Horn bildete sich von Tag zu Tag auch zu einem Hörnchen zurück.

Wie nicht anders zu erwarten ließen sich die beiden Frauen mit ihren Mini-Hunden nie wieder auf unserer Hundewiese sehen. War wohl auch besser so….

*****

284

Tomatenernte

Der Sommer ging eindeutig seinem Ende entgegen, was einerseits bedeutete, dass der Herbst vorsichtig am Horizont winkte, aber andererseits auch bedeutete, dass es jetzt jede Menge Früchte und Gemüse zu ernten gab. Sowohl Micha und Mona, als auch Mama und Papa wohnten in einem zwei Personen Haushalt. Wenn auch unsere Papas durchaus „gute Esser" waren, verfressen waren sie nicht. Unsere Mamas liebten beide Gemüse, was ich durchaus verstehen konnte, was ich allerdings nicht verstand war, dass sowohl Micha als auch Papa – offenbar in einem Anfall geistiger Umnachtung – jeder zwischen dreißig und vierzig (!!!) Tomatenpflanzen gesetzt hatten und diese auch täglich liebevoll gewässert hatten. Leider hatten beide keine Ahnung von der Gärtnerei und so kam es wie es kommen musste: es endete in einer Tomatenschwemme. Gelbe, rote, orangene, sogar schwarze Tomaten wuchsen und gediehen, was das Zeug hielt. Es gab regelmäßig Tomaten mit Mozzarella zu essen, aber täglich, am besten sogar mehrmals täglich, wollte das niemand essen.

Neben den obligatorischen Tomatensaucen, die sowohl Mama als auch Mona in allen nur erdenklichen Variationen kochten, versuchte sich Mama an einem Tomatenkuchen, trocknete Tomaten im Backofen und bereitete Tomatenbutter zu während Mona sich sogar dazu hinreißen ließ, einen Tomatenlikör herzustellen. Daneben gab es Tomatenmarmelade, Tomatenschmalz – wahlweise mit oder ohne Rosmarin - und sogar Tomatenlikör.

Es war egal, was unsere Mamas auch versuchten, wir wurden von Tomaten geradezu überschwemmt. Mama und Mona überlegten ernsthaft, ob sie eine weitere Gefriertruhe für unsere Tomaten kaufen sollten, sozusagen eine Tomatengefriertruhe, aber das wäre dann doch vielleicht etwas zu viel des Guten gewesen. Auch unsere Nachbarn winkten mittlerweile dankend ab und Papa und Micha mussten einsehen, dass sie es mit ihren Anpflanzungen doch wohl ein kleines bisschen übertrieben hatten. Sie hatten sich zwar ums Pflanzen und um das Gießen gekümmert, hatten aber absolut keinen Schimmer, was sie mit der Ernte anfangen sollten. Beide hatten vom Kochen soviel Ahnung wie eine Kuh vom Seiltanzen, aber das hielt sie leider nicht davon ab, Mama und Mona Empfehlungen zu geben, was sie mit den Unmengen von Tomaten anfangen könnten. Sowohl Mama als auch Mona waren kurz vor dem Platzen und es fehlte definitiv nicht viel und es wären Tomaten geflogen – in allen Farben und in allen Größen…

Obwohl ich auch selbst gerne mal eine Cocktailtomate naschte – die gelben waren mir noch lieber als die roten – hatte ich mittlerweile auch keinen Appetit mehr auf dieses Gemüse. Und nicht nur ich – niemand mehr. Mensch Papas, warum musstet ihr auch sooo viele Tomaten anpflanzen? Na gut, unsere Papas hatten inzwischen auch ihren klitzekleinen Fehler erkannt, trotzdem blieb das Problem unserer Tomatenschwemme. Und niemand, wirklich niemand, hatte eine Idee, was man mit den vielen Tomaten anstellen könnte. Wir wollten sie ja verschenken, aber keiner wollte sie mehr haben, weil genau in diesem Jahr die Tomaten wuchsen wie verrückt und jeder unserer Nachbarn mit seinem eigenen Tomatenüberschuss zu kämpfen hatte. Es tat uns allen in der Seele weh, die Tomaten einfach so an den Sträuchern verkümmern zu lassen, aber sowohl Mona als auch Mama hatten bereits Tomatensauce für die nächsten drei Jahre gekocht. Es widerstrebte uns allen, Nahrungsmittel wegzuschmeißen oder nicht zu nutzen und wir suchten verzweifelt nach Lösungen für unsere Tomatenschwemme, bis uns das Schicksal sozusagen die Lösung auf dem Servierteller präsentierte. Quasi über Nacht hatten unsere Tomatenstöcke alle miteinander eine Krankheit bekommen und die an den Tomatenstöcken restlichen hängenden Tomaten hatten so eine Art Sommersprossen bekommen. Die Sommersprossen sahen nur komisch aus, änderten aber zunächst nichts an dem tollen Tomatengeschmack, aber die Tomatenkrankheit… sorgte tatsächlich dafür, dass die Tomaten von heute auf morgen quasi ungenießbar wurden, bitter, bäh, ekelhaft. Es änderte aber trotzdem nichts daran, dass noch megaviele Tomaten an den Stöcken hingen, und dann hatten unsere Mamas mal wieder eine gigantische Idee. Eine Tomatenschlacht, und zwar vom Feinsten. Unsere Mamas hatten nicht nur supercoole Ideen, sie waren auch wahre Organisationstalente. Sie warfen nie mit Lebensmitteln um sich, aber mit ungenießbaren Lebensmitteln… das war eine ganz andere Sache.

Die Straße, in der wir wohnten, war nicht besonders lang, insofern kannte jeder jeden und niemand, wirklich niemand, wollte noch Tomaten essen, egal in welcher Form auch immer. Mama warf den Gedanken mit der Tomaten-schlacht in den Raum und jeder – ausnahmslos jeder – war begeistert und wollte mitmachen. Gäste waren willkom-men, schließlich stand ja genug „Material" zur Verfügung. In unserem Fall hieß das, dass die vier P's - Piff, Paff, Puff und Peng – sowie die drei Tantchen, Nelly, Peggy und Friedlinde eingeladen wurden. Keiner war sich zu schade und niemand wollte sich diesen Spaß entgehen lassen.

Darüber hinaus organisierten Mama und Mona auch noch ein Buffet, zu dem jeder etwas beisteuern sollte. Ein-zige Bedingung war – keine Tomaten! Es gab jede Menge Fingerfood, so dass man sich schnell etwas greifen konnte und sich gleich wieder in die Schlacht stürzen konnte.

Hach ja, es gab noch eine Bedingung, die hatte sich Mi-cha einfallen lassen. Sie war genial, einfach nur genial, auch wenn Sunny und ich sie nicht erfüllen konnten, Flower e-her. Alle Beteiligten sollten weißgekleidet erscheinen. Den Spaß, ließ sich niemand nehmen. Die vier P's und die Tant-chen erschienen fast zeitgleich und Papa zeigte ihnen, wo sie ihre „Wurfgeschosse" ernten konnten. Wir hatten uns schon diverse Körbe gerichtet. Es gab eigentlich keine Spiel-regeln, außer niemandem ins Gesicht zu werfen. Es sollte auch keine Gewinner oder Verlierer geben, sondern das Ziel war, größtmöglichst eingesaut zu sein. Man sollte nach der Schlacht aussehen wie eine Riesentomate. Na, das sollte ja kein Problem sein…

Die Tantchen hatten sich extra weiße Kleider angezogen, die P's kamen ganz klassisch mit weißen Jeans und T-Shirts, unsere Mamas trugen weiße Capri Hosen und sogar weiße Espadrilles und unsere Papas hatten sich in weiße Cargo Hosen und Poloshirts geschmissen. Die Schlacht konnte be-ginnen. Wir hatten uns alle einen Korb mit „Wurfgeschos-sen" gerichtet, damit wir nicht unnötig Zeit mit der Ernte vergeuden mussten. Mona gab das Startsignal, Piff fing an und schon hatte Mona einen roten Fleck auf dem Hintern. Sie revanchierte sich umgehend, traf aber Puff mit einer fet-ten Fleischtomate auf der Brust. Nelly und Friedlinde beka-men auch noch ein paar Spritzer ab. Von nun ab gab es kein Halten mehr. Das Motto war, jeder gegen jeden, egal, ob Zwei- oder Vierbeiner. Die Treffsicherheit von Mama und Mona war allen bekannt, nur war es in dem Fall so, dass sie

z. B. Peng treffen wollten, Micha aber die volle Ladung ab-
bekam. Obwohl ausdrücklich gesagt worden war, dass wir
nicht ins Gesicht werfen sollten, also eigentlich gar nicht auf
den Kopf, hatte Papa Tomatenstückchen in den Haaren und
von seinem Ohr tropfte Tomatenbrühe. Er nahm es nicht
krumm, aber sowohl Mama als auch Mona bekamen eine
ordentliche Ladung ab, denn die beiden Papas waren absolut treffsicher. Da uns sowohl rote, gelbe, orangene und sogar schwarze Tomaten zur Verfügung standen, sahen unsere Outfits innerhalb kürzester Zeit doch sehr – bunt – aus.
Uih, was für ein Spaß und keiner hatte ein schlechtes Gewissen, da unsere Wurfgeschosse definitiv ekelhaft
schmeckten, einfach ungenießbar waren.

Thaddäus – unser Nachbar mit einem Hang zu viel zu
scharfen Essen – trug ein weißes Basecap, an dem nun der
Tomatensaft heruntertropfte. Offensichtlich auch ein Werk
von Mama oder Mona. Er sah aber äußerst zufrieden aus,
insbesondere weil er gerade einen Treffer auf Peggys Kleid
gelandet hatte. Was soll ich sagen, es dauerte nur eine gute
halbe Stunde und die Tomatenschwemme war beseitigt.
Klar, Vorgärten, die Straße und die Fassaden hatten auch so

einiges abbekommen, aber nichts, was ein ordentlicher Regenschauer oder ein Gartenschlauch nicht beseitigen konnte. Keiner war sauber geblieben, aber das war ja auch der Zweck der Übung gewesen. Jeder sah verdreckt, aber glücklich und zufrieden aus und man sah der ganzen Mannschaft an, wie viel Spaß die Tomatenschlacht gemacht hatte.

Mama und Mona hatten in weiser Voraussicht das Buffet so aufgebaut, dass es durch unsere Wurfgeschosse nicht vermatscht werden konnte. Sehr gut! Und wie immer befand sich etwas auf der wohlgefüllten Tafel, das irgendetwas mit Vierbeinern zu tun hatte . Dieses Mal war es „Kalter Hund". Also, nicht erschrecken, es handelt sich dabei nicht um gebratenen oder geschmorten Hund, der dann in erkaltetem Zustand aufgeschnitten wurde. „Kalter Hund" war - einfach unglaublich – eine Süßspeise., eher eine Kalorienbombe. Kekse und Schokoladencreme wurden in mindestens sieben bis acht Schichten übereinander getürmt. War natürlich wieder einmal keine artgerechte Ernährung, aber ich war fast sicher, dass Papa mir ein kleines Versucherchen zuschieben würde. Bei Süßspeisen kannte er nämlich auch keine Gnade. Nur noch so ganz nebenbei, der „Kalte Hund" wurde in machen Gegenden auch „Kalter Igel" genannt. Wenn Hugo das wüsste…

Wir wollten uns gerade zu unserem Buffet zurückziehen, das wirklich noch von niemandem angerührt worden war, da kam ein mir nur allzu bekanntes Gesicht um die Ecke: Felix, der Reporter. Er musste wohl von irgendwoher Wind von unserer geplanten Tomatenschlacht bekommen haben und wollte sich das keinesfalls entgehen lassen. Hätte ich an seiner Stelle auch nicht. Schon zückte er seinen Fotoapparat, aber bevor er abdrücken konnte, zielte ich, und – tatsächlich – mein allerletztes Wurfgeschoss – eine dicke fette überreife Fleischtomate - traf ihn mitten auf der Brust. Er trug zwar kein weißes, sondern nur ein hellblaues T-Shirt, aber es hatte nun eindeutig einen riesigen Tomatenfleck. Erst war er regelrecht entsetzt, aber dann lachte er schallend. Noch Stunden später saß er zwischen Puff und Friedlinde und amüsierte sich köstlich. Klar, hatte er zuvor noch Fotos von der ganzen Mannschaft geschossen, sich die Idee zu dieser außergewöhnlichen Schlacht erklären lassen und wieder einmal befand ich mich am nächsten Tag auf der Titelseite unseres örtlichen Tagblattes. Zum Glück dieses Mal nicht allein, sondern zusammen mit allen Teilnehmern unserer kleinen Tomatenschlacht.

*****

Das Waldschwimmbad

Mama kam stöhnend aus dem Haus. „Mann bin ich froh, die Hundstage sind endlich vorbei." Was, musste ich mir Sorgen machen? Was soll das heißen, die Hundstage sind vorbei, außerdem heißt es nicht Hundstage, sondern Hundetage. Wurde ich ausquartiert? Musste ich mir ein neues Zuhause suchen? Wollten mich Papa und Mama nicht mehr? Was hatte ich falsch gemacht? Mama schaute mich völlig verdattert an. „Also, Five, erstens hast du nichts falsch gemacht, zweitens, bleibst du natürlich bei uns und drittens heißt es Hundstage und nicht Hundetage. Als Hundstage bezeichnet man die Zeit, in der das Sternbild des Sirius – des großen Hundes – am Himmel erscheint und für ungefähr einen Monat bleibt, und zwar in der normalerweise heißesten Zeit des Jahres. Alles klar???" Uff, das war ja mal eine Ansage, aber Mama hatte recht, der Sommer verabschiedete sich so langsam und der Herbst winkte schon am Horizont. Die Tage waren bereits deutlich kürzer geworden und es war auch tagsüber nicht mehr heiß, höchstens noch angenehm warm. Für mich kein Problem, denn ich war ohnehin ein Kältehund. Unsere Papas liefen auch noch tiefenentspannt in ihren T-Shirts herum, aber unsere

Mamas – die beiden Frierhutzeln – verließen ohne Pullover oder Jacke nicht mehr das Haus. Trotzdem gingen sie weiterhin noch ins Schwimmbad, aber das war ja beheizt. Sie mussten dann nur die kurze Distanz von der Umkleidekabine bis zur Dusche und dann zum Becken überwinden. Woher ich das weiß? Das hatten sie oft genug erzählt. Das Schwimmbad lag malerisch am Waldrand, deswegen hieß es auch Waldschwimmbad, aber ich hatte das Gelände immer nur von außen betrachten dürfen, da Vierbeiner der Zutritt verwehrt wurde.

Mama erzählte dann eine Geschichte, bei der wir uns schier wegschmissen vor Lachen. Mama und Mona zogen ihre Bahnen im großen 50 Meter Becken, als sich nebenan im Nichtschwimmerbecken ein Entenpärchen niederließ. Es war ein relativ kühler Tag, so dass sich nur wenige Personen – keine Kinder – im besagten Becken befanden. Die meisten Menschen schmunzelten, fanden es witzig zusammen mit Enten zu baden und wunderten sich höchstens, dass sich die Enten tatsächlich in einem gechlorten Schwimmbad niedergelassen hatten. Tja, aber merkwürdige Zeitgenossen gab es leider immer und überall. Da beschwerte sich doch tatsächlich eine Frau lautstark, dass die

Enten im Schwimmbad nichts zu suchen hätten, das sei hoch unhygienisch und absolut inakzeptabel. Uih uih uih, da sollte doch mal jemand nachdenken bevor er große Töne spuckte. Papa erzählte mal, warum er nicht das Schwimmbad besuchte. Es waren nicht die Enten, die für mangelnde Hygiene verantwortlich waren, das schafften die Menschen schon selbst. Er redete dabei nicht von den Mini-Menschen, nein nein, er sprach von den erwachsenen Menschen, denen oft der Weg zu gewissen Örtlichkeiten zu weit war und sie sich lieber ins Schwimmbecken entleerten. Bäh, wie eklig war das denn? Auch wenn durch die riesige Wassermenge im Schwimmbad das betreffende Übel ziemlich verdünnt wurde, eklig blieb es trotzdem. Zudem gab es sicher nicht nur einen Menschen, dem der Weg zu den „Örtlichkeiten" zu weit war...

Insofern konnte ich meinen Papa nur zu gut verstehen, der auf dieses Wassergemisch dankend verzichtete.

Und dann war da immer noch diese Frau, die sich weiterhin lautstark beschwerte und nach dem Bademeister rief, um endlich das Entenpärchen entfernen zu lassen. Offensichtlich hatten die Enten auch ihren Spaß. Sie flogen einfach davon, nur um zwei Minuten später wieder im Nichtschwimmerbecken zu landen. Die Frau mutierte mittlerweile zur Furie und verlangte ihr Eintrittsgeld zurück, und das alles nur wegen eines Entenpärchens. Der Bademeister war mit der Situation wohl etwas überfordert, aber ein anderer Badegast reagierte spontan: „Ich zahle Ihnen den dreifachen Eintrittspreis zurück, wenn Sie dann dieses Schwimmbad niemals mehr betreten." Puterrot und leise vor sich hin fluchend verließ die Frau das Schwimmbad und wurde auch niemals mehr gesehen. Die Enten hatten eindeutig gewonnen. Quak quak quak…

Mama hatte die Geschichte so brillant beschrieben, dass wir uns alle kugelten vor Lachen. Hach, da wäre ich gerne dabei gewesen. Und dann kam Mona mit einer neuen Info herum, die uns Vierbeiner alle sprachlos werden ließ. Wie gesagt, der Sommer ging und der Herbst kam, und das mit Riesenschritten. Das Waldschwimmbad würde nach dem nächsten Wochenende geschlossen werden und erst zur nächsten Saison im Frühjahr wieder öffnen. Aus diesem Grund waren am letzten Wochenende alle willkommen, Menschen und Tiere, und das bei freiem Eintritt. Wer sich also traute mit einem Vierbeiner im Becken zu paddeln, der war mehr als nur erwünscht und wenn dann ein Vier- oder auch Zweibeiner sich ins Schwimmbecken entleeren sollte, wäre das auch nicht schlimm. An diesem Wochenende war praktisch alles erlaubt…

Der große Familienrat bestehend aus den Mamas und den Papas tagte und das Ergebnis war mir eigentlich auch vorher schon klar, nur nicht in dieser Form. Wir würden uns den Spaß am letzten Wochenende im Waldschwimmbad auf gar keinen Fall entgehen lassen. Selbst Micha und Papa redeten nicht über Hygiene, sondern nur über einen Mordsspass, auf den sie sich freuten. Kein Thema, Sunny, Flower und ich waren aber auch am Start, aber das, was mich am meisten überraschte war, dass auch Findus und seine Freundin Sienna, Blablabla und sogar unser Hausigel Hugo mit am Start sein sollten. Uih, das konnte ja heiter werden. Eigentlich waren Katzen und Wasser ja eigentlich ein Widerspruch in sich, aber Igel… Meines Wissens waren Igel nachtaktiv und meine erste Begegnung mit Hugo fand auch definitiv mitten in der Nacht statt. Offensichtlich wollte unser Hausigel sich den Spaß aber nicht entgehen lassen. Ging das überhaupt, denn die Frage schlechthin war ja, konnten Igel eigentlich schwimmen? Sie konnten, wenn auch nicht lang und ausdauernd. Auch wenn wir nach wie vor nicht die größten Freunde waren, aber ich würde auf jeden Fall auf ihn aufpassen, dass ihm nichts passierte. Und ich war natürlich auch gespannt, wie sich ein Igel, das Wasser aus den Stacheln schütteln würde.

Endlich Wochenende und endlich ging es los. Mama hatte einen Picknickkorb für die Zweibeiner gepackt und Mona das gleiche, nur für diverse Vierbeiner. Wir waren schon eine illustre Gesellschaft, die da Richtung Waldschwimmbad loszog. Mal überlegen, vier Menschen, drei Hunde, drei Katzen und ein Igel. Uff, allein die Mischung versprach schon jede Menge Spaß.

So ein richtig wasserfreudiger Hund war ich ja nun auch nicht. Insofern testete ich das Nass durchaus vorsichtig mit nur einer Vorderpfote. Flower war da ein ganz anderes Kaliber. Sie schoss schnurgerade auf die Wasserrutsche zu, ließ sich heruntergleiten, um dann auch noch mit einem Salto im Becken zu landen. Ich staunte Bauklötze, das war mal eine Leistung. Ich war immer noch dabei, mich an das Nass zu gewöhnen, da sah ich doch tatsächlich wie Findus,

Sienna und Blablabla eine Kette bildeten und auch die Rutsche hinunterglitten, nee, nicht glitten, sondern mit Schwung herunterschlidderten, um dann kopfüber ins Becken einzutauchen. Wow, das waren Katzen, wasserscheue Katzen, und ich stand immer noch am Becken und hatte meine Vorderpfote immer noch nur halb ins Tauchbecken gesteckt. Na ja, zuschauen macht ja auch Spaß, aber dann erlitt ich innerhalb einer Sekunde, oder auch zwei, einen halben Herzstillstand. Hugo hatte sich zum Kinderplanschbecken aufgemacht, in dem sich auch eine Wasserrutsche befand, nur eben Kleinkindgerechter, also kleiner, aber für einen Igel immerhin noch so groß wie eine Raketenabschussrampe. Er stand da oben und dann ließ er sich einfach fallen. Wusste er überhaupt, ob er schwimmen konnte. Das Becken war zwar nicht tief, aber für einen Igel absolut zu tief. Ich machte zwei drei Sätze und landete mit einem Riesenplatsch mitten im Kinderplanschbecken. Ich wurde zwar von einigen Zwei- und Vierbeinern irritiert angeschaut, aber das war mir in diesem Augenblick völlig egal. Genau in diesem Moment kam Hugo die Rutsche herabgeschossen und landete mit Karacho im Kinderplanschbecken. Er tauchte ab und als er wiederauftauchte, war nur eine stachelige Kugel zu sehen. Er paddelte mit seinen kleinen Füßchen und mit seinem Stummelschwänzchen und ich war mir absolut nicht sicher, ob er es ohne Hilfe aus dem Becken herausschaffen würde. Ich wartete das Ergebnis gar nicht erst ab, sprang ins Becken, tauchte nur kurz unter, um für Hugo sozusagen eine Insel zu bilden. Er ließ sich auf meinem Rücken nieder und gemeinsam verließen wir das Kinderplanschbecken. Leider bekam ich nicht mit, ob und wie er sich das Wasser aus seinen Stacheln schüttelte. War auch egal. Hugo hatte jedenfalls erst einmal wieder festen Boden unter seinen Pfötchen, also auf meinen Rücken. Zusammen verließen wir das Becken, er krabbelte von meinem Rücken herunter und ich schüttelte mir das Wasser aus dem Fell. Hugo drehte sich zu mir um, sah mich dankbar an – offensichtlich hatte er seine Rutschpartie doch unterschätzt – und gab mir High five. Das muss man sich einmal vorstellen. Ein nachtaktiver Igel und ein tagaktiver mittelgroßer Hund gaben sich High five. Hugo streckte sich so gut er konnte und ich machte mich möglichst klein und – was soll ich sagen – ein Igel und ein Hund bekamen ein High five hin.

Hugo begab sich erst einmal zu unserer Decke und kroch unter ein Handtuch – nachtaktiv eben. Ihm war alles zu hell. Währenddessen schaute ich mich um und glaubte zu träumen. Das durfte doch wohl nicht wahr sein: auf dem Einser-Sprungbrett standen ganz vorne Findus, Sienna und Blablabla und Flower stand hinten und wippte, was das Zeug hielt. Jetzt lief sie nach vorne, sprang noch einmal kräftig auf das Sprungbrett und alle Vier wurden in alle Himmelsrichtungen in die Luft katapultiert bis sie zwei Sekunden später - alle Vier - mit lautem Platsch im Becken landeten. Hoffentlich war das gut gegangen. Sicherheitshalber begab ich mich mal gleich zum Beckenrand, um gegebenenfalls helfen zu können, aber das war gar nicht nötig. Die Vier tauchten zeitgleich wieder auf und wenn ich es nicht besser wusste, würde ich sagen, sie lachten aus voller Kehle. Na, jedenfalls hatten sie den Spaß ihres Lebens. Sag noch einmal einer, Katzen seien wasserscheu...

Unsere Eltern stürzten sich aber ebenfalls ins nasse Vergnügen. Von unhygienisch war keine Rede mehr. Alle standen oben auf dem Drei-Meter-Turm. Zuerst sprangen die Mamas mit einem eleganten Kopfsprung ins Becken, und dann kamen unsere Papas. Zeitgleich sprangen sie ab und legten Arschbomben hin, dass das Wasser nur so aus dem Becken spritzte. Uff, hoffentlich war jetzt noch genug Wasser im Becken. Ich selbst hatte am Beckenrand stehend auch eine ordentliche Ladung abbekommen. Okay, ich hatte mich zwar nicht ins Getümmel gestürzt, aber nass war ich trotzdem, und das bis auf die Haut. Also, wenn ich schon nass war, dann könnte ich ja auch einmal versuchen. Todesmutig sprang ich ins kühle Nass, nur um gleich zu merken, das war nicht mein Ding. So schnell wie möglich verließ ich das ekelhafte Nass und wollte mich umgehend zu unserer Decke begeben. Aus den Augenwinkeln sah ich gerade noch so, wie ein Eichhörnchen-Pärchen am Beckenrand herumsprang, zwei Wasserschildkröten sich im Becken tummelten und sogar ein Leguan ganz gemächlich seine Bahnen zog. Uff, hier war wirklich so alles vertreten, was die Tierwelt zu bieten hatte. Ich war so fasziniert, dass ich gar nicht mitbekommen hatte, wie sich meine gesamte Familie bereits auf der Decke niedergelassen hatte. Boah, ich war der Letzte. Alle anderen hatten es sich bereits bequem gemacht und waren bereits am Futtern. Mist, was hatte ich denn da verpasst? Hugo schmatzte unter seinem Handtuch, Findus, Sienna und Blablabla hatten ein üppiges Katzenmenü vor sich stehen, Flower und Sunny genossen diverse

Köstlichkeiten und unsere Mamas und Papas hatten sowieso lauter leckere Sachen vor sich stehen. Hey, ich wollte auch noch etwas abbekommen, aber erstens waren Sunny und Flower nicht so verfressen, dass sie mir gar nichts mehr übriglassen würden und zweitens hatte Mama immer noch einen kleinen „Nachschub" in der Tasche. Hach, was soll ich sagen, der Ausflug ins Waldschwimmbad war genial. Flower, Sunny und ich wurden zu Hause zwar noch einmal abgeduscht, aber das war wirklich kein Übel. Dafür durften wir schließlich – zusätzlich zu unserem normalen Abendessen – den restlichen „Nachschub" vertilgen. Wasser war zwar nicht so mein Element, aber diesen Ausflug ins Waldschwimmbad würde ich mir nächstes Jahr -zum Saisonabschluss – auf gar keinen Fall entgehen lassen...

*****

Gewitter

Es war nicht zu leugnen, der Herbst hatte sich mit Riesenschritten breit gemacht und nicht nur das, er schickte auch echt fiese Stürme ins Land. Mal blies es derart, dass meine Schlappohren herumwirbelten wie Rotorenblätter, dann wurde ich von diesen echt blöden Winden sozusagen von meinem eigenen Schwanz überholt, ich kann nur sagen – echt doof! Nee, der Herbst war echt nicht so mein Ding. Die Bäume sahen zwar toll aus, das Laub leuchtete in allen nur erdenklichen Farben, aber es gab auch diese fiesen Herbststürme, und nicht nur diese, sondern auch Gewitter, und die mit allem Drum und Dran. Sie tauchten wie aus dem Nichts auf, das Grollen war immer nur – dachte ich jedenfalls – in der Ferne zu hören, aber innerhalb von wenigen Minuten waren Papa und ich mehr als nur pitschnass geworden, und dann war es wieder vorbei. Zu Hause angekommen rubbelte mich Papa trocken, wobei jedes Mal mindestens zwei Badehandtücher nötig waren, zog sich dann selbst trockene Klamotten an, nur um bei der nächsten Runde wieder „gesegnet" zu werden. Manchmal hat man Glück und manchmal hat man Pech. Die Spaziergänge mit Mama verliefen meistens trocken, aber sobald ich mit Papa

unterwegs war, wurden wir regelmäßig vom Regen ge-
küsst.

Es war mal wieder einer dieser speziellen Nachmittage,
der Himmel schillerte in allen nur erdenklichen – vorzugsweise grauen – Farben und irgendetwas, was ich nicht be-
nennen konnte, lag in der Luft. Es war nichts mehr zu hören, und ich hatte wirklich sehr gute Ohren. Kein
Vogelgezwitscher, kein Eichhörnchenrascheln, alle Katzen
hatten sich verzogen, es waren noch nicht einmal mehr Fliegen oder andere Insekten zu sehen. Totenstille! Hm, war
das ein gutes Zeichen, wohl eher nicht! Ich konnte es nicht
erklären, aber eigentlich fühlte ich mich eher unwohl. Ich
war mit Papa die Sportplatz-Runde gelaufen, hatte mich
„entleeren" können, Mama hatte mir eine Schüssel mit le-
ckerem Futter in mein Häuschen gestellt, und trotzdem –
irgendetwas war anders, einfach komisch. Ich hatte noch
nicht einmal angefangen zu fressen, da kam Sunny vorbei:
„Los Five, wir sprinten ins Haus, gleich geht es los." Häh,
was sollte losgehen? Ich hatte Hunger und wollte erst einmal genüsslich meine Schüssel leeren. So viel Zeit sollte eigentlich sein, aber Sunny blaffte mich an, dass wir jetzt sofort und auf der Stelle Richtung Haus lossprinten mussten.

Die ersten dicken Regentropfen fielen bereits, als wir nach unserem kurzen Sprint das Haus erreichten. Micha, Mona und Flower kamen auch zu uns herübergerannt, aber sie schafften es nicht mehr. Auf den letzten zwanzig Metern wurden sie mehr als nur geduscht. Glücklicherweise konnten sowohl Mama als auch Papa mit frischer trockener Kleidung aushelfen. Micha hatte sich von Papa eine bequeme Jogginghose und ein Sweatshirt „ausgeliehen" und Mona trug eine Leggings und ebenfalls ein Sweatshirt, nur dieses Mal von Mama. Wie gut, dass man die gleichen Größen hatte… Okay, Mama und Papa nicht unbedingt, dafür aber Mama und Mona und Micha und Papa, praktisch!

Derart ausgerüstet saßen wir alle miteinander auf der Terrasse und harrten der Dinge, die da kommen würden. Noch lachten die Zweibeiner, wir Vierbeiner lachten schon lange nicht mehr, uns sträubte sich schon das Nackenfell, da kam etwas, nichts Kleines, etwas ganz und gar Gewaltiges auf uns zu. Und dann ging es auch schon los. Als hätte der Himmel seine Schleusen geöffnet prasselte der Regen auf uns nieder. Wir befanden uns zum Glück auf unserer überdachten Terrasse, bis irgendjemand rief: „Hugo." Uff, an den kleinen Igel hatte niemand gedacht. Der Regen schoss wie ein kleiner Fluss direkt durch Hugos bevorzugtes Gebiet. Papa sprintete los, denn er kannte Hugos Verstecke am besten. Trotzdem dauerte es eine gefühlte Ewigkeit bis Papa mit einem zitterndem und durchnässten Hugo wiederauftauchte. Die kleine Stachelkugel zitterte an Leib und Seele und offensichtlich wusste nur Papa, wo vorne und hinten war. Mama kümmerte sich um Hugo – konnte man dieses Stachelwesen eigentlich trocken rubbeln - und Papa ging wieder duschen und tauschte nasse gegen trockene Kleidung aus.

Kurze Zeit später saßen wir alle – vier Menschen, drei Hunde und ein Igel – eigentlich tiefenentspannt und irgendwie doch nicht - auf unserer überdachten Terrasse und schauten uns das Naturspektakel an. Dabei hatten wir alle eine kulinarische Köstlichkeit vor uns stehen, aber niemand, wirklich niemand, konnte sie genießen, weil jeder merkte, dass irgendetwas im Busch war. Der Regen prasselte immer stärker auf das Terrassendach, zudem war noch ein unangenehmer Wind aufgekommen, so dass wir einstimmig beschlossen hatten, ins Innere unseres Hauses umzuziehen.

Wir waren gerade im Wohnzimmer angekommen, Papa hatte die Terrassentür geschlossen, als ich ein kleines klägliches Maunzen vernahm. Die Menschen hatten nicht so ein geniales Gehör, zudem hatte sich der Wind zu einem extremen Geheul entwickelt, aber ich vernahm ein kleines Winseln – und Sunny und Flower ging es ebenso. Wie von der Tarantel gestochen waren wir aufgesprungen und direkt an die Terrassentür gerast. Mama wollte uns gerade anfahren, ob wir noch ganz „knusper" seien, aber da vernahmen auch die Menschen ein Geräusch, was da nicht hingehörte. Mama sprang auf und öffnete ohne zu zögern die Terrassentür. Zunächst konnte man nichts erkennen, aber dann erkannten wir ein kleines dreckiges Fellbündel, welches sich bei genauerem Hinsehen als Blablabla entpuppte. Sie zitterte wie Espenlaub und musste drei Anläufe nehmen, um zu erzählen, was passiert war. Mama wollte sie erst trocken rubbeln, aber Blablabla winkte ab. Unter Bibbern brachte sie nur mühsam einzelne abgehackte Worte hervor. Was wir aber alle glasklar verstanden, war „Findus". Sie stünde garantiert nicht so durchnässt und frierend vor uns, wenn mit Findus alles okay wäre. Mama machte kurzen Prozess. Sie nahm sie einfach auf den Arm – dabei war es ihr schnurzegal, dass sie jetzt ebenfalls nass und dreckig wurde – einzig und allein war jetzt wichtig, dass Blablabla uns erzählte, was vorgefallen war und dabei wieder einigermaßen trocken und warm wurde.

Blablabla kam langsam wieder zu Atem und erklärte abgehackt, dass der Regen sie überrascht hätte. Der Mini-Bach war zu einem Fluss geworden und Sienna ist hineingestürzt. Findus wollte ihr zu Hilfe eilen und rutschte ebenfalls ab. Jetzt hingen sie in der Trauerweide, die sich mittlerweile aber auch bedrohlich ins furchterregende Wasser neigte. Blablabla hatte noch nicht fertig erzählt, da hatten unsere Papas auch schon ihre Gummistiefel angezogen, sich ihre Regenjacken geschnappt und waren in der Regenwand verschwunden. Blablablas Augen füllten sich mit Tränen: „Es ist alles meine Schuld. Ich habe die beiden herausgefordert, ihnen gesagt, dass sie sich nicht trauen würden über den Bach zu springen. Ich war zack-zack drüben, aber innerhalb von Sekunden schwoll der Popel-Bach derart an, dass auch ich nicht mehr zurückkonnte. Ich versuchte noch Sienna und Findus zu warnen und ihnen zu sagen, dass die Wette blödsinnig und hinfällig war, aber es war bereits zu spät. Sienna versuchte über den immer größer werdenden Bach – mittlerweile Fluss – zu springen und

311

Findus folgte ihr auf der Pfote. Weder Sienna noch Findus erreichten das rettende Ufer. Findus konnte Sienna noch geradeso zur Trauerweide ziehen, aber der Fluss wurde immer größer und breiter." Aus Blablablas ozeanblauen Augen strömten die Tränen. „Die beiden waren meine besten Freunde und nun sind sie ertrunken." Blablabla ließ sich durch nichts und niemanden beruhigen, bis wir alle quietschende und quatschende Geräusche vernahmen und wir hörten Stimmen – eindeutig von Papa und Micha. Wir alle hatten es gehört, alle – bis auf Blablabla. Sie weinte weiterhin und nahm nichts um sich herum wahr, bis auf einmal unsere völlig durchnässten und verdreckten Papas im Wohnzimmer standen – glücklich und zufrieden, denn Papa hatte Findus und Micha Sienna auf dem Arm. Alle wirkten etwas mitgenommen, Mama und Mona reagierten sofort und nahmen ihnen die Katzenbündel ab, so dass sich Papa und Micha zum wievielten Mal an diesem Tag eine Dusche und frische trockene Kleidung genehmigen konnten.

Findus und Sienna wurden ebenfalls abfrottiert und bekamen einen überdimensionalen Katzensnack, bevor wir die ganze Geschichte Revue passieren lassen konnten. Wir waren alle glücklich – und Blablabla war überglücklich. Sie hatte ihre Freunde wieder. Niemand war zu Schaden gekommen. Weder Mensch noch Hund noch Katze noch Igel...

*****

Kanada – wir kommen

Irgendetwas war komisch, irgendetwas irritierte mich. Unsere Eltern, speziell unsere Mamas hatten in den letzten Tagen ein mehr als nur merkwürdiges Verhalten an den Tag gelegt. Ich runzelte meine Hundestirn und harrte der Dinge, die da auf mich zukommen sollten. Na ja, es dauerte auch nicht lang, da kamen Mama und Mona lachend und schwatzend aus unserem Haus, also eher direkt auf uns zu. Mona hatte Flower im Auge: „Wir müssen euch etwas sagen", dabei grinsten sie breit und kamen aus dem Lachen gar nicht mehr heraus. Flower schaute mehr als nur genervt in den Himmel, als würde sie das alles gar nichts angehen, aber Sunny und ich wussten instinktiv, dass sie genau wusste, was unsere Mamas uns sagen wollten. Wir waren gespannt wie die Flitzebogen, aber unsere Mamas strapazierten unsere Neugierde bis ins Unendliche. Ich war gefangen zwischen „Rutscht mit doch den Buckel runter" über „Ihr seid sooo dämlich albern" bis zu „Könnt ihr jetzt endlich mal erzählen, was los ist?"

Mama und Mona waren so aufgekratzt, lachten sich regelrecht einen Ast ab, so dass sie sich vor lauter Gekicher fast in ihre Hosen pieselten, aber zum Glück auch nur fast.

„Okay, okay, ihr sollt wissen, was los ist. Wir besuchen Pepsi und Bluna und natürlich auch ihre Eltern. Und das Beste ist, wir werden drei Tage bei ihnen bleiben. "Uff, das war ja mal eine Ansage." Häh, was war denn hier los? Pepsi und Bluna lebten in Kanada, genauer gesagt in der Nähe von Vancouver, mehr oder weniger an der Westküste. Das war locker mal ein zehnstündiger Flug. Was sollte der Aufwand für drei Tage? Ich verstand die Welt nicht mehr. „Und was ist mit Papa und Micha?", traute ich mich zu fragen. Mama schaute mich völlig verständnislos an: „Na, die kommen selbstverständlich auch mit." Jetzt verstand ich gar nichts mehr. Papa hasste Flugzeuge wie die Pest, oder besser gesagt das Fliegen, und Micha litt unter einer extremen Flugangst. Er bekam schon Schweißausbrüche, wenn er nur ans Fliegen dachte. Wenn es wirklich unausweichlich war, dass Micha sich in ein Flugzeug setzen musste, dann brauchte er mindestens eine Woche Vorbereitungszeit, um sich mental mit diesem Ereignis auseinanderzusetzen. Und nun wollte er sich freiwillig in ein Flugzeug setzen, einen ewig langen Flug absolvieren, nur um dann drei Tage später das gleiche Szenario noch einmal – dann rückwärts -

durchzuführen. Nee, nee, nee, da war etwas faul, oberfaul, oberoberfaul.

Zunächst dachte ich noch, Mama und Mona hätten sich nur einen dämlichen Scherz mit uns erlaubt, denn das war schließlich eine mehr als nur doofe Idee, sich für unzählige Stunden in einen Flieger zu quetschen, Papa und Micha davon zu überzeugen, dass Fliegen toll sei und Sunny, Flower und mir zu verklickern, dass wir lediglich in Transportboxen im Frachtraum mitfliegen könnten – für genau drei Tage! So ein Schwachsinn!!! Doch dann kam Papa gut gelaunt aus dem Haus, schaute mich an und fragte: „Und, Five, freust du dich schon auf Pepsi und Bluna?" Uff, ich war geschockt, war wie vor den Kopf geschlagen und glaubte mich verhört zu haben. Papa – gut gelaunt und tiefenentspannt – fragte mich allen Ernstes, ob ich mich auf Pepsi und Bluna freuen würde. Das musste ich erst einmal sacken lassen. Die Zeit ließ man mir aber gar nicht, denn in genau in diesem Augenblick kam Micha um die Ecke und stellte mir spontan die gleiche Frage. Hatten die beiden eine Bewusstseinsveränderung erfahren, spirituelle Sitzungen, Teufelsaustreibungen? Ich konnte mir beim besten Willen nichts vorstellen, was sie zu diesem extremen Umkrempeln

316

ihrer Persönlichkeit gebracht haben könnte. Egal, ob sie von Flugängstlern nun zu Vielfliegern mutiert waren, ich hatte jedenfalls keine Lust mich zweimal innerhalb von vier Tagen für jeweils mindestens zehn Stunden in eine Transportbox zu begeben. Nicht falsch verstehen, ich mochte Pepsi und Bluna – sogar sehr und vermisste sie auch oft – aber den ganzen Aufwand für nur drei Tage, das stand für mich in keinem Verhältnis, zumal ich auch noch davon ausgehen musste, dass ich die drei Tage gar nicht richtig würde genießen können, da ich durch die extreme Zeitverschiebung wohl auch extrem durch den Wind sein würde. Was um alles in der Welt hatte unsere Eltern geritten, so eine Reise zu planen? Ich würde wohl noch einmal darüber nachdenken müssen, wie und wann sich die Geisteszustände unserer Eltern radikal verändert hatten.

Von Mama und Papa würde ich definitiv keine aussagekräftige Antwort erhalten. Diese Frage musste ich mit Flower und Sunny ausdiskutieren. Wir drei hielten so eine Art Kriegsrat, aber keiner von uns konnte sich auch nur irgendwie erklären, wie diese überaus bescheuerte Idee entstanden sein könnte. Zudem beschlossen wir einstimmig, dass wir diese unsinnige Reise nicht mitantreten würden. Wir überlegten hin und her, her und hin, wie wir unsere Eltern von diesem überaus blödsinnigen Gedanken abbringen konnten, aber nichts half. Unsere Mamas und Papas wollten unbedingt diese dämliche Reise tätigen. Insgeheim hatten Sunny, Flower und ich schon beschlossen, nicht mitzufliegen. Wir würden vorher mit Pepsi und Bluna via Skype kommunizieren und ich war mir ziemlich sicher, dass sie uns verstehen würden. Pepsi hatte diese Reise ja auch schon hinter sich, wenn auch umgekehrt – also von Vancouver nach Deutschland und wieder zurück, nur nicht innerhalb von drei Tagen, sondern innerhalb von drei Wochen.

Als hätten unsere Eltern unseren Plan erahnt, stand uns auf einmal die Technik nicht mehr zur Verfügung. Wir wollten doch wenigstens per Skype Pepsi und Bluna erklären, warum wir diese idiotische Reise nicht antreten wollten. Und nun das – kein Skype, keine Technik. Das roch für mich irgendwie nach Sabotage. Na, was unsere Mamas und Papas konnten, das konnten wir auch. So einfach ließen wir uns nicht überlisten. Wir hatten zwar keine Ahnung von Technik, aber wir wussten, wer Ahnung von Technik hatte – Flyer. Man musste eben nur die richtigen Personen, oder – so wie in unserem Fall – die richtigen Hunde kennen. Tja,

Mama und Papa, wir wussten uns zu helfen, und das solltet ihr eigentlich auch wissen. Flyer war unsere Rettung. Wir erzählten ihm, dass aus „unerfindlichen" Gründen die Technik weder bei Flower noch bei mir mehr funktionierte und dass wir unbedingt Pepsi und Bluna mitteilen mussten, warum wir nicht nach Kanada fliegen wollten. Flyer schaute uns an, als kämen wir von einem anderen Stern, Saturn, Uranus oder Jupiter, auf jeden Fall sahen wir in seinen Augen lauter Fragezeichen. „Und warum wollt ihr Pepsi und Bluna nicht besuchen? Wir besuchen sie doch auch." Boah, jetzt wurde es spannend. Wir schauten uns verdutzt an und es war Flower, die zuerst wieder mit ihrer Zunge umgehen konnte und die Sprache wiederfand. Zudem zog sie die rechte Augenbraue hoch, das sichere Zeichen, dass sie konzentriert und intensiv nachdachte und auch ich war mittlerweile ziemlich misstrauisch geworden. „Also, bitte noch einmal für alle zum Mitdenken und zum Mitschreiben, Flyer, was weißt du, wer will oder soll Pepsi und Bluna besuchen?" „Mhm, ich bin jetzt auch etwas irritiert, ich weiß eigentlich nur, dass Roukie und ich – natürlich mit unseren Eltern – Pepsi und Bluna besuchen. Dass ihr jetzt auch mit an Bord seid, freut mich natürlich, kommt aber etwas unerwartet.

Wir schauten uns an, blöd waren wir auch nicht, und wussten ganz genau, dass hier irgendetwas im Gange war, was man uns nicht mitteilen wollte. Tja, die Rechnung hatten unsere Eltern ohne uns gemacht. Flyer startete einen Rundruf. Treffpunkt war morgen Abend in der Scheune und wir waren soooo gespannt. Wir verabschiedeten uns von Flyer, der jetzt den morgigen Abend vorbereiten wollte. Man sah ihm regelrecht an, dass er jetzt alleine sein wollte, um seine technische Kreativität auszuleben.

Sunny, Flower und ich machten uns auf den Heimweg und überlegten in alle Richtungen, vorwärts, rückwärts, nach links und rechts und auch diagonal und kamen - zu keinem Ergebnis. Wir konnten uns absolut nicht vorstellen, was für eine schräge Idee unsere Eltern in ihren Köpfen hatten. Wir waren alle so kribbelig drauf, dass wir weder mit Appetit fressen noch gut schlafen konnten und selbst Hugo - unser nachtaktiver Igel - beschwerte sich, dass er nicht in Ruhe seine Nachtrunden drehen konnte, weil er ständig von unserem hippeligen Gedöns gestört wurde. „Hallo Hugo, so schlimm waren wir nun doch nicht." Hugo sah das deutlich anders, grunzte uns an und stellte rein prophylaktisch seine Stacheln. Mit der Stachelkugel wollte man wirklich keine Bekanntschaft machen. Insofern begaben wir uns alle zu unseren Schlafplätzen und platzen fast vor Neugierde. Bis morgen würden wir aushalten müssen. Wir waren ja sooo gespannt auf die Zusammenkunft und waren auch absolut sicher, dass Flyer das hinbekommen würde.

Mama und Mona wunderten sich am nächsten Morgen, dass wir nicht so richtig in Form waren und keine Lust hatten zu laufen. War so gar nicht unsere Art, aber manchmal entscheidet eben die Tagesform. Irgendwie waren die beiden auch nicht gerade in Hochform, und ich hatte den Eindruck, dass sie mit unserem lauen Spaziergang mehr als einverstanden waren. Sie trieben uns nicht an – ganz im Gegenteil – sie verkürzten unsere Runde. Wann hatte es das schon einmal gegeben? Richtig! Noch nie!!! Die ganze Situation stank zum Himmel und wir würden heute Abend hoffentlich Klarheit bekommen. Ich jedenfalls konnte den Abend kaum erwarten. Wir wollten uns um 19:00 Uhr in der Scheune treffen, und da wir alle so neugierig waren, waren wir auch schon um 18:30 Uhr in der Scheune, und – was soll ich sagen – wir waren die Letzten! Das gab es doch gar nicht, warum waren unsere Geschwister alle schon da? Neugierde über Neugierde.

Flyer war mal wieder die Coolness in Hundeperson. Er hatte das Kommando übernommen – war ja klar, als Technikfreak – und erklärte uns ganz gelassen über die Reise nach Kanada auf. „Also", fing er an und richtete sein Wort an uns, „ihr habt mal so einen richtigen Tsunami ausgelöst. Ich war ja nur davon ausgegangen, dass Roukie und ich mit unseren Eltern nach Kanada fliegen würden, aber wie sich zwischenzeitlich herausgestellt hat, fliegen auch Pippa und ihr Papa Pius, Tessa und Tom, River und Fiona und natürlich alle mit ihren Eltern. Und ihr wollt mir nun also sagen, dass ihr nicht fliegen wollt?" Mir blieb meine Schnauze offen stehen. Das gab es doch gar nicht? Was hatten unsere Eltern da ausgeklügelt? Das, was uns Flyer gerade offenbart hatte, änderte die Situation natürlich. Ich hatte diese Mega-Information noch gar nicht richtig verarbeitet, da sprach Flyer auch schon weiter: „Wie ich weiter in Erfahrung bringen konnte sind die drei Tantchen Peggy, Nelly und Friedlinde und die vier P's Piff, Paff, Puff und Peng auch mit an Bord." Uff, hatten unsere Eltern ein ganzes Flugzeug gebucht? Das würde ein Ausflug der besonderen Art werden. Ich konnte gar nicht ausrechnen, wie viele Hunde und Menschen nach Kanada reisen würden. Es waren auf jeden Fall viele, sehr sehr viele…. Dann waren wir selbstverständlich

322

auch mit von der Partie. Der Einzige, der zu Hause bleiben musste, war Hugo, aber ich glaube nicht, dass ihn das weiter stören würde. Ganz im Gegenteil, er würde das komplette Grundstück für sich haben und konnte nach Herzenslust grunzen, schnarchen und herumwühlen.

Aufregung über Aufregung, in drei Tagen sollte es losgehen. Das Allerbeste an der ganzen Sache war, dass unsere Mamas und Papas keine Idee davon hatten, dass wir komplett Bescheid wussten, wer alles mit von der Partie war und somit ihre Überraschung zerstören könnten, was wir allerdings keinesfalls vorhatten. Sie hatten sich solche Mühe gegeben und nur durch einen wirklich dummen und dämlichen Zufall war ihre gigantische Idee aufgeflogen. Eigentlich schon schade. Wir hatten uns alle abgesprochen und es war klar, wir wussten alles, aber verraten nix!!!

Die Tage bis zum Abflug nach Kanada fiel uns allen schwer. Wir mussten uns immer wieder einen Schupps oder ein Augenzwinkern zuwerfen, damit sich auch wirklich niemand verriet.

Endlich, endlich, war DER Tag da. Micha und Papa packten die Hundeboxen in die Autos und Mama und Mona kamen mit dem Gepäck – erstaunlich wenig Gepäck. Na ja, eigentlich schon klar, schließlich wollten wir auch nur drei Tage in Kanada bleiben. Dann kam Mona noch mit einer Tasche, in der sich unser Futter befand und Mama hatte eine Tasche in der Hand, in der sich ein Gastgeschenk befand. Keine Ahnung, was da drin war, jedenfalls konnte es keine Pfälzer Leberwurst sein. Die würde den Flug nach Kanada nicht überleben, zu mindestens nicht in ihrem Urzustand beziehungsweise Urgeschmack.

„Sunny, Five, Flower, hopp, rein in die Boxen, es geht los. Wir besuchen Pepsi und Bluna." Unsere Eltern waren voller Vorfreude, und auch, wenn wir keinen Bock auf diesen megamäßigen Flug hatten, wir freuten uns doch auf ein riesiges Event, insbesondere natürlich Pepsi und Bluna wiederzusehen. Insofern gab es auch kein großes Trara und wir sprangen zack-zack in unsere Boxen. Es gab noch ein High five mit Flower, wir sehen uns am Flughafen. Tiefenentspannt lagen wir im Kofferraum in unseren Boxen, aber bereits nach wenigen Minuten wurde ich unruhig. Sunny – in der Box neben mir – gähnte herzhaft, zog eine Augenbraue hoch und fragte, was denn los sei. „Mensch Sunny, ist Mama am Steuer, die keine Idee von Orientierung hat oder was ist hier los? Wir sind garantiert nicht auf dem Weg zum Flughafen." Sunny war deutlich entspannter als ich, linste nach vorne und meinte nur: „Nee, Papa fährt." Und schon war sie wieder eingeschlafen. Waaas? Papa saß am Steuer? Das konnte doch nicht wahr sein. Er hatte doch den absoluten Orientierungssinn und trotzdem fuhren wir in die komplett falsche Richtung. Es gab auch keine Staumeldung, die vielleicht, aber auch wirklich nur vielleicht, der Grund für diese komische Fahrt hätte sein können. Wenn Papa weiter in diese Richtung fuhr, würden wir garantiert unseren Flug nach Kanada verpassen. Erst hatte ich so gar keine Lust nach Vancouver zu fliegen, dann erfuhr ich, dass alle meine Geschwister mit nach Kanada fliegen würden und nun ist Papa zu verpeilt, um an den Flughafen zu fahren. Ich hatte schon Tränen in den Augen. Alle würden Pepsi und Bluna wiedersehen, nur ich nicht. Und warum? Weil mein Papa den Weg zum Flughafen nicht fand.

Ich bellte von hinten, aber Papa ignorierte mein Bellen und fuhr stoisch und unbeirrt weiter. Ich gab mich geschlagen, hatte sowieso keine Chance. Bye Bye Kanada, Bye Bye

Vancouver und Bye Bye Pepsi und Bluna. Ich hatte mich in letzten Tagen so auf euch gefreut, und nun werdet ihr den Spaß eures Lebens mit unseren Geschwistern haben. Schade, aber Papa pfiff fröhlich vor sich hin, während er zielgerichtet in die komplett falsche Richtung fuhr. Ich kapitulierte. Irgendwo würden wir herauskommen, und wenigstens würde ich heute Nacht wieder Hugo schnarchen und schmatzen hören. Wenigstens etwas!

Ich lag in meiner Box, bemitleidete mich selbst ein bisschen, als Papa in eine riesige Hofeinfahrt fuhr. Häh, was soll das jetzt? Wir waren nicht einmal zehn Minuten gefahren. War etwas mit dem Auto, wollte er Rast machen oder endlich mal nach dem richtigen Weg fragen?

Nichts von allem. Er öffnete den Kofferraumdeckel, anschließend unsere Boxen und verkündete freudestrahlend und breit grinsend: „Alle aussteigen, wir sind da!" Mir blieb die Spucke weg. Wir wollten doch Pepsi und Bluna in Kanada besuchen. Was um Himmelswillen machten wir jetzt hier auf einem kleinen Pfälzer Bauernhof? Bevor ich jedoch meine Gedanken so richtig sortieren konnte, hörte ich ein „Wuff", das mir nur allzu bekannt vorkam. Das „Wuff" kam von Bluna und im gleichen Augenblick kam sie auch schon um die Ecke geschossen. Ich freute mich wie ein Schneekönig, konnte die Situation aber überhaupt nicht begreifen. „Hey Bluna, schön dich zu sehen, aber was machst du hier in der Pfalz? Wir wollten dich doch in Kanada besuchen." Jetzt war es Bluna, die mich anschaute, als sei ich nicht ganz richtig im Kopf. „Wieso Kanada? Mein Papa hat sich in die Pfalz verliebt und diesen Bauernhof gefunden. Klar, der Bauernhof hier ist deutlich kleiner als unsere Farm in Vancouver, aber jetzt sind wir eben in die Pfalz umgezogen. Colin, mein Papa, hatte sich schon bei seinem letzten Besuch in die Pfalz verliebt, tja – und nun wohnen wir hier und haben alle meine Geschwister mit Menscheneltern zu einer Willkommensparty eingeladen. Es machte „Buff" und „Ping" und so langsam löste sich das Knäuel rund um die Kanadareise, die nie geplant war. Alle Zweibeiner wussten Bescheid und alle Vierbeiner tappten im Dunkeln, sogar Flyer, der eigentlich immer alles in Erfahrung brachte. Tom und Tessa waren schon da, Roukie auch. Es trudelten immer mehr Gäste ein, es war einfach eine gigantische Party. Die Menschen lachten sich kaputt, weil sie ihre Überraschung wirklich so geheim halten konnten und wir Vierbei-

ner waren so überrascht, dass wir vor lauter Wiedersehens-
freude tanzten, bellten und sozusagen ein Fass aufmachten.
Wir waren glücklich, einfach nur glücklich. Kein Mega-Flug
nach Kanada, kein ewiges Ausharren in den Transportboxen und auch kein Jetlag. Uff, Pepsi und Bluna wohnten
nun in der Pfalz, keine zehn Fahrminuten von uns entfernt.
Sozusagen wiedervereint.

Was für ein Hundeleben – was wollte man mehr?

Richtig – gar nichts!!!!